KB242998

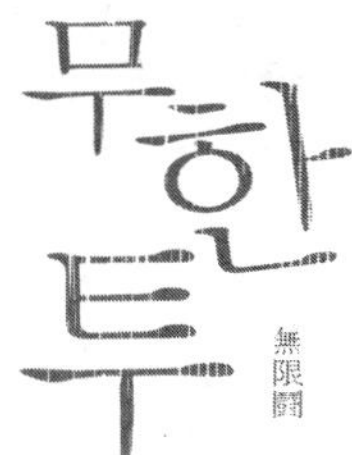

무한투 1

류진 新무협 판타지 소설

초판 1쇄 찍은 날 § 2002년 1월 28일
초판 1쇄 펴낸 날 § 2002년 2월 10일

지은이 § 류진
펴낸이 § 서경석

편집장 § 문혜영
편집책임 § 김희정
편집 § 장상수 · 박영주 · 권민정
마케팅 § 정필 · 강양원 · 김규진

펴낸곳 § 도서출판 청어람
등록번호 § 제1081-1-89호
등록일자 § 1999. 5. 31
어람번호 § 제2-0049호

주소 § 경기도 부천시 원미구 심곡1동 350-1 남성B/D 3F (우) 420-011
전화 § 032-656-4452 팩스 § 032-656-4453
http://www.chungeoram.com
E-mail § eoram99@chollian.net

ⓒ 류진, 2002

값 7,500원

ISBN 89-5505-281-2 (SET)
ISBN 89-5505-282-0 04810

무한투

無限鬪

류진 新무협 판타지 소설

1

현실보다 낯선

도서출판 청어람

CONTENTS

가장 먼저 보는 글

처녀작 신오쌍영과 사정상 아직 출간되지 않은 무림정벌기, 그리고 현재 무한투 5권까지 열한 권의 책을 썼다.

대부분의 사람들은 평생 한 권의 책조차 쓰지 못하는데 벌써 열한 권을 썼으니 내 인생도 그리 의미없지는 않구나 하는 생각을 해본다. 하지만…

하지만 '과연 그럴까' 라는 생각이 슬그머니 고개를 드는 것은 내가 쓴 글이 만족스럽지 못하기 때문이리라. 물론 어떤 작가가 자신이 쓴 글에 만족할 수 있겠는가마는, 자신이 쓰고자 하는 글과 현재 쓴 글의 거리가 너무 멀어 보인다면 그 간격만큼의 허탈감은 자신에 대한 그만큼의 분노로 돌아오기 마련이다.

그래서 작가란 이상과 현실 사이를 좁히기 위해 끊임없이 달리는 마라토너가 아닐까 하는 생각도 가져본다. 중간에 지쳐 쓰러질 수도 있고 부상으로 그 끝을 볼 수 없을지도 모른다. 갈 길을 못 찾고 헤매다 다른 길을 발견하는 행운(?)이 따라준다면 좋을 것이고 그렇지 않다면 아마도 그 이상을 쫓아 평생을 달려야 할 것이다.

하지만 그 마지막에 있는 이상이 결국 신기루임을 나는 안다. 나뿐 아니라 작가라는 이름을 달고 있는 모든 사람이 모두 알 것이다. 그럼에도 이상과 현실 사이를 숨이 턱에 차도록 달리는 이유는 무엇일까?

그것은 아마도 그들이 작가이기 때문일 것이다. 누군가 천형의 죄인이라고 못 박아버린 그 사람들은 그래서 지금도 쉬지 않고 글을 써가며 그 사이를 좁히려 애쓴다.

오늘 난 도달할 수 없는 목적지를 향해 뛰어가며 부끄럽게도 '무한투' 라는 제목의 책을 여러분 앞에 떨구게 되었다.

운 나쁘게도 이 책을 선택해서 책장을 넘기는 여러분은 얼마 가지 않아 류진이라는 작가가 얼마나 부족한지 알게 될 것이다. 어쩌면 책을 집어 던질 수도 있고, 대여점 아줌마—혹은 아저씨—에게 가서 다른 책으로 바꿔 빌린다거나, 아니면 서점에서 환불을 요구할지도 모른다.

이처럼 습작이라고밖에 볼 수 없는 부족한 글을 세상에 내보이는 것은 가끔, 아주 가끔 내 글을 재미있다고 느낄지도 모르는 독자들 때문이다. 물론 먹고 살기 위해서라는 이유가 더욱 크겠지만.

이쯤에서 작가의 투덜거림은 덮고 '무한투' 라는 책에 대해 간단하게 소개하겠다.

이 책은 정통 무협과는 거리가 멀다. 흡혈귀가 나오고 술법이 나오고 나중에는 서양의 중세까지 넘나드니 요즘 흔히 말하는 환협지라 이름 붙여야 할 것이다.

내가 전작 '신오쌍영' 과 '무림정벌기' 를 쓰며 가장 힘들어했던 것은 소위 무협이라는 이름이 가진 틀이었다. 분명 온갖 상상이 가능하지만 금이 그어진 틀 속에서의 상상에는 한계가 있었다. 그래서 기획한 것이 무협의 틀을 깨는 진정한 무한의 상상이었고, 그것이 '무한투' 라는 이름으로 나오게 된 것이다.

무림 고수와 흡혈귀의 결투, 술법사와 요괴의 싸움, 나아가 중세 기사와 무림인, 술법사와 마법사의 대결!

줄거리가 어떻게 흘러가든 등장하는 캐릭터가 누구냐를 떠나서 난 이 생각만으로 등골이 짜르르 하는 느낌을 받았다. 내가 그려낸 이 세계가 상상했던 것만큼의 감흥을 여러분에게 줄 수 있을지는 알 수 없다.

나로서는 부족한 필력으로 최선을 다했고 판단은 여러분에게 맡기겠다.

이 책이 나올 수 있도록 도와주신 금강님과 좌백 형께 감사드린다. 그리고 언제나 쓰디쓴 충고를 아끼지 않으신 용대운님과 이재일 형에게도 이 자리를 빌어 고맙다는 인사를 하고 싶다. 내가 앞으로도 오랫동안 글을 쓸 수 있다면 아마 두 분의 공이 가장 클 것이다.

마지막으로 누군가 내게 '당신이 궁극적으로 쓰고 싶은 소설이 뭐요?' 라고 묻는다면 난 이렇게 대답할 것이다.

'한 판의 멋진 스타크래프트 게임 같은 소설이오' 라고.

류진 올림.

서장

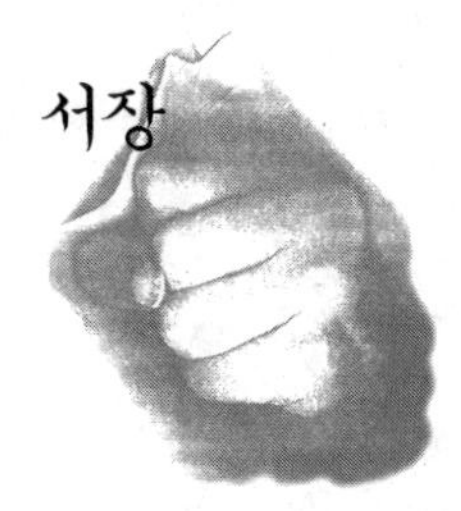

당태종(唐太宗) 원년(元年:629).

언제나 그렇듯 나쁜 일은 서둘러 찾아오기 마련이었다.

두두두두——

사람조차 다니기 어려운 산속에서 듣기 힘든 말발굽 소리에 도황택(桃皇擇)은 심장이 뱃속을 뒹구는 느낌을 받았다. 금관(金棺)을 묻으려면 시간이 더 필요한데 마적단(馬賊團)은 이미 지척에 다다라 있었다.

도황택은 이 장 깊이의 구덩이를 메우고 있는 네 명의 사내들을 채근했다.

"빨리 해라! 녀석들이 들이닥치기 전에 관을 묻어야 한다!"

"우리의 선택이 올바른 것일까요?"

곁에 있던 부인 채씨(蔡氏)가 품 안에 안고 있는 아들 권아(權兒)를 내려다보며 걱정스럽게 물었다.

"이미 권아를 선택하기로 마음먹었으니 더 이상 자책하지 맙시다."

"하지만 우리의 사사로운 감정으로 후세에 우환을 남기는 것이……."

"너무 걱정 마시오. 다시 와서 금관을 파낸 후 바다 속에 수장시키면 되니까."

말은 쉬웠지만 그렇게 할 수 있을지조차 의심스러웠다. 말발굽 소리는 빠르게 다가오고 구덩이는 더디게 메워졌다.

"금관에 눈먼 마적단 때문에 일이 이 지경으로 흐르다니. 제발 저 금관에 사람의 숨결이 닿지 않아야 할 텐데……."

채씨의 불안한 음성은 어둠보다 더 어둡게 허공으로 흩어졌다.

*　　　　*　　　　*

원태조(元太祖) 원년(元年:1229).

깡!

곡괭이에 전해지는 딱딱한 느낌에 강찬충(姜燦沖)은 인상을 구겼다.

"제길! 또 바위군."

도굴을 하다 보면 언제나 부딪히는 장애물이 바위지만 강찬충은 좀체 익숙해지지 않았다. 작으면 문제될 게 없지만 재수없이 커다란 바위면 다른 곳을 파거나 아예 포기하고 다음 기회를 봐야 하기 때문이다.

"이상하네? 이곳은 큰 바위가 있을 땅이 아닌데?"

위에서 흙이 담긴 광주리를 끌어 올리던 고두룡(高頭龍)이 의아한 얼굴로 고개를 내밀었다. 녀석의 머리 뒤쪽에 뜬 달 때문에 마치 후광(後光)을 얹은 것처럼 보였다.

"니미랄! 이게 바위가 아니면 금괴라도 된단 말이냐?"

그가 외눈을 부라리자 언제나처럼 고두룡이 목을 쏙 집어넣었다.

"그동안의 경험으로 보면 그렇다는 거지… 어쨌든 주변을 좀 더 파봐. 얼마나 큰지 알아야 다른 곳을 파든 그만 접든 할 거 아니야."

"니가 내려와! 좆도 난 힘들어서 못하겠으니까."

"아까 전까지 내가 팠잖아."

"쓰―"

강찬충이 인상을 쓰자 고두룡은 찔끔한 표정을 짓더니 이내 '알았어' 하고 내려왔다. 그의 험악한 인상과 우람한 체격은 고두룡처럼 왜소한 사내를 겁주기에 딱 알맞았다.

강찬충은 땅 위에 올라서서 크게 심호흡을 했다. 이 직업의 좋은 점 중 하나가 언제나 신선한 공기를 마실 수 있다는 것이었다. 검게 물든 소나무 숲을 둘러보는 그에게 고두룡의 다급한 목소리가 들렸다.

"이봐! 이것 좀 봐!"

"왜 그래? 발가벗은 여자 귀신이라도 나온 거야?"

이 장 깊이의 구덩이로 고개를 숙인 그의 눈은 더 이상 커질 수 없을 정도로 커졌다. 고두룡이 손으로 쓸어낸 자리는 마치 달이 땅에 떨어진 것처럼 누런 빛을 뿌리고 있었다.

"뭐, 뭐냐?"

"내가 보기엔… 금 같은데?"

"새끼야! 그렇게 멍청하게 서 있지 말고 빨리 주변을 파보란 말이야!"

"아, 알았어. 괜히 소리는 지르고 난리야."

고두룡이 부지런히 곡괭이질을 한 덕분에 누런 물체는 전신을 드러냈다. 마치 관처럼 생긴 그것은 두말할 필요도 없이 황금으로 된 노다지였다. 그들은 들뜬 마음에 무거운 줄도 모르고 금관을 끌어 올렸다.

순금이라는 것이 원래 그리 빛이 나지 않은 물건이었지만, 그들에게는 하늘에서 비추는 월광(月光)보다 훨씬 눈부시게 보였다. 너무 기쁜 나머지 한참 동안 입을 열지 못하던 강찬충이 낮게 말했다.

"팔 대 이."

"응? 무슨 소리야?"

"병신아! 이 금덩이의 팔 할은 내 것이라고!"

돈 얘기가 나오자 고두룡도 제법 반항을 했다.

"하지만 지금까지 육 대 사로 나눴잖아. 이것도 당연히 그렇게 나눠야지. 거기다 이것이 보이는 모양대로 관이라면 안에 상당한 귀중품이 들었을 텐데⋯⋯."

고두룡의 말을 강찬충이 단호하게 끊었다.

"그러니까 팔 대 이지! 여기서 얻은 이만 해도 다른 때의 사보다 훨씬 많을 것 아니야!"

"그런 법이 어딨어!"

강찬충이 붉어진 외눈을 부릅뜨며 목소리를 깔았다.

"너⋯ 죽고 싶냐?"

그는 이 정도 재물이면 충분히 살인을 하고도 남을 사람이었고 고두룡도 그것만큼은 잘 알고 있었다.

"그렇게 하면 될 것 아니야."

강찬충은 씨익 웃으며 고두룡의 등을 토닥였다.

"오늘같이 기쁜 날에 다투면 쓰겠냐? 자, 빨리 뚜껑을 열자구."

그는 활기 차게 말한 후 관 뚜껑을 열 때 쓰는 끝이 휜 지렛대를 손에 쥐었다. 그가 막 뚜껑과 몸체 사이에 지렛대를 찔러 넣으려 할 때 고두룡이 망설이는 음성으로 말했다.

"근데… 이 물건 좀 기분 나쁘지 않냐?"

"금덩이가 기분 나쁘다니? 이게 호강에 취해 요강에 빠져 죽을 소리 하고 자빠졌네. 쓸데없는 소리 하지 마!"

그는 딱 잘라 말하고 이음새 부분에 지렛대를 꽂아 넣었다. 쇠와 부딪치는 부분에서 떨어지는 금가루가 아까웠지만 그 정도는 감수해야 했다. 이음새 안쪽은 뚜껑과 붙여놓은 듯 잘 열리지 않았지만 그들의 재물에 대한 열망을 막을 수는 없었다. 근 이각 동안 각고의 노력을 기울인 결과 그들은 관 뚜껑 한쪽을 들어 올릴 수 있었다.

"휴~ 비싼 값을 하는군."

강찬충은 이마에 흐르는 땀방울을 훔치며 흐뭇한 웃음을 지었다. 그는 관 뚜껑을 완전히 열려는 고두룡의 팔을 잡아 뿌리쳤다.

"임마! 저리 비켜!"

저만치 나동그라진 고두룡이 벌떡 일어서며 소리쳤다.

"왜 그래?!"

"뚜껑을 열면서 안에 든 보석 한두 개쯤 슬쩍하려는 네 속셈을 모를 줄 알아?!"

고두룡은 주먹을 불끈 쥐고 얼굴을 붉힐 뿐 아무 말도 하지 못했다. 그것이 화가 난 때문인지 내심을 들킨 부끄러움 때문인지는 알 수 없지만 어쨌든 조금이라도 손해 볼 가능성은 없애야 했다.

강찬충은 어깨를 크게 흔든 후 관 뚜껑을 잡았다. 황금의 차가운 감촉이 새삼스러운 짜릿함을 가져다 줬다. 양팔에 불끈 힘을 주자 뚜껑은 밖으로 서서히 밀려났다. 그는 당과를 아껴 먹는 어린아이의 심정으로 관 안을 보지 않으려 애썼다. 휘황한 보석의 빛깔을 한눈에 보는 기쁨은 생각만으로도 짜릿했다. 뚜껑이 관의 반쯤 지나 스스로의 힘으로 떨어질 때쯤이었다.

턱!

쇠보다 차가운 감촉이 뒷목을 덮쳤다. 형태의 감촉은 분명 손이었는데 온기라고는 느낄 수 없는 그것이 목을 거세게 잡아당겼다.

"찬충아!"

뒤에서 고두룡의 절규하는 듯한 음성이 들렸다. 그리고 목젖 부근에 닿는 섬뜩한 느낌!

"아아악!"

그는 뒤늦은 비명을 지르며 뱀의 피부 같은 손아귀에서 벗어나려 발버둥쳤다. 그러나 헛된 몸부림만 반복될 뿐 탈출의 희망은 그를 빠르게 떠나고 있었다. 보이는 것이라고는 희미한 어둠과 섞인 푸른 색깔의 '무엇' 뿐이었다.

푸욱!

목젖에 느껴지는 통증과 함께 들린 소리는 마치 뇌 속을 강타하듯 또렷하게 다가왔다.

'살려줘!'

목이 터져라 외치고 싶었지만 구원의 소리는 말이 되어 나오지 못했다. 어둠과 푸름이 눈앞을 오가고 의식은 심연(深淵)에 가라앉는 것처럼 뿌옇게 흐려졌다. 그런데 어느 순간 그의 몸이 세차게 흔들렸다.

"정신 차리고 도망쳐!"

메아리치는 듯한 고두룡의 목소리에 강찬충은 허우적거리며 몸을 일으켰다. 정체 불명의 손아귀에서 빠져나온 그에게 보이는 세상은 회색 소용돌이에 빠진 것처럼 흔들렸다. 언뜻 본 고두룡은 나무뿌리를 자를 때 쓰는 손도끼를 들고 있었다. 그 스스로 빠져나왔을 리는 없고 고두룡이 구한 것만은 분명한데 고마운 마음을 느낄 수가 없었다.

공포의 바다에 빠져 버린 고마움은 눈 씻고 찾아봐도 보이지 않았다. 그는 방향도 제대로 가늠하지 못한 채 달리기 시작했다. 뒤에서 고두룡의 짧은 비명 소리가 들렸다. 어쩌면 정체 불명의 제물이 되었을지도 모르지만 지금 중요한 것은 그의 생명이었다. 비겁함과 목숨 중에 하나를 고르라면 그는 당연히 후자를 선택할 것이다. 양심이 조금 찔리기는 하겠지만 바늘 따위에 찔리는 아픔보다도 못했다.

그나마 다행인 것은 그의 양심에 문제가 될 상황은 발생하지 않았다는 것이다. 뒤쪽에서 고두룡이 헐레벌떡 따라왔기 때문이다. 그는 내심 안도를 하며 걸음을 늦추려 했다. 하지만 꿀보다 끈적한 음성이 그의 다리를 쉬지 못하게 만들었다.

"내게 피를 줘."

제1장

현실보다 낯선

"걱정 말아라, 이곳까지 오기도 전에 피떡이 될 테니까."

장기수(張奇受)는 말을 하고 술잔을 입으로 가져갔다. 하지만 장락수(張樂受)는 형의 호언장담에도 불구하고 불안함이 가시지 않았다.

"그래도 상대는 호인불사(護人不死) 주적자(周積資)라구요, 형님."

장기수는 코까지 덮을 것 같은 두꺼운 입술을 움직여 웃음을 지었다.

"후후후… 아무리 천하 제일의 보표 주적자라 해도 우리 천응방(天鷹幫)의 정예들을 뚫지는 못한다. 천응방이 비록 유주성(柳州城)의 변방에 위치한 조그만 방파라고는 하지만 혼자 힘으로 어찌할 수 있을 정도로 약하지는 않다. 그러니 너무 걱정하지 말고 술이나 들거라. 오랜만에 와서 그렇게 좌불안석(坐不安席)이니 형의 마음이 편치 않구나. 평소에는 그렇게 배짱이 좋던 녀석이… 쯧쯧쯧……."

장기수의 핀잔에도 불구하고 그는 평소처럼 배짱 좋게 행동할 수 없었다. 목에 칼이 들어와도 웃을 수 있는 그였지만 주적자를 상대로는 그게 되지 않았다. 장락수는 아직 아침 해조차 완전히 드리우지 않은 원형의 창문을 힐끔 보고 술잔으로 손을 가져갔다. 유난히 가는 손가락과 얇은 입술은 그의 형과는 전혀 딴판이었다. 장기수가 아버지를 닮은 반면 그는 어머니의 형질을 이어받은 탓이었다.

"그런데 몇 명이 주적자의 진입을 막고 있는 겁니까?"

장기수는 '녀석 소심하긴' 이란 생각이 똑똑히 드러나 보이는 눈으로 그를 보며 말했다.

"우리 천웅방에는 백이십여 명의 방도들이 있다. 그중 무공을 할 줄 아는 제자는 오십 명이고. 그들 모두가 주적자를 상대한다고 생각하면 된다. 천하제일의 무공을 가지지 않고서야 어찌 혼자서 오십 명의 무사를 상대하겠느냐?"

물론 이론상으로야 그랬다. 하지만 장락수가 지난 보름을 쫓기며 느낀 주적자는 이론이 통하지 않는 인간이었다.

"그런데 어쩌자고 주적자에게 탈명침(奪命針)을 찾아준다고 덜컥 약속을 한 것이냐? 너도 알다시피 중원제일살수 탈명침의 행방은 누구도 모르는데 말이다."

장락수는 가는 한숨을 내쉬었다.

"돈 때문이지요. 은자 백 냥이 어디 적은 돈입니까? 거기다 잘만 하면 찾을 수 있을지도 모른다는 생각을 했구요. 지금까지 서른두 번이나 살수행을 했으니 어디엔가 분명 단서가 있을 것이란 생각을 했는데……."

장락수는 말끝으로 고개를 저었다. 못 찾으면 떼어먹으면 그만이

지라는 생각으로 찾기는 했어도 탈명침은 신출귀몰(神出鬼沒) 그 자
체였다.

"중원에서 사람을 찾는 데 제일이라는 너조차 못 찾을 정도라면 주
적자를 피해 숨어도 단단히 숨었나 보군."

"주적자를 피해 숨었는지 어디서 객사(客死)를 했는지 어떻게 알겠
습니까? 휴~"

그는 한숨과 함께 술을 입에 털어 넣었다. 최초의 비명은 그가 술잔
을 탁자에 내려놓자마자 들려왔다.

"으악―"

거리상으로 십 장 이상 떨어져 있는 것이 분명하지만 마치 귓가에
서 들리는 것 같았다. 장락수는 화들짝 놀라 탁자를 짚고 일어섰다.

쨍그랑!

그가 건드린 잔이 바닥에 떨어져 날카롭게 흩어졌다.

"형님……!"

장락수는 기대 어린 눈으로 장기수를 보았다. 제발 '아무 일 아니
니 걱정 마'라고 언제나처럼 얘기해 주길 바랐다. 하지만 장기수의 얼
굴도 그만큼이나 딱딱하게 굳어 있었다. 아버지가 돌아가신 후 저처
럼 긴장한 형의 얼굴은 본 적이 없었다.

"마흔 명의 무사를 뚫고 이곳까지 왔단 말인가?"

장기수는 창문 밖을 보며 중얼거렸다.

"형님……"

장락수는 다시 힘없는 목소리를 토해냈다. 그러자 장기수의 입가에
그 특유의 웃음이 걸렸다.

"괜찮아. 천응방 최고 정예 열 명이 아직 앞뜰에 있으니."

말을 끝낸 장기수의 웃음은 묘하게 변질되었다. 그것이 불안이라는 것을 모를 정도로 장락수는 멍청하지 않았다.

'제길! 괜히 이곳으로 와서 형님께 폐만 끼치는구나.'

아무래도 처음 이곳으로 올 때부터 들었던 불안이 그냥 불안으로 끝날 것 같지 않았다. 아무리 주적자라고 해도 천웅방에 쉽게 못 들어올 뿐더러 설사 침입한다 해도 막을 수 있을 것이라 기대했는데 아니었다.

무림고수들에 대한 대부분의 소문이 과장된 것과는 다르게 주적자는 오히려 축소되어 있었다. 간혹 주적자가 무림에서 스무 번째 안에 드는 고수라고 말하는 사람들도 있었지만 상당수 무림인들의 생각은 달랐다.

주적자는 사람을 지키는 데 뛰어난 보표일 뿐 무공은 명성에 미치지 못한다는 것이 중론이었다. 그런데 그 중론이 오늘 무참히 깨져 버린 것이다.

장락수는 긴 한숨을 쉬고 말했다.

"아무래도 제가 주적자를 만나는 것이 좋겠습니다. 형님에게까지 화가 미치게 할 수는 없는 노릇이지요."

용기를 최대한 끄집어냈지만 목소리가 떨리는 것만은 어쩔 수 없었다.

"하지만……."

"걱정 마십시오."

장락수는 마치 장기수처럼 말을 하고 씨익 웃음을 지었다.

"설마 죽이기야 하겠습니까? 그리고 탈명침을 찾을 방법이 전혀 없는……."

콰앙—!

그의 말은 갑자기 들려온 굉음에 묻혀 버렸다. 장락수와 장기수는 동시에 소리나는 쪽으로 고개를 돌렸다. 그들이 가장 먼저 본 것은 벽이 허물어지며 피어나는 먼지였다. 어지럽게 날리는 돌 가루들이 잦아들며 바닥에 널브러진 사내 하나가 보였다.

고슴도치 털 같은 뻣뻣한 수염을 기른 사내는 힘없이 엎어져 있었는데 등이 미약하게 들썩이는 것으로 보아 죽은 것 같지는 않았다.

"상 당주(常堂主)……."

장기수는 신음처럼 사내의 신분을 뱉어냈다. 낮은 목소리의 여운이 흩어지고 방 안의 먼지가 반쯤 가라앉았을 때 그림자 하나가 뚫린 벽에 드리워졌다. 아침 해의 증거는 길게 늘어나서 장락수의 발치에 닿아 있었다. 그는 불안한 시선으로 발끝을 보고 천천히 시선을 들었다.

무너진 벽으로 서두름없이 다가오는 다리가 보였다. 까만 가죽신에 그만큼 검은 하의는 여섯 번밖에 보지 않았는데도 형의 얼굴보다 더 익숙하게 느껴졌다. 장락수는 미동도 못하고 그 자리에 우두커니 서 있었다. 검은 신발이 움직일 때마다 차츰 배와 가슴이 드러났다. 하지만 육 척이 넘는 주적자의 얼굴을 보여주지는 못했다.

햇빛에 노출된 먼지가 마치 스스로 생명을 가진 듯 이리저리 날아다녔다. 어느 순간, 먼지들이 격렬하게 움직였다. 주적자의 한쪽 발이 안으로 들어오는 단순함에도 주위는 무섭게 떨고 있었다. 검은 신발에 밟힌 부서진 벽돌이 자잘한 가루로 변했다.

꿀꺽!

반쯤은 묶이고 나머지는 풀어헤쳐져 앞으로 늘어뜨려진 머리가 들어오는 것을 보며 장락수는 굵은 침을 삼켰다.

스릉—

곁에서 옅은 마찰음이 들렸다. 장기수가 도를 빼고 있는 모습이 보였다. 장락수는 급히 손을 들어 장기수를 막았다.

"형님! 안 돼……!"

그의 외침이 끝나기도 전에 장기수가 주적자를 향해 몸을 날렸다. 일곱 자의 거리가 단숨에 좁혀지며 대감도가 허공을 갈랐다. 도는 이제 막 머리를 집어넣은 주적자의 정수리를 향해 정확히 떨어졌다. 장락수는 '혹시' 하는 기대를 가졌지만 그것은 눈 깜짝할 사이의 환상도 주지 않고 여지없이 무너졌다.

미끄러지듯 옆으로 움직여 도를 피한 주적자는 시장통 잡배들처럼 아무렇게나 주먹을 휘둘렀다. 퍽! 소리와 함께 장기수는 비명도 없이 허리를 잔뜩 구부린 채 훨훨 날아 반대 편 벽에 부딪혔다.

"형님!"

장락수는 장기수의 무사함을 확인하고 싶었지만 그럴 수가 없었다. 뒤통수에 뭔가가 얹어지는 느낌이 드는 순간 탁자가 얼굴을 때렸기 때문이다. 세상이 무너지는 듯한 굉음과 함께 코에 시큰한 고통이 찾아왔다. 금세 쏟아진 코피가 호흡을 가쁘게 만들었다.

"날 속였지?"

유리와 유리가 부딪치면 이런 종류의 목소리가 나올까? 무감정한 음성은 듣는 사람의 피부를 타고 흐르며 차가운 한기를 느끼게 했다.

"혀, 형님은……?"

피 때문에 제대로 된 발음이 나오지 않았지만 그는 필사적으로 물었다. 하지만 그것에 대한 대답 대신 '날 속였지?' 라는 물음만이 들려왔다.

"혀, 형님이 돌아가셨냐?"

그는 다시 질문을 던졌다. 갑자기 탁자를 짚은 한쪽 손이 앞으로 당겨지더니 손등에 극심한 통증이 이어졌다.

"크윽!"

비명을 터뜨리며 곁눈질로 본 손등에는 나무젓가락이 깊숙이 박혀 있었다. 한 손으로 그의 머리를 누른 상태에서 손 하나만을 이용해 그의 팔을 당기고 젓가락을 꽂았다는 사실이 믿기지 않았다. 더구나 단단하기로 이름난 박달나무 탁자에…….

하지만 장락수는 주적자의 무공에 감탄하고 있을 수만은 없었다. 형의 생사 확인이 더욱 중요했다.

"그래… 속였어. 속였으니 어서 형이 어떻게 됐는지 말해 줘!"

그의 목소리는 발악에 가까웠다. 주적자의 대답을 듣기도 전에 장락수는 장기수의 생사를 확인할 수 있었다. 옅은 신음이 들려왔기 때문이다. 즉사하지 않았으니 쉬이 죽지는 않을 것이다. 하긴 일권에 죽을 정도로 맷집이 약한 장기수가 아니었다.

형의 생사가 확인됐으니 이제 가장 급한 것은 그 자신의 목숨이었다. 어떻게 하면 이 위기를 빠져나갈 수 있을까 하는 생각을 열심히 굴리고 있을 때 주적자의 목소리가 떨어졌다.

"날 속였으면 죽어야지."

딸깍!

주적자가 젓가락을 집는 소리가 들렸다.

"자, 잠깐! 주 대협, 난 아직 탈명침 찾는 것을 포기하지 않았습니다! 탈명침을 찾기 위해 곡강(曲江)으로 가는 도중에 주 대협이 오해를 하고… 으악!"

그의 말은 비명으로 끝났다. 어떻게 움직였는지 느끼지도 못한 사이에 손등에 꽂힌 젓가락은, 그래서 더 아팠다.

"목숨을 구걸하기 위해 거짓말을 할 필요는 없다. 고통만 늘어날 뿐이니까."

딸깍!

다시 젓가락 집는 소리가 들렸다. 이번에 꽂히는 장소는 목이 될 것이 분명했다. 그는 주적자의 손이 움직이기 전에 재빨리 입을 열었다.

"탈명침을 찾을 방법이 있습니다!"

그의 말이 끝나자마자 주적자의 손이 움직였다. 머리를 누르고 있는 손에서 그것을 느낄 수 있었다. 장락수는 눈을 질끈 감고 죽음의 순간을 기다렸다.

쾅!

귓가에서 폭죽이 터지는 듯한 소리가 들렸다. 목에 젓가락이 꽂히며 나는 소리치고는 너무 컸고 고통도 없었다. 장락수는 슬그머니 눈꺼풀을 밀어 올렸다. 눈동자를 움직여 좁은 시야를 확인한 그는 얼굴 바로 옆에 꽂힌 젓가락을 볼 수 있었다. 식사를 할 때 언제나 사용하는 그것은 지금 이 순간 어떤 예리한 칼보다 공포스러운 무기였다.

"한 번 더 거짓말 할 기회를 주지."

그 차가운 목소리에서는 한 점 기대도 묻어 나오지 않았다. 하지만 장락수는 주적자가 얼마나 절실히 탈명침을 원하는지 알고 있었다.

"머, 먼저 젓가락 좀 빼고 머리를 놓아……."

힘겨운 그의 말은 주적자가 집어 드는 젓가락 소리에 막혔다. 그것은 마치 망나니가 도에 술을 뿜는 소리처럼 들렸다. 장락수는 재빨리 입을 열었다.

"개봉(開封)에 있는 한 사람을 찾아가면 탈명침의 행방을 알 수 있을 겁니다."

"한 사람?"

그는 고통 때문에 마비되려는 손가락을 꼼지락거리며 말했다.

"모두들 그를 공(孔) 대부(代父)라고 부릅니다. 중원 보부상(褓負商)의 삼 할이 그의 명령을 듣고 이천 개의 주루를 가지고 있죠. 거기에서 일하는 사람만도 십만이 넘으니 능히 천하에 눈과 귀를 깔아놓고 있다고 해도 과언이 아닐 겁니다. 거기에 하오문(下午門)과도 연줄이 닿아 있으니 공 대부야말로 중원 최고의 정보통이라 할 수 있겠죠."

머리를 눌린 탓에 발음이 불분명했지만 충분히 알아들었을 것이다. 주적자는 탈명침에 관한 것이라면 개가 짖는 소리도 이해할 테니까.

"그런데 그런 사람이 왜 아직까지 알려지지 않았지?"

"그 사람이 그렇게 하려 하니까요. 실제로 그 사람 밑에 있는 사람조차 그가 공 대부라는 것을 모를 정도죠. 나도 개방(丐房)의 장로 한 사람을 도와주다 그에 대해 몇 가지 주워들은 것뿐입니다."

잠시의 사이를 두고 주적자의 말이 들렸다.

"그럼 실존하는 사람인지조차 정확하지 않군."

"아닙니다! 그는 분명 있어요! 탈명침이 존재하는 것처럼!"

탈명침의 이름이 나오자 머리에 얹혀져 있던 주적자의 손이 파르르 떨렸다.

"그런데 넌 왜 그 사람을 찾아가지 않았지? 내 의뢰를 받고서 말이야."

장락수는 가늘게 한숨을 쉬었다.

“공 대부를 찾다가 쥐도 새도 모르게 사라진 사람이 한둘이 아니라는 말을 들었거든요.”

그의 말 뒤로 갑작스런 침묵이 찾아왔다. 눈동자가 골 안쪽으로 돌아갈 정도로 굴려야 볼 수 있는 좁은 시야는 장락수를 더욱 갑갑하게 만들었다. 눈동자를 이리저리 굴려 양쪽을 보던 장락수는 차라리 눈을 감았다. 양손과 귀 옆에 꽂힌 나무젓가락이 절대 보기 좋은 꼴은 아니었다.

소주(蘇州)의 명기(名妓) 월향(月香)이의 배 위에 있을 때는 그리도 잘 가던 시간이 지금은 왜 이리 더디게 흐르는지…….

주적자가 전달한 손의 감촉은 나타날 때만큼이나 빠르게 사라졌다. 손을 뗀 것이 고개를 들어도 좋다는 의미였지만 그는 한참 동안이나 그대로 탁자에 머리를 박고 있었다.

“잔혹한 죽음은 네 생각보다 훨씬 길고 고통스럽다는 것을 기억해라.”

협박 같지 않게 차분한 목소리에 비로소 장락수는 고개를 들었다. 우두둑 소리와 함께 목에서 아픔이 느껴졌지만 그것은 곧 양쪽 손의 고통에 파묻혔다. 머리를 완전히 들자 비로소 석상처럼 앞에 버티고 선 주적자의 모습이 보였다.

장대에 옷을 입혀놓은 듯한 깡마른 체구에 가는 눈과 손을 대면 베일 듯한 날카로운 콧날, 갸름한 턱. 마치 쇠로 조각해 놓은 것 같은 냉막한 얼굴이었다. 거기에 관자놀이에서 턱까지 직선으로 그어진 흉터가 절묘하게 어우러져 건들면 안 되는 사람 인상의 교본으로 비춰졌다.

장락수는 괜히 가슴이 섬뜩해지는 것을 느끼며 시선을 돌려 장기수를 보았다. 기침을 토하며 겨우 몸을 일으키는 것을 보니 다행히 생명에는 지장이 없어 보였다.

"제길, 은자 백 냥에 사람을 얼마나 잡으려고 하는 거요?"

장락수는 치미는 두려움을 누르며 투덜거렸다. 주적자는 그의 양손에 꽂힌 젓가락을 뽑고 돌아섰다.

"우악! 이런 빌어먹을! 빼면 뺀다고 말이나 할 것이지!"

주적자는 고개도 돌리지 않고 말했다.

"가자! 개봉으로!"

"이봐요. 치료는 하고 가야죠!"

구름이 쉬어간다는 휴운령(休雲嶺)은 타는 듯한 붉은 단풍으로 덮여 있었다. 이곳이 너무 높은 곳이 아니었다면 아마 단풍 구경을 하기 위한 인파로 넘쳤을 것이다. 갖가지 새소리가 울리는 가운데 주적자와 장락수가 탄 말발굽 소리가 그 속을 파고들었다.

"부상자도 있는데 하룻밤 쉬고 갈 일이지."

투덜거리는 장락수의 양손은 붕대로 친친 감겨져 있었다. 제대로 된 의원의 치료를 받은 게 아니라 주적자가 대충 응급처치만 한 상태였다.

"피육(皮肉)이 상한 것뿐이야."

"물론 그렇겠죠."

그 정도는 무공을 웬만큼 익힌 장락수도 알고 있었다. 정작 불만인 것은 그의 부상이 아니라 노숙을 해야 한다는 것이었다. 해가 이미 산등성이에 반쯤 걸렸는데 이런 산중에 집이 있을 리 없었다.

그들은 침묵 속에 휴운령을 넘었다. 차츰 그림자가 늘어나 이제는 그들의 세 배쯤이나 길어져 있었다. 주위는 곧 어둠에 휩싸일 것이다.

"이제 슬슬 잠자리를 찾아야 할 것 같은데요?"

장락수의 말에 주적자는 턱으로 앞쪽을 가리켰다.

"저 고개만 넘으면 쉴 곳이 있어."

말은 가까운 듯했지만 눈으로 보는 거리와 실제로 가는 거리와는 많은 차이가 있었다. 주위가 깜깜해지고 한참 후에나 고개에 도착할 것이다.

장락수는 내심 불만을 토해내다 생각난 듯 물었다.

"탈명침을 찾으면 죽일 건가요?"

주적자의 대답은 오랜 시간이 지난 후에 들을 수 있었다.

"죽일 수 있다면."

그리고 다시 침묵이 찾아왔다. 주위는 서서히 옅은 어둠으로 물들어갔지만 고개의 정상은 아직도 눈에서 가까워지지 않았다. 늦가을의 찬바람이 옷 속을 파고들어 몸을 움츠리게 만들었다. 산중에서 부는 바람은 특히 더 차가웠다.

"너도 내가 그림자를 쫓는 멍청이라고 생각하나?"

갑작스러운 질문에 장락수는 선뜻 대답하지 못했다. 평소 생각을 말한다면 당연히 '예'였지만 당사자 앞에서 그렇게 말할 수는 없었다.

"영추치(影追癡:그림자를 쫓는 바보)란 별호가 마음에 들지 않나 보군요. 그렇게 신경 쓰이면 탈명침 쫓는 것을 그만두면 되잖아요."

"탈명침을 잊으라는 건가?"

장락수는 입을 삐쭉 내민 후 말했다.

"잊을 수야 없겠지만 굳이 쫓을 필요도 없죠. 주 대협 정도라면 지금 어딜 가도 수석보표(首席保鏢) 자리는 차지할 수 있을 테니까요. 예전의 명성을 다시 찾는 거죠."

"보표지존(保鏢至尊), 호인불사 이런 별호 말이지?"

주적자의 말속에는 비웃음이 섞여 있었다.

"그렇죠. 일 년에 은자 오백 냥이나 받는 보표가 중원 천지에 주 대협 말고 또 누가 있겠습니까?"

주적자의 입가에 고소가 맺혔다.

"지켜야 할 의뢰인을 두 명이나 죽인 보표에게는 과분하지. 거기에 또 한 명은 흠씬 패기까지 했으니……."

"그거야 재수가 없었던 거죠. 두 명이 연속 탈명침의 목표가 되어버렸으니 말이에요. 그리고 마지막에 주 대협께서 두들겨 팬 그 부잣집 망나니 아들은 맞을 짓을 했죠. 주 대협까지 끌고 부녀자를 겁탈하기 위해 남의 집 담을 넘었으니. 그 딴 것들은 다 잊어버리세요. 아마 거의 대부분의 사람이 잊어버렸을 겁니다."

"내가 잊지 않았어."

주적자는 어둠을 응시한 채 혼잣말처럼 중얼거렸다. 이제야 느낀 것이지만 주적자는 아까부터 한 번도 장락수를 향해 고개를 돌리지 않았다. 계속 정면만 보고 마치 상대없이 독백(獨白)을 하는 것처럼 말을 하고 있었다. 말을 할 때면 언제나 상대방의 눈을 뚫어지게 쳐다봐서 주눅 들게 하던 그가 빈 어둠만을 응시하고 있는 것이다.

장락수는 그것이 낯설음 때문이란 생각이 들었다. 지난 삼 년 동안 탈명침을 쫓으며 누구에게도 하지 않았던 얘기를 토해내는 낯설음. 장락수는 주적자를 감싼 외로움의 무게를 느꼈다. 아무도 알아주지 않고 오히려 놀리기만 하는 길을 주적자는 묵묵히 가고 있는 것이다.

장락수로서는 그런 주적자를 이해할 수 없었다.

'중원 최고의 보표라는 자존심에 상처를 입었기 때문일까?'

그럴 수도 있었다. 어떤 사람은 자존심에 목숨을 걸기도 하니까.

이제 사위는 완전한 어둠에 휩싸였다. 달마저 옅은 구름에 가려 제 빛을 뿌리지 못했다. 장락수는 온 신경을 집중해 말을 몰았지만 폭이 두 자도 채 되지 않는 산길을 이런 밤중에 간다는 것은 쉬운 일이 아니었다. 자칫 말이 발을 잘못 디뎌 왼쪽 언덕으로 구른다면 낭패였다.

"차라리 근처에서 노숙을 하죠. 눈에 뵈는 게 있어야지."

"지붕 아래서 잘 수 있는데 굳이 밤이슬을 맞을 필요가 있나."

"제길, 정말 잘 곳이 있긴 있는 겁니까?"

"저기 있잖아."

장락수는 주적자가 가리키는 곳으로 눈길을 돌렸다. 옅은 불빛 몇 개가 흔들리는 것이 보였다.

"화전민(火田民) 마을이야. 인심 좋은 곳이지."

"정말 탈명침 찾는다고 안 돌아다닌 곳이 없는 모양이군요."

"……."

"그런데 내가 알기로 주 대협은 나이가 서른둘이죠 아마?"

주적자는 무슨 소릴 하려느냐는 듯 장락수를 돌아보았다.

"내 나이가 서른셋인데 왜 주 대협은 내게 반말을 하는 겁니까?"

주적자는 피식 웃은 후 정면을 보고 말했다.

"억울하면 너도 말 놔."

그들이 마을 가까이에 도착한 것은 그로부터 반 시진 정도가 지난 후였다. 초경(初更:저녁 여덟 시부터 열 시 사이)이 막 지난 시간이어서인지 마을 어귀에 들어서도록 눈에 띄는 사람은 없었다. 하긴 마을이라고 해봤자 초가집 열 채가 옹기종기 모여 있는 것이 고작이었다.

집들은 산비탈을 태워 만든 밭을 내려다보는 형태로 지어졌는데, 앞에 여섯 채와 그보다 조금 높은 곳에 위치한 뒤의 네 채는 이 장 정도의 간격을 두고 있었다. 붙어 있는 집과 집 간격도 다섯 자 정도로 일정해 아마도 열 가구가 한꺼번에 이곳으로 이주해 지은 집 같았다.

하긴 요즘같이 먹고 살기 힘든 세상에 이런 산중으로 들어와 자급자족하는 것도 나쁘지는 않았다. 최소한 폭정(暴政)에 시달리지는 않을 테니까.

그들은 산짐승을 막기 위해 세워놓은 울타리를 빙 돌아 마을 안으로 들어갔다. 장락수가 먼저 말에서 내리며 말했다.

"어째 마을이 조용하네요. 집집마다 불이 켜진 것을 보면 사람이 있는 것이 분명한데."

주적자도 말에서 내려 가장 가까운 집 앞에 섰다. 따로 만든 담 같은 것도 없어 작은 마루를 지나면 방으로 들어가는 문이 있었다.

"험! 험!"

주적자가 기침으로 인기척을 냈다. 하지만 반응이 없었다. 몇 번 반복을 해도 역시 마찬가지였다.

"옆집에 놀러 간 모양이네요."

허락없이 남의 집 방문을 열 수도 없어서 그들은 다음 집으로 옮겨갔다. 다시 헛기침으로 주인을 불러내려 했지만 나오는 사람은 없었다.

"한 집에 모여 있는 건가?"

장락수는 중얼거린 후 조금 큰 소리로 사람을 불렀다.

"실례합니다. 아무도 안 계세요?"

돌아온 대답은 괴괴한 적막뿐이었다. 그들은 차츰 이상함을 느꼈다. 조용한 산중에서 이 정도 목소리면 뒤쪽에 위치한 집까지 들리고도 남았다.

"들어가 보는 것이 좋겠는데요."

주적자는 고개를 끄덕이고 마루로 올라섰다.

"이봐요, 신발은 벗어……."

장락수는 주적자의 손짓에 말문을 닫고 뒤를 따랐다. 폭이 겨우 넉자 정도밖에 되지 않는 툇마루에 선 주적자는 조심스럽게 문고리를 잡았다. 오른손은 언제라도 검을 뽑을 수 있도록 어깨 가까이에 두었다.

끼이익—

쇠와 쇠가 마찰하는 소리가 낮게 울렸다. 문이 서서히 열리며 방 안의 모습이 차츰 드러났다. 벽 한쪽에 가지런히 개어진 이불과 기름이 거의 떨어진 등잔, 그리고 채소가 주류를 이룬 밥상이 차례로 보였다. 문을 완전히 연 주적자의 입에서 가는 신음이 새어 나왔다.

"대체 안에 뭐가 있기에 그러슈?"

주적자의 옆구리를 파고들어 방 안을 본 장락수는 누가 밀치기라도 한 것처럼 뒤로 물러섰다.

"저게 뭐야?"

그것은 분명 시체였다. 하지만 그가 시체를 보고 놀랄 사람은 아니었다. 그동안 수백 구의 시체를 봤고 그중에는 열두 조각으로 찢어진 시체도 있었다. 그런데 눈앞의 시체는 지금껏 그가 보아왔던 시체와 너무 달랐다.

휴지를 구겨놓은 듯 쭈글쭈글한 피부와 만지면 먼지로 부서질 것 같은 머리칼, 툭 튀어나온 안구. 눈앞에 있는 시체는 마치 몇백 년이나 지난 목내이(木乃伊:미라)같았다. 청색으로 변해 버린 시체는 언뜻 봐서는 남자인지 여자인지 구분조차 가지 않았다.

장락수는 안으로 들어가는 주적자를 따라 걸음을 옮겼다. 방 안의 시체는 한 구가 아니었다. 문 바로 옆에 같은 모습의 여자—치마를 입었다는 것으로 추측하여—시체 한 구가 더 있었다. 도망치다가 변을 당한 것이 틀림없었다.

"이 시체들의 모습이 왜 이렇죠? 흡사 피가 다 빠져 버린 것 같군요."

"실제로 피가 다 빠졌어."

남자 시체를 살피던 주적자가 말했다.

"그럴 리가."

장락수는 쭈글쭈글한 여자 시체의 피부를 만져 보았다. 바싹 마른 피부가 금방이라도 부서질 것 같았다.

"사람이 죽어서 이 정도까지 되려면 최소한 삼 개월은 걸릴 텐데……."

"여자의 머리칼을 걷어봐."

주적자의 말에 장락수는 등에 늘어진 여자의 푸석한 머리칼을 옆으로 치웠다. 그는 곧 목 뒤에 나 있는 네 개의 작은 구멍을 볼 수 있었다. 마치 젓가락으로 뚫어놓은 듯한 상처는 목뼈를 사이에 두고 양쪽으로 두 개씩 자리해 있었다.

"이게 사인(死因)일까요?"

주적자는 남자 시체의 목에 시선을 두고 말했다.

"그렇겠지. 이 시체에도 똑같은 상처가 있으니."

"하지만 이런 유의 상처를 내는 무공은 본 적도 들은 적도 없는데요. 이건 마치 맹수의 송곳니 자국 같잖아요. 만일 맹수에게 당한 것이라면 당연히 다른 곳에도 상처가 있어야 하는데……."

주적자는 장락수의 말에 무언가를 느낀 듯 남자의 옷고름을 풀었다.

"뭐 하는 거예요?!"

주적자는 사내의 상의를 열어젖혔다. 갈비뼈가 파란 피부를 뚫고 올라올 것처럼 튀어나와 있었다. 금방이라도 부서질 것 같은 시체를 옮겨가며 옷을 벗기던 주적자의 손이 멎었다. 그의 시선은 시체의 어깨 부위에 머물렀다. 시체의 어깨 바로 아래쪽은 심하게 함몰되어 있었다. 주적자는 함몰된 곳을 손으로 쥐었다. 주적자의 손이 조금 작기는 했지만 함몰된 부분은 손가락 모양과 일치했다. 그의 손가락이 안으로 푹 들어가는 것으로 보아 뼈는 모두 부서진 것 같았다.

"사람이야. 이곳을 세게 쥐고 움직이지 못하게 한 후 죽인 거지."

주적자는 여자 시체 쪽으로 시선을 돌렸다.

"저 여자도 마찬가지일 테고."

장락수는 확인을 하기 위해 시체의 옷을 벗겼다. 풍만했을 여인의 가슴은 칠십 먹은 노파의 그것처럼 쭈글쭈글하게 변해 있었다. 그가 본 시체는 어깨 부위에 손자국이 나 있었다. 엄지손가락 자국이 등 쪽에 나 있는 것으로 보아 뒤쪽에서 덮친 것이 분명했다.

"혹시 커다란 원숭이나 뭐 그런 것이 아닐까요?"

주적자는 고개를 저었다.

"짐승은 아니야."

"정말 그렇게 믿어요? 사람이 물어뜯어 죽였다고?"

"물어뜯어 죽였다고는 안 했어. 목에 난 상처를 봐. 만약 물어서 생긴 상처라면 이렇게 송곳니 자국만 나지는 않았을 거야. 앞니나 어금니도 있으니까. 그리고⋯⋯."

주적자는 일어서며 말을 이었다.

"중요한 것은 상처가 아니라 상태야. 사람들 몸속에 왜 피가 한 방울도 없을까?"

장락수의 얼굴이 굳어졌다.

"설마⋯ 흡혈귀 따위를 생각하는 것은 아니겠죠?"

"⋯⋯."

"그건 황당무계한 옛날이야기에서나 나오는 거잖아요."

장락수는 일부러 헛웃음을 지으며 '그건 아니에요'를 반복했다. 주적자도 고개를 끄덕였다.

"그래. 그런 게 있을 리 없지. 일단 다른 집도 조사해 봐야겠어."

그들은 처음 들어와서 기척을 냈던 집으로 발길을 옮겼다. 방문을 열자 세 평 정도의 작은 방에 두 구의 시체가 놓여 있었다. 남자는 방 모서리에서 마치 항아리를 안은 듯한 자세로 입을 쩍 벌린 채 죽어 있었고, 여자는 방 가운데서 뭔가를 품은 듯 엎드린 모습이었다. 시체의 모습도 앞선 두 구와 별반 다를 게 없었다. 푸르게 말라 버린 피부와 푸석한 머리칼, 죽음에의 공포가 그대로 드러나 있는 표정까지⋯⋯.

장락수는 여자를 조사하기 위해 몸을 뒤집었다. 그런데 그녀의 품에 또 하나의 시체가 있었다. 두 살 정도 되어 보이는 아이였다. 울다가 죽은 듯한 아이는 정체 모를 살인자의 희생물이 아니었다. 결과적으로 보면 그렇겠지만 어쨌든 아이를 죽인 것은 여자였다. 아이를 보호하려고 너무 꼭 끌어안은 나머지 숨이 막혀 죽은 것이다.

"끔찍하군요. 난 별로 착한 놈은 못되지만 이런 짓을 한 새끼는…
그것이 사람이든 짐승이든 꼭 잡고 싶어요."

"그래. 그러기 위해서는 먼저 이곳을 나가야겠군."

주적자는 부서진 창문을 만지며 말했다. 형편없이 망가진 것으로
보아 범인—아직 사람인지 확실치 않지만—이 빠져나간 곳 같았다. 창문
의 파편이 바깥을 향해 튄 것으로 추측할 수 있었다. 그들은 범인의
행로를 따라 창을 통해 밖으로 나갔다.

구름에 가린 달은 아직 얼굴을 내밀지 않았고 몇몇 집은 등잔의 기
름이 다한 듯 불이 꺼져 있었다. 어둠을 밟고 가던 그들은 맨 먼저 들
어갔던 집의 창가에 다다랐다. 창은 안으로 열려 있었다.

"저 집에서 나와 이곳으로 들어갔군."

주적자의 말에 장락수는 고개를 갸웃하며 말했다.

"그런데 이상하군요. 죽었을 때 얼굴 모습을 보면 최소한 비명이라
도 지른 것 같은데 아무도 밖으로 나와보지 않은 것 같으니 말입니
다."

위쪽을 향해 몸을 돌리던 주적자는 어둠의 한곳을 가리켰다.

"저것을 보면 그런 것 같지도 않군."

주적자의 손끝에는 희미하게 보이는 시체가 놓여져 있었다. 그들은
비탈길을 올라가 윗집과 아랫집의 중간쯤에 놓인 시체 앞에 섰다. 앞
의 네 구와는 다르게 옷이 여기저기 찢기고 상처가 나 있었다. 범인의
손에 의한 것이 아니라 도망치다 생긴 상처 같았다. 바짝 말라 버린
입 안에는 흙이 한 움큼 들어 있었다.

"이걸 보면 도망친 사람도 있을 것 같지 않아요?"

"그럴 수도……."

장락수는 주적자를 물끄러미 쳐다보다 말했다.

"주 대협은 언제나 그런 식인가요?"

"뭐가?"

"확실한 것이 아니면 말하지 않잖아요. 추측이나 예상, 뭐 그런 거요."

주적자는 위에 집 쪽으로 시선을 돌리며 말했다.

"나도 하지. 확실해질 때까지 말하지 않을 뿐."

"입이 무겁다고 칭찬받고 싶은 건가요?"

비명은 그의 말이 끝남과 동시에 울렸다.

"으아아악―"

심장을 토해내는 듯 처절한 소리는 밤의 적막을 갈기갈기 찢어놓았다. 순간 둘의 몸이 작게 움츠러들었다.

"어디서 들린 거죠?"

주적자의 행동은 말보다 빨랐다. 그는 어느새 위쪽의 집을 향해 어둠 속으로 스며들고 있었다.

"같이 가요!"

장락수는 낮게 소리치며 땅을 박찼다. 주적자는 왼쪽에서 두 번째 집 헛간 앞에서 걸음을 멈췄다. 헛간 문은 두 개로 나뉘어 있었는데 세월의 힘에 떠밀려 검은색으로 바래 있었다. 주적자는 손가락으로 오른쪽 문을 가리켰다. 장락수는 고개를 끄덕이고 주적자가 가리킨 문 앞에 섰다. 주적자가 검을 빼 드는 것을 보며 말아쥔 주먹에서 시큰한 아픔이 느껴졌다. 그는 붕대가 감겨 꼭 쥐어지지 않은 주먹을 가슴 쪽에 모았다.

그가 익힌 붕우권(嘣宇拳) 중 수비와 공격을 동시에 할 수 있는 와착

교운(臥着巧雲)의 기수식(起手式)이었다. 주적자는 검을 오른쪽 다리에 붙이듯 늘어뜨리고 문 앞에 섰다. 주적자가 준비되었냐는 듯 장락수를 보았다. 장락수는 심호흡을 한 후 가볍게 고개를 끄덕였다.

한두 번 위험을 겪어본 것이 아니었다. 검과 칼이 난무하는 패싸움도 해보았고, 도저히 상대가 되지 않는 고수와도 겨루어보았다. 그렇게 여덟 번이나 사신(死神)의 등을 밟고 살아남은 그였다. 그래서 웬만한 위험쯤은 그러려니 하며 넘길 수 있었다. 하지만 지금 이 산중에서 맞닥뜨린 정체 모를 위험은 그를 불안의 늪으로 끌어들였다. 짐승인지 사람인지, 행여 사람이라면 어느 정도의 무공을 지니고 있는지 가늠조차 할 수 없었다.

'정말 흡혈귀가 아닐까……?'

그의 생각 뒤로 주적자가 문을 박찼다. 우지끈 소리와 함께 안에서 잠근 빗장이 부서지며 문이 활짝 열렸다. 둘은 동시에 칠흑 같은 어둠 속으로 뛰어들었다. 헛간 안은 눈앞에 손가락을 가져다 대도 모를 정도로 어두웠다. 그들이 부수고 들어온 문 외에는 빛 한 점 스며들지 않은 그곳에서 둘은 서로 등을 기대고 촉각을 곤두세웠다. 사위를 경계하느라 조금씩 움직이는 그들의 발걸음 소리만이 공간을 채우는 전부였다. 등을 타고 흐르는 식은땀이 서늘하게 느껴졌다.

치이익—

언제 꺼내 들었는지 주적자가 화섭자를 켰다. 파란 밝음이 약간의 안도감을 심어주었다. 하지만 왼쪽으로 움직이다 발에 걸린 물체 때문에 안도감은 다시 불안으로 바뀌었다. 그것은 머리통이었다. 베어진 것이 아니라 찢겨진 듯 단면이 울퉁불퉁한 머리에서는 아직도 선홍빛 피가 흘러나오고 있었다. 맞을 때 충격으로 튀어나온 핏발 선 눈알이 파란 힘줄에 걸려 장락수를 올려다보았다.

머리를 잃은 몸통은 헛간에 마련된 지하실 출입구에 반쯤 걸려 있었다. 위험을 피해 지하실로 들어갔다 빠져나오면서 당한 것 같았다. 그들의 기척을 듣고 나왔을 것이다.

'빌어먹을!'

속으로 욕설을 뱉은 장락수는 머리끝이 섰다. 무엇을 보거나 기척을 느껴서가 아니었다. 그것은 본능이었다. 위험을 직감한 육체가 그에게 경고를 보낸 것이었다. 장락수는 본능이 알려준 방향으로 고개를 들었다. 천장에서 희뿌연 빛을 뚫고 검은 그림자가 떨어져 내렸다. 형체도 불분명한 그것은 소리없이 그를 덮쳤다. 너무 갑작스런 공격에 그가 할 수 있는 것은 아무것도 없었다.

'이렇게 죽는구나' 싶은 순간 주적자의 검이 허공을 갈랐다.

퍼억!

화섭자의 밝음에 전염되어 파랗게 변한 검이 그림자의 팔 어름을 때렸다. 그림자는 탄력 좋은 공처럼 다시 위로 솟구치더니 그대로 지붕을 뚫고 사라졌다. 주적자는 지붕 파편들이 채 땅에 떨어지기도 전에 몸을 날렸다. 가슴을 쓸어 내린 장락수는 주적자가 지붕을 뚫는 것을 보고서야 위로 솟구쳤다.

그림자가 뚫어놓은 구멍을 통해 지붕에 내려선 장락수는 사위를 살피는 주적자를 볼 수 있었다.

"놓쳤나요?"

주적자는 말없이 고개를 끄덕였다. 갑자기 섬광이 번쩍하더니 이내 천둥 소리가 뒤따랐다. 옅게나마 비추던 달빛은 흔적도 없이 사라지고, 밤보다 더 시커먼 먹구름이 하늘 가득 널려 있었다. 물기 섞인 바람이 그들의 옷자락을 거세게 휘날렸다. 땅과 집의 경계가, 숲과 하늘의 이음새가 불분명한 어둠을 그들은 한참 동안 응시했다. 변함없이 조용했고 움직이는 것 또한 보이지 않았다.

"못 찾을 것 같은데요."

"아직은 아니야. 분명 이 근처 어딘가에 있어."

주적자의 확신에 찬 음성은 묘한 믿음을 갖게 만들었다.

"그럼 나눠서 찾아보기로 하죠."

"혼자 괜찮겠나?"

"보호자가 필요할 나이는 지났어."

장락수는 은근 슬쩍 말을 놓은 후 오른쪽으로 몸을 날렸다. 호기롭게 떨어져 나오기는 했지만 발이 땅에 닿자마자 후회됐다. 괜한 위험을 자초했다는 생각이 들었다.

'다시 주적자를 따라갈까?'

하지만 그는 이내 고개를 저었다. 그러기에는 자존심이 허락지 않았다. 물론 그야 서 푼어치도 안 되는 자존심보다는 목숨이 중요했다. 목숨보다 자존심이나 명예 같은 것을 더 무겁게 생각하는 사람은 주적자 같은 멍청이들뿐이었다.

그러나 그는 끝내 발길을 돌리지 않았다. 그에게도 최소한의 자존심은 있었던 것이다. 이왕 내친걸음이니 가보는 수밖에 없었다. 꼭 그에게 시커먼 녀석이 나타날 것이라는 보장도 없고, 설혹 그렇다 하더라도 호락호락 당할 그가 아니었다. 물론 헛간에서는 엉겁결에 죽을 뻔했지만⋯⋯.

흙으로 만들어진 집과 집 사이를 지날 때마다 그는 벽에 등을 붙이고 고개를 내밀어 확인했다. 어디선가 긴 부엉이 울음소리가 들리더니 그것이 신호인 듯 비가 내리기 시작했다. 한두 방울 떨어지던 비는 채 다섯 걸음도 옮기기 전에 피부가 따끔거릴 정도로 굵어졌다. 뿌연 수막(水膜)과 사방을 거칠게 때리는 빗소리는 그의 눈과 귀를 세상과 차단시켰다.

"우라질 놈의 비 같으니라구."

그는 투덜거리며 마지막 집의 모퉁이를 돌았다. 겨울을 대비해 쌓아놓은 장작이 가슴을 섬뜩하게 만들었다. 장락수는 도끼가 꽂혀 있는 굵은 통나무를 돌아 비탈길을 내려갔다. 이미 축축하게 젖어버린 땅을 조심스럽게 밟으며 내려간 그는 아랫집과 윗집의 중간쯤에서 걸음을 멈췄다.

'천천히… 신중하게 살피라구.'

그는 한차례 숨을 고른 후 다시 움직였다. 가장 먼저 확인할 곳은 울타리와 맨 왼쪽 집 사이였다. 울타리에 빙 둘러 심어진 감나무는 범인이 숨기에 안성맞춤의 장소였다. 장락수는 얼굴에 흐르는 빗물을 훔치며 나무 사이를 걸어갔다. 비바람에 나뭇가지들이 금방이라도 끊어질 듯 휘청거렸다. 세상이 온통 비 때문에 환희의 노래를 부르는 듯했다.

허리를 굽힌 그는 땅 위로 반쯤 모습을 드러낸 나무뿌리를 피해 한 발 한 발 내디뎠다. 머리 위에서 나뭇가지들이 어지럽게 손을 흔들어 댔다.

툭!

갑자기 어깨 위로 무언가가 떨어졌다. 그는 어깨에 손을 올리며 훌쩍 물러섰다. 끈적한 것이 손에 묻어 나왔다. 피일지도 모른다는 생각을 하며 손을 눈앞에 갖다 대자 향긋한 감내가 풍겨왔다. 바람에 떨어진 홍시였다. 그는 위를 힐끔 보고 욕설을 내뱉었다.

"니미랄, 별것이 다 사람을 놀래키네."

그는 두근거리는 마음을 진정시키고 다시 눈에 핏발을 세웠다. 무공을 익혀 눈이 밝아진 그조차 일 장 이상을 볼 수 없을 정도로 비 섞인 어둠은 짙었다. 지리한 그의 걸음은 울타리와 벽 사이를 빠져나와 모퉁이를 돌았다. 처마에 걸린 광주리가 부딪히며 내는 소리가 유난히 크게 들렸다.

섬돌 위에 놓인 주인 잃은 신발 안에는 물이 가득 차 넘쳐흐르고 있었다. 머리를 흔들어 빗물을 털어낸 장락수의 걸음이 첫 번째 집과 두 번째 집의 경계에서 멎었다. 허리 높이로 쌓인 건초 더미 너머로 다른 무언가가 보였다.

그는 조심스럽게 건초 더미로 다가갔다. 가까이 갈수록 그것은 확연히 다른 모습으로 다가왔다. 둥그렇게 말아진 그것은 계속 작은 움직임을 보이고 있었다. 장락수는 그것이 떨림이라는 것을 알았다. 추위 때문인지 두려움 때문인지는 알 수 없지만 어쨌든 그 둥근 그림자는 사람이었다. 살아 있는 사람!

"이봐요."

장락수가 낮은 소리로 부르자 그 사람은 깜짝 놀라며 더욱 낮게 몸을 숙였다. 그럼에도 불구하고 큰 덩치 때문에 완전히 가려지지 않았다.

"괜찮아요. 난 당신을 해치려는 것이 아닙니다."

그 사람은 잠시 머뭇거리더니 건초 더미 위로 살며시 고개를 내밀었다. 장락수는 억지로 친절한 웃음을 만들어내며 말했다.

"자, 어서 나와요. 당신은 안전해요."

지금 한 말은 그도 그렇게 믿고 싶었다. 장락수의 설득이 효과가 있었는지 그 사람이 몸을 일으켰다. 때마침 번개가 쳐서 그 사람은 푸른 밝음 속으로 모습을 드러냈다. 커다란 덩치는 이미 예상했지만 생김새만큼은 전혀 뜻밖이었다.

장락수가 상상했던 화전민들의 순박한 인상과는 전혀 달랐다. 길가에서 만났으면 틀림없이 동네 건달이나 현상 수배범쯤으로 치부했을 험악한 얼굴이었다. 거기에 한쪽 눈에 안대까지 해서 험한 인상을 더욱 흉악하게 만들었다.

'뭐 저렇게 생겼다고 농사짓지 말란 법은 없으니까.'

장락수는 애써 웃음을 지으며 사내가 안심하고 다가오길 기다렸다. 사내는 힘겹게 건초 더미를 넘어 주춤주춤 가까워졌다.

"저… 정말 해치지 않을 거죠?"

덩치와 인상에 걸맞지 않게 겁먹은 목소리였다.

"걱정 말아요. 난 당신을 도우려고 하는 거니까."

장락수는 양팔을 벌려 자신의 의지를 강조했다. 그제야 안심이 된 듯 사내의 걸음이 빨라졌다. 귀를 얼얼하게 만드는 천둥이 지나간 후 다시 섬광이 번뜩였다. 갑자기 밝아져서인지 사내가 순식간에 가까워진 것 같았다. 왠지 사내의 독안(獨眼)도 짙은 푸른빛을 띠는 것처럼 보였다.

장락수가 섬뜩한 무언가를 느끼고 물러서려 할 때는 이미 사내가 코앞까지 다다른 상태였다. 사내의 입가에 비릿한 웃음이 번졌다.

"바보."

주적자는 빠르게 몸을 돌렸다. 방금 들린 소리는 분명 비명이었다.

땅에 발을 구르는 소리만큼이나 작았지만 틀림없었다. 사위를 메운 비바람 소리와 숲의 비명 소리, 낙엽이 벽에 부딪히는 작은 소리까지도 하나하나 구별해 낼 수 있었다.

"장락수!"

주적자는 입구 쪽에 위치한 첫 번째 집과 두 번째 집 사이를 빠르게 빠져나왔다. '혼자 보내는 것이 아니었는데' 라는 후회가 뇌리를 스치는 순간 파란 섬광이 번쩍이고, 뒤로 천천히 넘어지는 장락수를 볼 수 있었다. 그 앞에 서 있는 커다란 덩치의 사내도 한눈에 들어왔다. 머리보다 몸이 먼저 반응했다.

십오 장 거리는 빠르게 좁혀졌다. 사내는 주적자가 반 넘게 다가갔는데도 여전히 움직이지 않았다. 어서 오라는 듯 비웃음마저 흘리고 있었다. 그리고 거리가 오 장 이내로 좁혀지자 천천히 뒷걸음질치더니 집과 집 사이로 모습을 감췄다.

"멈춰!"

주적자는 쓰러진 장락수 곁에 내려서서 사내가 사라진 곳을 살폈다. 보이는 것이라곤 건초 더미가 전부였다. 지붕 위로 올라가 보았지만 역시 사내의 흔적은 찾을 수 없었다. 그가 네 번 도약한 사이 사내는 완벽하게 자취를 감춘 것이다. 경신술(輕身術)이 경지에 이르지 않고서는 불가능한 일이었다. 어쩌면 은신술(隱身術)로 어디엔가 숨어 있는지도 모른다.

주적자는 다시 장락수 곁으로 내려섰다. 가슴이 뻥 뚫려 피를 내뿜는 장락수는 마지막 숨을 몰아쉬고 있었다. 껄껄거리는 숨이 금방이라도 끊길 것 같았다.

"이봐! 내 말 들리나?"

“역시… 자존심은… 개똥이야.”

힘겹게 말을 뱉은 장락수의 눈동자가 위로 올라갔다. 주적자는 들고 있던 검을 땅에 꽂고 장락수의 어깨를 흔들며 소리쳤다.

“개봉의 공 대부를 어떻게 하면 만날 수 있지?”

사신의 미소처럼 장락수의 입가가 일그러졌다.

“당신은… 지금 이 순간에도… 탈명침 생각만… 하는군.”

그것이 장락수가 뱉을 수 있는 마지막 말이었다. 주적자는 힘없이 고개를 꺾은 장락수를 물끄러미 보다가 일어섰다. 장락수의 가슴에 뚫린 구멍같이 그의 가슴도 휑하니 뚫려 버린 것 같았다.

피를 머금어 붉어진 작은 내[川]는 주적자의 검을 가르고 어둠 속으로 스며들었다. 주적자는 막힌 둑을 뚫듯 검을 뽑고 사내가 사라진 방향으로 몸을 돌렸다. 기척을 느낄 수는 없지만 분명 근처 어딘가에 있을 것이다.

탈명침에 관련되지 않은 일에 시간을 낭비하지 말았어야 했다. 그러면 장락수가 죽는 일도 없었을 것을……

“후―”

그는 빗물 섞인 숨을 크게 들이킨 후 걸음을 옮겼다. 이렇게 된 이상 녀석을 잡아야 했다. 결과에 대한 책임은 누군가가 져야 하니까.

그는 철퍽거리며 앞으로 나아갔다. 이제 와서 기척을 숨길 필요는 없었다. 어차피 녀석은 모두 보고 있을 테니까. 어쩐지 그런 확신이 들었다. 집과 집 사이를 빠져나와 비탈길을 오를 때까지 그를 기다린 것은 장대비뿐이었다. 주적자는 고개를 약간 숙여 눈으로 빗물이 들어가는 것을 막았다. 언제나 작은 것이 목숨을 좌우하는 법이었다.

비탈길을 올라간 그는 왼쪽으로 방향을 잡았다.

“자, 나와라. 내가 겁나나? 숨어서 내가 졸기를 기다리는 거냐? 그런 거야?”

집 끝에 다다를 동안 아무 반응도 오지 않았다. 주적자는 몸을 돌려 왔던 길을 다시 밟았다.

“쥐새끼처럼 숨어 있다 내가 가면 나올 생각이냐? 가랑이 사이에 꼬리는 잘 말아 넣고 있겠지?”

주적자의 목소리는 빗소리에 섞여 사방으로 퍼져 나갔다. 그는 산보를 하듯 천천히 걸음을 옮겼다. 이런 격장지계가 통할지 모르지만 함부로 아무 곳이나 쑤시고 다닐 수는 없었다. 녀석은 빠르면서도 교활했다. 장락수가 죽은 것을 보면 알 수 있었다. 그토록 가까이, 그것도 정면에서 가한 공격을 피하지 못했다는 것은 장락수가 방심했다고밖에 볼 수 없었다. 이런 상황에서 상대로 하여금 방심할 수 있도록 만든다는 것 자체가 녀석의 교활함을 말해 주었다.

주적자의 발길이 마지막 집의 툇마루 끝에 닿았다. 그는 다시 몸을 돌렸다.

“그곳에서 나오려면 엄마가 필요한가 보지? 큰 소리로 울어봐. 그럼 엄마가 올지 모르니까.”

귀를 거슬리게 하는 웃음소리가 들린 것은 그의 걸음이 두 번째 집의 앞을 지날 때였다.

“크흐흐흐… 제법 나를 화나게 하는군.”

사내는 세 번째 집과 네 번째 집의 사이에서 걸어나왔다. 사내의 몸에 부딪힌 빗물이 수증기가 되어 올라가는 모습이 후광처럼 비춰졌다. 사내는 유난히 하얀 이빨을 드러내며 웃었다.

“네가 누군지 이제야 기억나는군.”

사내의 말에 주적자는 눈썹을 찡그렸다.

"날 아나?"

"사 년, 아니, 오 년 전에 먼발치에서 한 번 본 적이 있었지."

사내는 자신의 머리를 검지로 톡톡 두들겼다.

"요즘은 기억력이 아주 좋아졌거든."

사내는 주적자에게로 한 발자국 다가섰다.

"보표지존, 호인불사 주적자. 어때, 아닌가?"

주적자는 검을 한 바퀴 빙 돌린 후 가슴 앞에 세웠다.

"날 알고도 내 앞에 나타났다는 것은 이길 수 있다는 자신감이 생겼다는 거겠군."

"당연하지. 오 년 전 널 봤을 때는 하늘 위의 하늘이었지만 지금의 난 네가 감당할 수 없을 만큼 강해. 이런 밤에는 특히 말이야."

사내는 양팔을 옆으로 벌리며 말을 이었다.

"겁먹고 도망치지는 말아."

사내의 눈동자가 점점 파란색을 띠었다. 그리고 그 입. 유난히 하얀 이빨이 점점 안쪽으로 사라지더니 네 개의 송곳니만이 길게 튀어나왔다. 마치 독사의 이빨을 보는 듯했다. 그제야 주적자는 시체들의 목에 난 상처의 의미를 알 수 있었다.

'정말 흡혈귀인가?'

그는 눈앞에 있는 사내를 보고도 믿을 수가 없었다. 강시나 흡혈귀는 그저 꾸며내기 좋아하는 이야기꾼이 만든 허구일 뿐이라고 생각했었다. 하지만 앞에 서 있는 사내의 모습은 의심할 나위 없는 흡혈귀였다. 그 외에 다른 변형은 별로 찾아볼 수 없었다. 옷 속은 어떨지 알 수 없지만……

"갈 길이 머니 최대한 빨리 끝내주지."

사내의 이빨을 타고 흐르는 빗물이 마치 핏물처럼 보였다. 사내는 벌렸던 팔을 가슴으로 모음과 동시에 땅을 박찼다. 사내는 시위를 떠난 화살처럼 일직선으로 쏘아져 왔다. 몸에 부딪힌 빗줄기가 수막을 넓게 퍼뜨릴 정도로 빠른 속도였다.

제2장

주적자와 소소자

주적자는 물러서지 않고 검을 곧게 뻗었다. 그의 검법은 곤륜파(崑崙派)에 뿌리를 두고 있었기 때문에 날카롭고 빨랐다.

사내는 주적자의 검이 보이지 않는 듯 속도를 줄이지 않고 그대로 부딪혀 왔다. 미간과 검이 맞닿으려는 순간 사내의 오른손이 검을 쳐 왔다. 주적자는 검을 옆으로 뉘었다.

'퍼억!' 하는 소리와 함께 검이 바깥쪽으로 밀려났다. 버틸 수 없을 정도로 막강한 힘이었다. 주적자는 그제야 헛간에서 검과 부딪쳤던 것이 사내의 팔이라는 것을 확신했다. 사내의 팔은 도검불침(刀劍不侵)이었다. 어쩌면 다른 곳도 그럴 것이다.

사내의 움직임은 그에게 길게 생각할 여유를 주지 않았다. 검을 밀어낸 사내는 왼손을 수도처럼 세워 주적자의 가슴을 찔렀다. 주적자는 물러서지 않고 검 손잡이로 사내의 손을 튕겨냈다. 이렇게 공간의 여유가 없는 싸움에서 한번 밀리면 걷잡을 수가 없었다. 애초에 붙여 놓지 말았어야 했지만 이렇게 된 이상 물러서지 않고 밀어내서 공간을 확보해야 했다.

다시 사내의 왼손이 목을 쳐오며 동시에 오른손이 배를 찔러왔다. 주적자는 허리를 숙여 목으로 오는 공격을 피하며 동시에 배로 오는 공격을 팔뚝으로 막았다. 시큰한 통증이 팔을 저릿하게 만들었다.

그는 신음을 삼키며 사내의 배를 검으로 베었다. 전혀 낯선 느낌이 손에 전해졌다. 마치 몽둥이로 가죽 부대를 친 듯 배는 조금도 베어지지 않았다. 오히려 그 힘에 못 이겨 주적자가 한 걸음 뒤로 물러섰다. 기회를 잡았다는 듯 사내의 양손이 가슴을 찔러왔다. 그는 어쩔 수 없이 뒤로 몸을 날렸다. 한 번의 공격을 피하기는 했지만 우려했던 일이 현실로 드러났다. 방심하지 말았어야 하는데, 라는 후회가 스쳤지만 돌이킬 수는 없었다.

기회를 잡은 사내는 그의 발이 땅에 닿기도 전에 숨결을 느낄 수 있을 정도로 가까이 다가와 있었다. 사내의 손이 얼굴에 닿기도 전에 빗방울이 날카로운 가시가 되어 얼굴을 때렸다. 주적자는 철판교의 수법으로 몸을 뉘었다. 사내의 손이 얼굴을 지나가며 코피를 터뜨렸다. 주적자는 등을 땅에 대고 사내의 다리를 향해 검을 휘둘렀다. 검은 들어 올린 오른쪽 발바닥을 지나 왼쪽 장딴지를 때렸다.

충격을 받았는지 사내는 몸을 흔들었지만 이내 들어 올린 발로 주적자를 밟았다. 주적자는 급히 몸을 굴려 피했다. 젖은 땅에서 튄 물이 얼굴을 따갑게 때렸다. 주적자는 왼손으로 땅을 치며 횡으로 회전해서 사내와 멀리 떨어지려 했다. 그러나 사내가 그것을 용납하지 않았다. 썩은 생선에 붙은 파리처럼 사내는 끈질기게 그를 따라붙었다.

사내의 발과 다리가 끊임없이 그를 압박했다. 무작정 휘두르는 것 같은 사내의 권각(拳脚)은 어떤 고수의 몸놀림보다 빠르고 파괴적이었다. 검 하나로는 모든 공격을 막을 수 없었다. 주적자의 팔다리는 어느새 붉은 피를 흘리고 있었다.

이렇게 나가다가는 그가 가진 실력의 반도 펼쳐 보이지 못하고 쓰러질 수밖에 없었다. 희생을 감수하고서라도 거리를 벌려야 했다. 사내는 콧김을 그의 가슴에 뿜어대며 빳빳하게 세운 손가락으로 목젖을 찔러왔다. 간신히 팔뚝으로 그것을 쳐내자 권이 가슴을 압박했다.

'이번에는!'

주적자는 왼 손바닥으로 사내의 주먹을 맞받아쳤다.

우둑!

어깨에 극심한 통증이 찾아왔다. 생각보다 충격이 커서 왼쪽 어깨가 탈골되기는 했지만 주적자는 사내와 거리를 둘 수 있었다. 그가 손바닥으로 친 힘 때문에 사내의 움직임도 주춤했던 것이다. 그것을 깨달은 사내가 황급히 따라붙었지만 주적자는 이미 검을 쓸 수 있는 충분한 거리를 확보한 상태였다.

"다시 시작해 볼까?"

사내를 겨눈 검끝이 파르르 떨렸다. 검기(劍氣)에 휘말린 빗물이 다시 위로 솟구쳤다.

"크엉!"

사내는 마치 짐승의 그것 같은 괴성을 지르며 주적자를 덮쳤다. 주적자의 검이 정확히 사내의 목젖을 찔러 들어갔다. 사내가 손으로 쳐내려 하자, 검은 마치 뱀처럼 사내의 팔뚝을 돌아 들어가더니 그대로 목젖에 꽂혔다.

사내의 입에서 답답한 신음이 비져 나오더니 사내는 뒤로 비칠비칠 물러섰다. 아무리 도검불침이라고는 하지만 급소에 대한 타격은 느껴지는 모양이다. 주적자는 시간을 주지 않고 사내를 몰아붙였다. 한 번 공격을 시작하면 상대가 죽을 때까지 멈추지 않는 분광뇌풍검법(分光雷風劍法)이 빗방울을 갈기갈기 찢었다.

수세에 몰린 사내는 반격할 기회를 찾지 못했다. 가끔 검을 쳐내고 손을 휘둘러 보지만 그때마다 정수리나 승장(承漿:입술 바로 아래 혈)에 검을 맞고 물러서곤 했다. 하지만 그렇게 검에 찔리고 베임을 당했어도 여전히 상처 하나 나지 않았다. 주적자는 사내의 단단함에 질릴 지경이었다. 탈골된 어깨와 팔다리의 상처가 자꾸 고통을 호소했다. 아무리 공격을 하고 있다고는 하지만 시간을 끌면 불리할 수밖에 없었다. 그는 분광뇌풍검법의 마지막 초식인 용비어천(龍飛御天)으로 사내의 독안을 찔렀다. 사내는 검을 쳐내려 했지만 검끝은 이미 눈을 파고든 상태였다.

"크윽!"

사내의 입에서 신음이 터져 나왔다. 주적자는 짧은 순간 공격을 멈추고 호흡을 가다듬었다. 비록 타격을 주기는 했지만 저 정도로 죽일 수는 없었다. 그는 검끝이 왼쪽 어깨를 향하고 손잡이가 오른쪽 옆구리에 가도록 검을 비스듬히 기울였다.

곤륜의 태허도룡검(太虛屠龍劍)과 해남파(海南派)의 절기(絶技)인 벽파참룡(劈波斬龍)을 혼합하여 만든 뇌전교격(雷電交擊)의 기수식이었다. 강함과 날카로움을 동시에 갖춘 뇌전교격은 그의 아버지가 말년에 만든―그가 익힌 대부분의 무공이 그렇지만―것으로 파괴력에서만큼은 어느 무공보다 월등했다. 내공(內功)의 소모가 큰 것이 흠이지만 지금으로써는 선택의 여지가 없었다.

'단 일 초에 끝낸다!'

"크엉!"

앞이 보이지 않음에도 불구하고 사내는 괴성을 지르며 정확히 그를 덮쳐 왔다. 쏟아지는 비는 사내의 몸에 부딪혀 물보라로 변해 흩어졌다. 사내가 여섯 자 앞에 다다랐을 때 주적자의 검이 아래에서 위로 비스듬히 사선을 그었다. 마치 검무(劍舞)를 추듯 움직임은 부드러웠지만 빠르기는 검신(劍身)이 보이지 않을 정도였다.

주적자와 사내의 몸이 교차하며 서걱! 하는 소리가 울렸다. 마치 하나의 음처럼 들린 그것은 실제로 검이 두 번 지나가는 소리였다. 처음으로 사내의 몸에서 피가 보였다. 다른 인간과 다르지 않은 적갈색의 피는 빗물을 튕겨낼 정도로 거세게 뿜어져 나왔다. 그러나 주적자는 손의 느낌으로 끝난 것이 아님을 알 수 있었다.

검은 완전히 사내의 목을 동체와 분리시키지 못했다. 결정적인 순간에 사내는 믿을 수 없게도 검끝을 피한 것이다. 주적자가 몸을 돌리는 동시에 사내가 땅을 박찼다. 사내는 주적자에게 등을 보인 채 왼쪽 집의 방문으로 돌진했다. 방문이 종이짝처럼 부서지며 사내의 모습이 사라졌다.

주적자는 약간의 현기증을 느끼며 사내를 쫓았다. 그가 방 안으로 발을 들여놓았을 때는 이미 사내가 창문을 뚫고 밖으로 나간 후였다. 핏물이 방바닥을 지나 벽을 타고 흘러내렸다. 주적자는 지체하지 않고 사내의 뒤를 따랐다.

작은 뒷마당을 지나 울타리를 넘자 수목이 울창한 숲이 가로막았다. 비 섞인 어둠은 이미 사내의 자취를 삼켜 버린 후였다. 하지만 주

적자는 포기하지 않았다. 보표라는 직업이 갖는 많은 특성 중의 하나
에 흔적을 쫓는 것도 들어 있었다. 그리고 그만큼 쫓는 것에 능한 사
람도 드물 것이다.

주적자는 나뭇잎과 땅에 묻은 피의 흔적을 따라 걸음을 옮겼다. 풀
이 눕혀진 각도와 혹시 있을지 모를 발자국의 방향도 살펴야 했다.

사내의 자취는 숲을 일직선으로 꿰뚫고 있었다. 다른 것에는 전혀
신경을 쓰지 않고 오직 도주만을 위한 도주를 하고 있는 것이다. 쫓는
입장에서 보면 좋은 일이었지만 문제는 멈출 줄 모르고 쏟아지는 비
였다. 조금만 시간이 지나면 흔적은 자취도 없이 사라져 버릴 것이다.

얼마 가지 않아 주적자의 우려는 현실로 드러났다. 피의 흔적은 더
이상 남아 있지 않았다. 하긴 그동안 흘린 피만으로도 범인(凡人)이라
면 벌써 죽었어야 옳았다. 그는 부러진 나뭇가지와 아직 채 펴지지 않
은 풀을 보며 망설이다 이내 발길을 돌렸다. 더 이상의 추적은 무의미
했다. 여기서 추적을 계속한다고 해도 일각 안에 흔적은 깨끗이 사라
져 버릴 것이다.

주적자는 늙은 소나무에 등을 기대고 왼쪽 어깨로 손을 가져갔다.
탈골된 어깨를 오래 방치하면 영원히 쓸 수 없게 된다. 힘없이 덜렁거
리는 어깨를 몇 번 왔다 갔다 하던 주적자는 한순간 앞으로 힘을 줬다.
'우득!' 하는 소리와 함께 빠질 때보다 몇 배의 큰 고통이 엄습했다.

참을 필요는 없었지만 그는 어금니를 악물어 신음을 삼켰다. 다행
히 어깨는 제자리를 잡은 것 같았다. 주적자는 허리띠를 풀어 어깨와
몸통을 고정시킨 후 산을 내려왔다. 사내를 쫓을 때 느꼈던 현기증이
다시 찾아왔다. 그때는 갑작스런 공력의 소모 때문이라고 생각했는데
그게 아니었다.

마치 세상이 폭발하는 것처럼 시야가 순간적으로 하얗게 변하는가 하면 욕지기까지 치밀어 올랐다. 머리를 세차게 흔들어 약간의 정신을 차린 주적자는 빠르게 마을로 내려왔다. 산중에서 비를 맞으며 정신을 잃게 되면 아무리 무림인(武林人)이라도 얼어 죽기 십상이었다.

겨우 마을에 도착한 주적자는 첫 번째 집으로 들어갔다. 사내에게 얻은 상처가 새삼스럽게 아파왔다. 특히 사내의 손에 의해 상처를 입은 팔뚝에서는 피가 한꺼번에 몰렸다 터지는 듯 후끈후끈한 고통이 계속됐다.

"으음!"

고통스런 신음을 흘리던 주적자는 갑자기 허리를 숙여 오물을 토해냈다. 노란 진액이 섞인 갖가지 모양의 음식 찌꺼기들이 방바닥으로 쏟아졌다. 한참 동안 뱃속에 있는 것을 게워내던 주적자는 힘없이 벽에 등을 기댔다. 이 현상은 몇 년 전 소골산(消骨酸)에 중독되었던 때와 흡사했다. 그때는 마침 그가 경호를 하던 사람이 명의(名醫)였기에 목숨을 구할 수 있었다. 그런데 지금은…….

'제길… 이렇게 허무하게 죽는 것인가? 탈명침도 못 잡고… 탈명침도… 탈명침도…….'

그의 의식은 검은 회오리 속으로 빨려 들어갔다.

*　　　　*　　　　*

침은 주적자의 뺨을 스치고 지나갔다. 화끈한 통증이 관자놀이에서 턱까지 이어졌다. 금세 얼굴의 반이 피로 범벅이 됐지만 그의 관심은 자신의 상처가 아니었다.

금의(錦依)를 입은 노인. 주체할 수 없을 정도로 살이 찐 노인이 미간에 은빛 침을 꽂고 뒤로 넘어지고 있었다.

"안 돼!"

그의 외침은 공허했다. 그의 외침은 허무했다. 그의 외침에 모든 사물이 이지러지고 찢어져 산산이 흩어졌다.

"탈명침!"

그는 까마득한 허공에 떠 있는 탈명침을 불렀다. 태양 빛을 후광처럼 짊어진 탈명침은 그를 비웃고 있었다. 쫓아가야 하는데, 가서 녀석을 죽여야 하는데 발이 떨어지지 않았다. 탈색되어 버린 달처럼 하얀 가면을 쓴 녀석을 보며 그는 목이 터져라 외칠 뿐이었다.

그리고 잠에서 깨어났다.

"니미랄, 귀청 떨어지겠군. 자면서 뭔 놈의 소리를 그렇게 지르는 거야?!"

낯선 목소리에 주적자는 몸을 일으켰다. 열린 방문 밖으로 등을 보인 사내가 쭈그려 앉아 있었다. 왜소한 체구의 사내는 불을 피우기 위해 연신 부채질을 하는 중이었다.

"콜록! 콜록! 개지랄 같은 나무 같으니라구! 까짓 물 조금 묻었다고 불이 안 붙다니!"

사내는 고개를 돌리더니 주적자에게 냅다 소리를 질렀다.

"깨어났으면 빨리 마른나무나 찾아와! 고쟁이 뺏긴 할망구처럼 뭘 그렇게 멍하니 쳐다보고 있어!"

코밑과 턱에 염소수염을 기른 사내는 동그란 눈에 커다란 코를 가지고 있었는데, 어찌 보면 삼십이 훌쩍 넘은 것 같기도 하고 또 어찌 보면 이제 갓 스물 정도로밖에 보이지 않아 나이를 짐작할 수 없었다.

사내는 화가 난 듯 부채를 팽개치며 벌떡 일어섰다.

"이런 좆 같은 경우를 봤나! 내가 누구 때문에 이 짓을 하고 있는데! 마른나무를 가져와야 약을 달일 것 아니야! 정말 안 움직일 거야!!"

주적자는 엉겁결에 자리를 털고 일어섰다. 오척단구의 사내는 주적자를 위아래로 흘겨본 후 다시 자리에 앉아 부채질을 시작했다.

주적자는 그 모습을 보고 있다 헛웃음을 흘렸다. 어떻게 된 사연인지는 몰라도 저 사내가 그를 살린 것은 확실한 것 같았다. 속을 뒤집어 놓을 것 같은 고통도 없었고 빠졌던 어깨도 붓기 하나 없이 말짱했다.

밖은 어느새 햇빛이 내리쬐고 있었다. 밝은 곳에 발을 들여놓자 가벼운 현기증이 찾아왔지만 곧 사라졌다. 주적자는 계속 욕을 구시렁거리는 사내를 일별하고 근처의 헛간을 뒤지기 시작했다. 다행히 두 번째 집의 헛간에 나무가 잔뜩 쌓여 있었다. 나무를 한아름 안고 나오던 주적자는 열린 방문을 통해 안을 힐끔 봤다. 분명 두 구의 시체가 있었는데 보이지 않았다. 다음 집에도 그 다음 집에도 시체는 사라지고 없었다.

주적자는 고개를 갸웃하며 욕설과 기침을 번갈아 내뱉는 사내에게로 왔다.

"시체들… 당신이 치웠나?"

그의 물음에 사내는 고개도 돌리지 않고 말했다.

"못된 요괴한테 당했으니 북망산(北邙山)이나 제대로 올랐는지 몰라."

사내는 마치 사건의 전말을 모두 알고 있는 것처럼 말했다.

"당신, 뭔가 알고 있군."

사내는 말없이 주적자가 가지고 온 나무로 불을 피웠다. 불이 타오르자 그 주위로 큼지막한 돌을 빙 둘러쌓고 그 위에 약탕기를 올렸다.

"자네, 그 녀석을 봤겠지?"

사내의 물음에 주적자는 대답하지 않았다.

"그리고 싸웠을 테고. 대체 녀석은 뭔가?"

"내 생각엔……."

"이런 제길! 자네 생각이 아니라 본 것을 말해 달란 말이야! 피 한 방울 남기지 않고 사람을 죽인 그것의 모습 말이야!"

"내 생각엔… 그것은 흡혈귀 같더군. 그리고 실제로 본 것도 흡혈귀였어."

사내는 물끄러미 주적자를 바라보다 키득거리며 웃었다.

"황당하군. 흡혈귀라니… 세상에 그런 것이 있단 말인가? 큭큭 큭……."

한참 동안 웃음을 흘리던 사내는 돌연 표정을 굳혔다. 그리고 심각한 얼굴로 고개를 끄덕였다.

"역시 흡혈귀였어. 내 생각이 틀리기를 바랐는데."

"이제 내가 물을 차례군."

"내가 어떻게 여기까지 왔는지 그것 말인가?"

주적자는 고개를 저었다.

"아니, 자넨 누구지?"

사내는 어이없는 얼굴로 주적자를 보았다.

"내가 누구냐고? 이런 떠그랄! 내가 누구냐고 물은 거야?!"

사내는 양팔을 벌리고 제자리에서 한 바퀴 돈 후 말을 이었다.

"내 모습을 보고도 날 모른단 말이야? 그런 안목을 가지고 아직도 무림이란 괴물의 뱃속에서 살아남아 있다니 정말 놀랍군. 어떻게 그럴 수가 있지? 세상에 날! 세상에서 가장 유명한 날 못 알아보다니!"

사내는 마치 한눈에 자신을 못 알아보면 바보라도 된다는 듯 주적자를 다그쳤다.

'어처구니없는 녀석이군.'

고소를 머금던 주적자의 얼굴이 흠칫 굳었다. 오척단구의 왜소한 체구에 커다란 눈과 코, 염소수염, 세상에서 가장 험한 입. 물론 이런 것이 누군가를 유명하게 만들지는 못한다. 하지만 거기에 한 가지가 더해지면 충분히 천하에 명성을 떨칠 수 있었다.

의술(醫術). 저승의 강만 넘지 않았다면 시체나 다름없는 환자도 살려낸다는 신수(神手)를 가진 의원이 바로 앞에 있는 사내였다. 자신의 입으로 천하제일의 의원이라고 말하고 누구도 그것을 부인하지 않는, 그야말로 자타가 공인하는 중원 최고의 의원.

"반선의(半善醫) 소소자(邵笑者)!"

주적자의 입에서 낮은 부르짖음이 터져 나왔다. 그제야 사내는 빙그레 웃음을 지었다.

"이제라도 알아보니 다행이군. 하긴 그런 안목도 없으면 호인불사라고 불리지도 않았겠지. 지금은 영추치지만 말이야."

주적자는 소소자가 자신을 알아보는 데 약간 놀랐다. 사실 그의 이름이 무림에 꽤 알려진 것은 사실이지만, 단지 얼굴을 보고 누군지 알아낸다는 것은 거의 불가능했다.

"날 언제 만난 적이 있나?"

"꼭 바보 같군. 자네가 날 만난 적이 없는데 내가 어떻게 자넬 만났겠나?"

"그럼 날 어떻게 알아본 거지?"

"미련하긴. 내가 괜히 천하제일의(天下第一醫)인 줄 아나? 풍문으로 전해들은 자네의 그 못생긴 얼굴과 곤륜파의 무공을 익힌 자들 특유의 근육을 가지고 있더군. 내가 그쪽 사람들을 서넛 고쳐 봐서 잘 알지. 그리고 해남파의 무공을 익힌 흔적도 있고. 그쪽 사람들은 모두 검날을 비스듬히 기울여서 사용하기 때문에 다른 무림인들과 근육 발달이 조금은 다르지. 그 빌어먹을 구대문파(九大門派) 중 두 문파의 무공을 익히고 있는 사람이 현 무림에서 자네 말고 또 누가 있겠나?"

단지 근육을 만져 본 것만으로 그 사람이 익힌 무공의 원류(原流)를 찾아낼 수 있다는 사실이 경이롭게 느껴졌다. 주적자는 자신의 놀라움을 감추고 차갑게 말했다.

"내 무공은 두 문파의 것이 아니다. 이것은 내 아버지의 무공이야."

소소자는 귀찮다는 듯 손사래를 쳤다.

"그래, 그래 알았어. 곤륜이나 해남이나 자네를 자기들 문파 사람이 아니라고 하고 당사자도 그렇다는데 굳이 제삼자인 내가 억지로 끼워 넣을 필요가 없지. 하여간 무림인이란 족속들은 무공 얘기만 나오면 눈빛이 달라진다니까. 정말 좆 같아서 내가 무림인들하고 상종을 말아야 하는데."

소소자는 짊어지고 온 행낭(行囊)에서 큼지막한 사발을 꺼내더니 약탕기의 약을 그곳으로 옮겼다. 그리고 주적자 쪽으로는 고개도 돌리지 않고 약사발만 불쑥 내밀었다.

"퍼 마셔! 안 처먹어도 죽지는 않겠지만 원기 회복에 도움이 될 거야. 시독(屍毒)은 몸속에서 워낙 오래가니까."

주적자는 소소자가 내민 약사발을 받아 벌컥벌컥 들이켰다. 소소자가 슬그머니 일어서며 중얼거렸다.

“시독에는 역시 말똥이 최고라니까.”
“우웩―”

　마을에서 얼마 떨어지지 않은 산비탈에 만들어진 스물여섯 개의 무덤에는 비석도 제단도 없었다. 하긴 소소자 혼자 만든 무덤들인데 그런 것을 바란다는 자체가 무리였다. 제사 지내줄 사람도 없을 테고 말이다.
　“에구, 불쌍한 사람들 같으니라구. 죽어도 어떻게 그런 귀신도 아닌 잡종 놈한테 죽어 그래. 쯧쯧쯧…….”
　소소자는 아까운 표정을 지으면서도 무덤에 일일이 술을 부어주고 있었다.
　“정말 내가 이틀 동안이나 정신을 잃고 있었나?”
　소소자는 주적자를 힐끔 보고 말했다.
　“내가 거짓말쟁이로 보인다는 거야?!”
　‘저 성깔머리로 어떻게 의원을 하는지 모르겠군.’
　주적자는 몸을 돌렸다.
　“그럼 자네는 빨리 가봐야겠군. 그 흡혈귀 놓칠지도 모르니까. 치료 고마웠네.”
　“이봐! 어디 가는 거야?!”
　주적자는 걸음을 멈추고 돌아섰다.
　“자넨 흡혈귀를 쫓고 난 내 갈 길을 가야지.”
　소소자는 주적자에게로 바짝 다가와 턱밑에서 고개를 쳐들었다. 소소자가 씩씩 내뿜는 콧김이 목에 느껴졌다.
　“정말 이대로 갈 거란 말이야?”

“그럼?”

“이런 세상에! 양심이라고는 병아리 눈물만큼도 없는 인간을 봤나!”

주적자는 턱으로 튀는 침 때문에 한 발 물러서야 했다. 소소자는 뒤쪽의 무덤을 가리키며 그를 따라붙었다.

“저 죽은 사람들을 보고도 나 몰라라 하고 제 갈 길만 가겠다는 거야? 저 사람들 말고도 세 개 마을 육십오 명이 그… 그… 염라대왕 좆 같은 흡혈귀에게 목숨을 잃었는데, 그런 씹도 못할 놈을 내버려 두고 제 갈 길만 가겠다는 게 말이 돼?!”

“내게는 할 일이 있다.”

“탈명침 잡는 거? 좆 까고 자빠졌네! 잡아서? 난 드디어 탈명침을 잡았다! 보표지존, 호인불사의 명예를 드디어 지켰도다! 하고 세상에 과시하려고?”

주적자는 소소자의 멱살을 쥐고 얼굴을 자신 앞에 바싹 갖다 대었다.

“주둥이 함부로 놀리지 말아라. 네가 나에 대해 뭘 안다고 그 따위 소리를……!”

그의 살기 어린 말도 소소자의 입을 막지는 못했다.

“내 말이 틀렸냐? 끄륵! 결국엔… 네 자존심에 금을 낸… 그 새끼를 작살 내야… 옛 명성을 다시 찾을 수 있다는 거잖아! 콜록! 콜록! 이놈아! 날 죽일 셈이냐!!”

소소자는 금세 숨이 넘어갈 듯 벌건 얼굴을 해가지고 쉴 새 없이 욕설을 뱉어냈다. 주적자는 지그시 어금니를 물고 있다 팽개치듯 소소자를 놓았다. 땅에 널브러진 소소자는 한참 동안 기침을 해대다가 비칠거리며 일어섰다.

"역시 저런 힘만 세고 싸가지없는 새끼는 살리는 게 아니었는데. 아이고, 정말 죽을 뻔했네."

주적자는 돌아서며 말했다.

"내 목숨 빚은 기회가 생기면 갚지."

그가 몇 발자국 옮겼을 때 소소자의 낮은 목소리가 들렸다.

"주적자라는 이름이 아직도 보표인가?"

주적자는 걸음을 멈췄다.

"무슨 뜻이지?"

"아직도 사람을 보호하는 보표냐고 물은 것이야."

소소자는 그를 만난 후 처음으로 욕을 섞지도 소리도 지르지 않고 말했다. 주적자는 다시 몸을 돌렸다. 소소자는 술을 한 모금 들이킨 후 입가를 닦으며 웃었다.

"어때? 나를 보호해 주지 않겠나? 물론 의뢰비는 내지."

"분명 말했을 텐데? 난 해야 할 일이 있다고?"

"그 일을 위해서 가는 방향이 어딘데?"

"개봉."

소소자는 고개를 끄덕였다.

"잘됐군. 개봉이면 분명 여기서 북쪽이지?"

"그보다는 동쪽으로 조금 치우쳐 있지."

"어쨌든 북쪽이잖아! 내가 쫓고 있는 그 개 부랄 같은 흡혈귀도 암내 맡은 수캐처럼 곧장 북쪽으로 향하고 있더군. 그러니 네가 가는 곳까지 같이 가자는 거야."

주적자는 소소자를 물끄러미 쳐다보다 말했다.

"흡혈귀를 찾으면 어쩔 건데?"

"걱정 마! 너한테 잡으란 소리는 안 할 테니까! 사실 기대도 안 해!"

"그런데 왜 굳이 나를 데려가려고 하는 거지?"

"너밖에 녀석의 얼굴을 본 사람이 없으니까. 녀석이 내 곁을 스쳐 가도 모르잖아."

"그런 이유라면 같이 갈 필요가 없겠군. 장님이 아닌 이상 녀석이 괴물이라는 걸 첫눈에 알 테니까."

주적자는 말을 하고 고개를 저었다.

"아니지. 녀석도 변하기 전에는 흔한 인상은 아니었지만 평범한 사람 모습을 하고 있었지."

"빨리 결정해. 내 보표를 해줄 거야, 말 거야?"

"사양하겠어. 그건 보표가 할 일이 아니니까."

돌아서서 산을 내려오는 주적자의 등 뒤에서 소소자가 고함을 질렀다.

"은혜도 모르는 시러배 잡놈아! 네 맘대로 해라! 천하에 호로자식 같으니라구! 앞으로 그 흡혈귀 때문에 몇백 명, 몇천 명이 죽을지도 모르는데 협(俠)과 의(義)에 죽고 살아야 할 무림인이 어떻게 모른 척 할 수가 있냐! 그러고도 네가 보표지존이냐! 호인불사야! 넌 평생! 펴 엉~생 영추치밖에 안 될 놈이야!"

소소자의 욕설은 그의 입에서 씁쓸한 웃음을 나오게 만들었다. 어쩌면 소소자의 말이 맞을지도 몰랐다. 이렇게 탈명침만 쫓다가 어느 길바닥에서 횡사할 수도 있었다.

'그쪽이 가능성이 높을 것 같군.'

이쯤에서 탈명침 찾는 것을 포기하는 것이 현명할지도 모른다. 다시 보표라는 이름으로 돌아간다면, 그렇게 한다면 혹시 탈명침을 잊을 수도 있었다. 아까 소소자의 입에서 '나를 보호해 주지 않겠나?'라는 물음이 나왔을 때, 주적자의 가슴은 불에 데인 것처럼 갑자기 뜨거워졌었다. 하마터면 무작정 '그래'라고 대답할 뻔했다. 그만큼 그는 간절히 보표라는 이름을 찾고 싶은 것이다.

하지만 그것은 그의 자존심이 용납하지 않았다. 설사 그가 용납한다고 해도 지하에 계신 아버님이 용서치 않을 것이다. 눈을 감으시는 순간에도 '천하에서 가장 뛰어난 보표가 되어야 한다'라는 말을 남기신 아버지. 평생 삼류 보표로 사시다가 결국 불구가 되어 돌아가신 아버지.

그는 아버지와 약속을 했고 무슨 일이 있어도 지켜야 했다. 현재로서 그 약속을 지킬 수 있는 유일한 방법은 탈명침을 잡는 것뿐이었다. 보표의 길을 다시 걷는 것은 그 다음이었다. 주적자는 가슴에 바위를 얹은 것 같은 답답한 심정으로 마을을 떠났다.

가장 가까운 평락현(平樂縣)에 도착했을 때는 땅거미가 져가고 있었다. 이곳에서 개봉까지 가려면 아무리 빨리 가도 족히 한 달 거리는 되었다. 되도록 중간에 쉬지 않고 가려면 준비할 것이 많았다. 주적자는 해진 모포를 새것으로 바꾸고 건량도 넉넉히 준비했다. 대장간에 가서 말편자를 교체하고 나자 배가 출출해졌다.

그는 요기와 함께 묵을 만한 곳을 찾아 양쪽에 상점이 즐비한 길을 따라 걸었다. 호객 소리와 흥정하는 소리가 주위를 가득 메우고 있었다. 말을 끌고 있었던 탓에 조심스럽게 사람들을 피해 가는 그의 귀에 낯익은 음성이 들렸다.

"이 개똥 같은 놈들아! 곰만한 덩치를 가진 녀석들이 이 좁은 길에서 어깨를 나란히 하고 가면 다른 사람들은 어떻게 지나가란 말이냐!
빨리 일렬로 늘어서서 가지 못해!!"

소리는 주적자의 앞쪽에서 들려오고 있었다. 고개를 길게 빼자 보
통 사람보다 머리통 하나는 더 큰 대머리 사내들 넷이 길 가운데 서
있는 것이 보였다. 어이없는 그들의 시선이 아래쪽을 향하고 있는 것
으로 보아 목소리의 주인공이 누군지 짐작이 갔다.

'정말 천방지축이군.'

주적자는 실소를 머금고 사람들을 헤쳐 나갔다. 그의 귀에 지나가
는 행인들의 말소리가 들렸다.

"어쩌자고 저 사람은 독두사흉(禿頭四兇)을 건드리는 거야?"

"그러게 말일세. 저 몸으로는 한 주먹도 버티지 못하고 횡사할 게
뻔한데. 쯧쯧… 역시 사람은 오지랖이 넓으면 안 된다니까."

그가 독두사흉이라 불리는 사내들에게 일 장 정도까지 다가갔을 때
였다. '퍽!' 하는 둔탁음과 함께 비명이 터져 나왔다.

"아이고!"

비명은 그 자체가 힘을 가진 듯 사람들을 양쪽으로 갈라서게 만들
었다. 그리고 주적자는 곧 그를 향해 데굴데굴 굴러오는 소소자를 볼
수 있었다. 소소자는 정확히 그의 발치에 널브러졌다.

"저런 개망나니한테 좆을 잘릴 놈들 같으니라구! 감히 내가 누군
줄 알고……!"

뺨은 벌겋게 부어오르고 입가에서는 피를 줄줄 흘리면서도 소소자
는 욕을 멈추지 않았다. 큰 대(大) 자로 길바닥에 누워 욕설을 뱉던 소
소자는 멀뚱하게 내려다보고 있는 주적자를 발견하고 금세 환한 웃음
을 지었다.

“이게 누구신가? 호인불사 주 대협이군 그래.”

벌떡 일어난 소소자는 주적자의 손을 덥석 잡고 흔들었다.

“벌써 이곳까지 왔네그려. 이렇게 우연히, 아주 우연히 자꾸 만나는 것을 보면 우리 인연도 참 질기다는 생각이 드는군.”

소소자는 우연을 강조하지만 전혀 우연 같지 않았다.

“쥐방울만한 놈이 맷집은 있구나. 내 주먹을 맞고도 멀쩡히 일어서는 것을 보니.”

독두사흉 중 유난히 귀가 큰 사내가 다가오며 말했다.

“이 똥물에 튀겨 죽일 놈아! 너는 이 얼굴이 멀쩡해 보이냐! 너희들은 오늘 임자 만난 줄 알아라!”

욕설을 퍼붓던 소소자의 얼굴이 주적자를 향했을 때는 어느새 웃음으로 덮여 있었다.

“헤헤… 어떤가? 내게 보표가 필요할 것 같지 않은가?”

주적자는 고개를 절레절레 흔들며 소소자의 앞으로 갔다. 보표를 해준다기보다는 어쨌든 목숨 빚을 졌으니 조금이나마 갚자는 생각이었다. 그런 주적자의 팔 소매를 소소자가 잡았다.

“확실히 답변을 해주게. 만약 거절할 거면…….”

소소자는 독두사흉에게 걸음을 옮기며 말을 이었다.

“날 도와줄 필요는 없어. 여기서 죽든 살든 자네 도움은 안 받겠네. 저 흉악한 놈들한테 맞아 머리가 깨지고 창자가 배 밖으로 터져 나와 길바닥에 돼지 곱창처럼 늘어지든 어쩌든, 내가 고스란히 당할 테니까.”

소소자는 주적자가 들으라는 듯 뒤로 목을 길게 뺐다.

“어쩌면 눈알도 튀어나와 지나가던 개 먹이가 될지도 모르지. 이빨도 산산조각이 날 테고… 천하제일의 명의 소소자는 그렇게 죽을 거야. 누구의 목숨을 구한 소소자는 그렇게 죽는다구… 저런 녀석들이라면 내 심줄을 꼬아서 새총을 만들지도 몰라."

주적자는 긴 한숨을 쉬고 그 많은 말을 뱉을 동안 몇 발자국 가지도 못한 소소자의 어깨를 잡았다.

"보표는 개봉 근처까지야. 흡혈귀를 잡든 못 잡든."

소소자는 믿을 수 없을 정도로 빠르게 돌아섰다.

"물론이지!"

주적자는 손을 내밀었다.

"의뢰비는 은자 열 냥."

소소자의 동그란 눈이 동전같이 변했다.

"은자 열 냥? 이런 날도둑 놈 같으니라구! 은자 열 냥이 얼마나 큰 돈인데! 가만 은자 한 냥이면 쌀 여덟 가마를 살 수 있으니 열 냥이면 자그마치……."

"싫으면 관둬. 나도 별로 하고 싶지는 않으니까."

소소자는 돌아서는 주적자를 황급히 잡았다.

"알았어! 주면 되잖아! 그러니 빨리 저 녀석들부터 처리하라구!"

"의뢰비는 선불이야."

"그렇게 큰돈을 몸에 지니고 다니는……!"

주적자가 갈 듯이 몸을 돌렸다.

"알았어! 주면 되잖아! 천하에 배은망덕한 놈 같으니라구."

소소자는 바지춤 안으로 손을 쑥 집어넣었다. 낭심 밑을 한참 동안 더듬거리다 나온 소소자의 손에는 작은 주머니가 들려 있었다. 때가 더덕더덕 묻은 주머니가 밖으로 나오자 이상한 냄새가 진동을 했다.

평생을 홀아비로 산 노인네의 속곳 냄새가 딱 그럴 것이다. 주적자는 황급히 코를 막았다.

"항상 그런 곳에 돈을 집어넣고 다니나?"

"요즘같이 험악한 세상에는 불알 밑도 불안해."

소소자는 주머니 안에서 은자 열 개를 꺼내더니 손을 부들부들 떨며 내밀었다. 다른 돈 같았으면 받지 않았을지도 모른다. 하지만 소소자가 내민 돈은 보표로서의 정체성을 확인시켜 주는 의뢰비였다. 주적자는 돈을 받은 후 그것을 한참 동안 손 안에서 굴렸다. 냄새가 좀 나 찜찜하기는 했지만 그가 몇 년 만에 보표로서 받는 돈이었다.

돈의 많고 적음이 중요한 게 아니었다. 돈이라면 평생을 써도 다 못 쓸 만큼 가지고 있었다. 문제는 어떤 돈이냐 하는 것이었다. 시한부이기는 하지만 이 돈으로 인해 그는 다시 보표로 돌아간 것이다. 세상의 공기가 달라진 듯 그는 길게 숨을 들이키고 소소자 앞으로 걸어갔다.

그들의 하는 양을 지켜보던 독두사흉이 같잖다는 표정을 지으며 주적자에게로 다가왔다.

"쥐방울만한 놈이 나타나 이 형님의 심심함을 해결해 주더니 이제는 돈까지 바치는구나. 안 그러냐, 애들아? 하하하……."

대머리 넷이 한바탕 웃음을 터뜨렸다. 하지만 주적자가 움직이자 웃음은 곧 비명으로 바뀌었다. 맨 앞에 있던 큰 귀 사내가 명치를 맞고 쓰러졌다. 나머지 셋이 어어 하는 사이 주적자는 이미 그들 사이를 헤집고 있었다.

많이 때릴 필요도 없었다. 그저 명치에 한 방씩이면 되었다. 독두사흉은 '억!' 하는 비명과 함께 힘없이 널브러졌다. 크게 상하거나 죽지는 않을 것이다. 그저 잠시 못 움직이게만 만들었을 뿐이니까. 주적자는 아무 일 없었다는 듯 다시 자리로 돌아와 말고삐를 쥐었다.

“끝난 거야?”

소소자가 허무하다는 듯 물었다.

“뭐가 더 필요한데?”

소소자는 주위를 둘러봤다. 많은 사람들이 놀란 눈으로 그들을 쳐다보고 있었다.

“저 사람들을 실망시킬 거야?”

주적자는 무슨 소리인지 도통 알 수가 없었다. 그가 이해할 수 없다는 얼굴을 하고 있자 소소자는 한숨을 내쉬더니 칼을 팔고 있는 좌판으로 걸어갔다.

“하는 수 없지. 내가 꼭 움직여야 일이 된다니까.”

소소자는 좌판에 널려 있는 수십 종의 칼을 훑어보다 그중 제일 작고 예리하게 생긴 소도(小刀)를 손에 쥐었다.

“주인장, 이것 좀 잠깐 빌립시다.”

칼을 팔던 중년의 사내는 그저 고개만 끄덕였다. 소소자는 아직도 정신을 못 차리고 끙끙대는 독두사흉에게로 다가갔다.

“세상 이치란 말이지 어찌 보면 너무도 간단해. 하나를 잃고 백을 얻을 수 있다면 그 하나는 당연히 버려야지. 이런 경우가 바로 그래. 흉적 하나를 없앰으로 백 사람의 양민이 편안할 수 있다면 당연히 그렇게 해야지. 안 그런가?”

소소자는 주적자에게 물으며 칼을 귀 큰 사내의 발뒤꿈치로 가져갔다.

“그렇다고 의원인 내가 사람을 죽일 수는 없는 일이고…….”

소소자의 손이 움직이자 사내의 발뒤꿈치는 금세 피범벅으로 변했다. 사내는 비명도 지르지 못하고 몸만 꿈틀거릴 뿐이었다. 다음 사내에게로 걸어가는 소소자의 입가에는 웃음마저 감돌았다.

"사필귀정(事必歸正)이란 말이 괜히 있는 게 아니거든. 인과(因果)가 있으면 응보(應報)는 당연히 따라야 할 법칙이야."

말하는 사이에도 두 명의 인대가 잘려 나갔다.

"일벌백계(一罰百戒)란 그래서 필요한 것이고 말이야."

마지막 사내의 입에서 낮은 비명이 터져 나왔다. 소소자는 땅바닥을 기고 있는 독두사흉을 둘러보았다. 자신의 작품(?)에 썩 흡족해하는 표정이었다. 소소자의 시선이 주적자에게로 옮겨졌다.

"왜 그런 눈으로 보나? 그러고도 네가 의원이냐 이건가?"

주적자는 칼을 파는 좌판으로 다가가는 소소자를 볼 뿐이었다.

"내 별호가 괜히 반선의가 아니야."

"마음에 드는 사람만 고쳐 주고 그렇지 않으면 목에 칼이 들어와도 치료를 거부한다는 것쯤은 나도 알아. 그러나 멀쩡한 사람 병신 만든다는 소리는 못 들어봤어. 그러고 보면 나는 운이 좋군. 그런 반선의에게 치료를 받았으니."

"나도 가끔은 실수할 때가 있지. 목숨을 살려줬더니 은혜도 모르고 돈만 탐내는 어떤 배은망덕한 위인을 살려줘 버렸으니."

"그 '어떤' 이 나겠군."

"하여간 싸가지없는 것들이 눈치는 빠르다니까."

소소자는 피범벅이 된 칼을 좌판 상인에게 내밀었다.

"잘 썼소이다."

상인은 칼을 받을 엄두조차 내지 못했다.

"왜 그러십니까? 아주 좋은 칼이던데. 혹시 저한테 선물이라도 하고 싶으신 겁니까?"

상인은 정신없이 고개를 끄덕였다. 소소자의 입가가 귀에 걸렸다.

"아이고! 이렇게 고마울 수가. 그럼 잘 쓰겠습니다."

말이 끝날 즈음에 칼은 이미 소소자의 품 안에 들어가 있었다. 소소자는 바닥을 엉금엉금 기는 독두사흉 사이를 빠져나가며 주적자에게 소리쳤다.

"빨리 녀석을 쫓아가자구!"

*　　　*　　　*

강찬충은 긴 잠에서 깨어났다. 눈을 뜨자 흑회색의 동굴 천장이 보였다. 분명 검에 찔려 동공이 파열됐었는데도 여전히 잘 보였다. 예전처럼 눈을 몇 번 깜빡이며 시야를 밝게 할 필요도 없었다.

"역시 죽지 않았군. 난 죽지 않았어. 장님도 되지 않았고. 큭큭 큭……."

그는 나지막한 웃음을 흘리며 목을 쓰다듬었다. 주적자에게 베었던 목에는 흉터조차 남아 있지 않았다. 아래로 내려오던 그의 손이 왼쪽 가슴에서 멎었다.

심장. 예전에는 새삼스레 확인해 보지 않았지만 틀림없이 뛰고 있던 심장의 고동이 멈춰 있었다. 아무리 근처를 더듬어보아도 손을 떨리게 하는 진동은 느껴지지 않았다. 더 이상 뛰지 않는 심장은 그에게 묘한 느낌을 가져다주었다.

"상관없겠지. 살아 있기만 하면 되니까."

그는 '그런데 난 정말 살아 있는 것일까?' 라는 의문을 애써 지웠다.

동굴은 허리를 숙여야 설 수 있을 정도로 낮았다. 구부정한 걸음으로 동굴을 나서던 그는 입구에서 멈춰야 했다. 아직 햇볕이 남아 있었다. 한 줌 따스함도 안겨주지 못할 햇볕조차 그에게는 치명적이었다. 왜 그런지는 알 수 없었다. 그것을 알기 위해서는 북쪽으로 가야 했다.

그곳에 '그'가 있기 때문이었다. 분명 지금 느끼고 있는 '그'는 도굴을 하다 물렸던 괴물일 것이다. '그'가 왜 그곳에 있었는지, 어떤 존재인지는 알지 못한다. 자신이 어떻게 '그'의 존재를 느끼고 있는지도 모른다. 하지만 '그'가 북쪽의 어느 곳에 있는 것만은 확실했다. 가까이 다가가면 더 명확히 알 수 있을 것이다.

"평남(平南)으로 도망치는 것이 아니었는데."

그때는 집이 그쪽이니 남으로 도망친 것이 당연했지만 지금은 새삼스럽게 후회가 되었다. 보름씩이나 전력을 다해 왔던 길을 그는 다시 되돌아가고 있는 것이다. 차라리 증상이 더 빨리 나타났더라면 '그'를 만나는 기간을 단축시킬 수 있었을 텐데 하는 아쉬움이 들었다. 하루 세 시진 이상 활동할 수 없는 몸도 문제였다. 그 이상 심하게 움직이면 녹초가 되어 드러눕거나 급격하게 피가 필요하게 된다. 둘 다 그에게 극히 위험한 상황을 초래하기 때문에 해가 떨어진 후 세 시진 동안 길을 재촉할 수밖에 없었다.

동굴 입구에 앉아 나뭇잎이 흔들리는 것을 멍청하게 쳐다보던 강찬충은 문득 고두룡 생각이 났다. 정신없이 도망치는 와중에 헤어졌는데 어떤 모습을 하고 있을지 궁금했다. 어쩌면 죽었을지도 모르고 아니면 자신처럼 흡혈귀로 변했을 수도 있었다. 하긴 고두룡이 어떻게 되든 상관없었다. 도굴하는 솜씨 외에는 마음에 들지 않은 녀석이었으니까. 강찬충의 유일한 관심사는 '그'를 만나는 것이었다.

‘그’를 만나면 낮에도 활동할 수 있는 법을 터득하게 될지도 모른다. 다른 것은 지금의 이대로가 너무 좋았다. 온몸에 넘치는 힘과 밤새 달려도 지치지 않는 체력, 주적자 같은 일류고수와도 겨룰 수 있는 몸. 비록 도망치기는 했지만 만족스러웠다. 세상에 주적자만한 고수는 결코 흔치 않으니까. 그가 항상 꿈꾸던 것들이 비로소 이루어졌다.

사람의 피를 먹어야 한다는 것 따위는 아무래도 좋았다. 아니, 오히려 그들이 죽어가며 지르는 비명에 환희를 느꼈다. 그들을 공포로 몰아가는 것이 즐거웠다. 다만 한 가지 지독한 것은…….

몸이 가려워오기 시작했다.

‘제길!’

왼쪽 가슴에서 시작된 가려움은 곧 온몸으로 퍼져 나갔다. 그는 긁어도 소용없다는 것을 알지만 그래도 손톱을 곧추세우고 가슴이며 배, 허벅지 등을 쉴 새 없이 긁었다.

버억버억, 가악가악…….

손이 닿지 않는 등은 동굴 벽에 비볐다. 하지만 역시 가려움은 사라지지 않았다. 오히려 시간이 지날수록 더 심해져 갔다.

더불어 찾아온 갈증은 그를 미치기 직전까지 몰고 갔다. 두 개의 고통이 있으면 하나의 작은 고통은 잊혀지기 마련이었지만 가려움이나 목이 갈라져 피가 솟구치는 것 같은 갈증 모두 너무도 또렷이 각인되었다. 이 고통에서 해방되는 방법은 단 하나밖에 없었다.

피!

사람의 피만이 그를 고통에서 해방시킬 수 있었다. 하지만 저주스러운 태양은 세상의 언저리에 아직도 걸려 있었다. 강찬충은 동굴 바닥을 뒹굴다가 참지 못하고 한 손을 입구 밖으로 내밀었다.

치이익—!

불에 물을 부은 듯 손에서 연기가 솟구쳤다. 그는 짧은 비명과 함께 손을 거둬들였다. 아직도 잔연(殘煙)이 피어 오르는 손등은 불로 지진 것처럼 변해 있었다. 조금만 햇빛에 나가 있으면 재로 날려 버릴 것이다. 강찬충은 동굴 안을 거칠게 구르며 '그'를 만나 이 모든 고통에서 해방되는 상상을 했다. 마음대로 햇빛을 쪼이고 평범한 인간들 위에 군림하는 상상…….

그러나 그것들이 고통을 줄여주지는 못했다.

"끄아아아악!!"

처절한 비명이 석양을 오랫동안 물들였다. 그 시간 비명을 바람 소리라고 치부해 버린 두 명의 사냥꾼은 달이 그들의 오두막 창에 얼굴을 내밀 때 싸늘한 시체로 변했다.

오두막의 문은 산산조각으로 부서져 있었다. 소소자의 고집으로 밤 산행을 하다가 요행히 발견한 오두막은 그들에게 편안한 안식을 제공해 줄 것 같지 않았다. 숲이 병풍처럼 둘러쳐진 그곳은 잡초가 난 좁은 마당을 가지고 있었다. 그들은 작은 길을 따라 마당으로 들어섰다. 잔뜩 긴장한 채 들어간 오두막 안에는 두 구의 시체가 널브러져 있었다. 바짝 말라 버린 청회색 피부의 시체는 이미 익숙한 모습이었다.

주적자는 시체를 일별하고 주위를 살폈다. 네 평 남짓한 오두막 안에는 벽에 맞대어진 침상 두 개와 부서진 책상이 가구의 전부였다. 크게 부서진 창문에서 바람 한 자락이 들어와 머리칼을 흩날렸다.

"이 시체는 조금 다른데?"

소소자는 구석에 팽개쳐진 한 구의 시체를 살피며 말했다. 맹수에게 당한 듯한 시체는 목의 살점이 뜯겨져 나갔고 팔과 다리도 부러져 있었다. 사방에 튄 피가 활이며 덫 같은 것을 적갈색으로 물들여 놓았다.

주적자가 시체를 보며 말했다.

"녀석이 되게 화났었나 보군."

"아니면 너무 피에 굶주렸는지도 모르지. 어쨌든 피의 응고 상태로 봐서는 그리 오래된 것 같지 않아."

"그런데 녀석이 왜 아직 이 근처에 있는 거지?"

"너한테 당한 상처를 회복하는 데 시간이 걸린 모양이지."

"마치 본 것처럼 말하는군. 넌 어떻게 그 흡혈귀가 내게 상처를 입었다는 것을 알았지?"

"미련하긴. 방 안에 있는 피 흔적으로 보아 열 되박은 흘렸겠더구만. 네 팔뚝에 살짝 긁힌 정도의 상처에서 그 많은 피가 나왔겠냐? 네 피가 아니면 당연히 그놈 피지. 하여간 멍청한 놈들이 꼬옥 날카로운 척을 해요."

편잔을 준 소소자는 몸을 일으켰다.

"이왕 이런 흔적까지 발견했으니 그 빌어먹을 놈을 쫓아가 보자구."

"지금 말인가?"

"왜? 보표는 추적에도 능하지 않아?"

물론 소소자의 말대로 추적에 일가견이 있는 주적자였다. 하지만 그는 보표였고 이런 밤중에 산속에서 소소자를 보호한다는 것은 쉬운 일이 아니었다.

"산속에 흡혈귀가 있는 상황에서 널 완벽하게 보호할 수는 없어. 더욱이 이런 산중이라면 말이야."

소소자는 먼저 오두막을 나섰다.

"괜찮아. 녀석은 지금 어딘가를 향해 열심히 가고 있는 중이야. 중간에 매복해서 우리를 습격하는 일은 없을 거야."

"장담할 수는 없어."

"무슨 일이든 약간의 모험은 필요한 법이지. 자, 녀석의 흔적을 빨리 찾아."

소소자는 주적자에게 길을 열어주었다. 하지만 주적자는 움직이지 않았다.

"녀석을 찾으면 어쩔 생각이지? 발견한다고 하더라도 방법이 없을 텐데. 최소한 나 정도의 고수 한 명 정도는 더 있어야 녀석을 완벽하게 제압할 수 있어."

소소자는 먹빛으로 물든 숲을 응시하며 말했다.

"일단 녀석을 찾은 다음에 놈이 어느 정도의 능력을 지녔는지, 정확히 어떤 종류의 것인지 알아봐야겠어. 강시처럼 살아 있는 시체인지 아니면 인간의 변종인지. 그도 아니면……."

"마귀의 다른 모습일 수도 있지. 하지만 그걸 확인하기도 전에 죽을 가능성이 높아."

"그건 그때 일이고. 자, 녀석의 흔적을 찾아봐. 녀석만 찾으면 내 청부가 끝나는 것으로 할 테니까."

"찾기만 하면?"

"그래. 찾기만 한다면."

주적자는 한숨을 내쉬고 걸음을 옮겼다. 의뢰인이 아무리 우겨도 위험한 곳은 피하는 것이 보표의 마땅한 행동이었다. 그가 남의 집 담을 넘는 부잣집 아들을 두들겨 팬 것도 그 때문이었다(사실 그의 상실감이 많은 작용을 했지만).

　그러나 이번 같은 경우는 달랐다. 어쨌든 그 흡혈귀만 찾으면 의뢰는 끝나는 것이다. 흡혈귀에게서 의뢰인을 보호해야 할 의무 따위는 없었다. 어찌 보면 무정한 것 같지만 계약의 원칙은 철저히 지켜야 했다. 자칫 정이 들면 그 때문에 걱정이 생기고 상황에 대한 객관적인 판단이 흐려질 수 있기 때문이다. 더욱이 보표를 승낙하기는 했지만 탈명침에 대한 생각이 깔려 있는 한 마음이 편할 수는 없었다. 이런저런 이유 때문에 그는 흡혈귀를 쫓기로 했다.

　주적자는 오두막 뒤로 돌아가 부서진 창밑에 섰다. 창의 잔해가 잡초 위에 어지럽게 널려 있었다.

　"이곳으로 나간 게 확실한 것 같군."

　그는 어둠을 담요처럼 덮고 있는 숲을 보았다. 다행히 만월(滿月)이 떠 있어서 사물을 구분하는 데는 그리 어렵지 않았다.

　"말을 버리고 가야겠군. 마음 단단히 먹어. 이렇게 깊은 야산(夜山)은 흡혈귀가 아니어도 충분히 위험하니까."

　소소자가 익살스런 표정으로 말했다.

　"엄마, 기저귀가 젖었어요."

　주적자는 피식 웃고 숲을 향해 나아갔다. 잡목들이 비탈길을 빼곡이 메우고 있어서 걸음을 옮기기가 힘들 정도였다. 서둘러 떨어진 낙엽들이 발 밑에 깔려 비명을 질렀다.

　주적자는 주위를 세밀히 살피며 한 걸음, 한 걸음 내딛었다. 녀석의 흔적을 찾는 것은 어렵지 않았다. 무작정 달려간 듯 나뭇가지 부러진 흔적이 앞으로 곧장 나 있었다.

　야조(夜鳥) 한 마리가 그들의 머리 위를 스치듯 지나갔다. 급히 허리를 숙인 소소자가 투덜거렸다.

"좆만한 것이 좆같이 사람을 놀라게 하는군."

달빛은 그들의 발 밑에 잠시 머물렀다 나무에 가려 사라졌다. 주적자의 뒤를 부지런히 쫓아오는 소소자의 거친 숨소리가 풀벌레 소리를 잠재웠다. 주적자는 쫓는 속도를 늦췄다. 그리 빠른 걸음은 아니었지만 경사진 산비탈을 오르는 것이 범인에게 쉬운 일은 아니었다. 그가 느려지는 기미를 보이자 소소자가 재촉했다.

"뭐 해? 빨리 움직여. 헥헥! 그 씨부랄 놈이 지금 누구의 목을 물어뜯고 있을지도 모른단 말야. 아이고! 뭔 놈의 산이 이렇게 지랄 같냐 그래."

주적자는 넝쿨과 날카로운 나뭇가지를 걷어내며 걸음을 빨리했다. 가끔 녀석의 흔적을 찾아 멈춰 서는 것 외에는 쉬지도 않았다. 흔적은 주로 부러진 가지와 낙엽이나 잡초가 흩어진 모습에서 드러났다. 낮이었다면 녀석이 언제쯤 이곳을 지나갔는지 쉽게 짐작할 수 있었겠지만, 습기가 많은 밤이라 시간을 추측하기 어려웠다.

그렇게 산을 두 시진 정도 오르고 나서야 숲을 벗어날 수 있었다. 따뜻한 햇살처럼 황금색 달빛이 그들의 어깨 위로 부서졌다. 돌멩이 하나가 소소자의 발길에 채여 어둠 너머로 굴러 떨어졌다. 사십여 장 남은 산 정상까지는 온통 바위로 덮여 있었다.

"이런 곳에서… 흔적을 찾을… 수가 있겠어?"

소소자가 거친 숨을 내뱉으며 말했다.

"날아가지 않은 이상 흔적은 남기기 마련이지."

주적자는 이제껏 따라왔던 방향을 더듬었다. 아니나 다를까 그쪽에 흔적이 남아 있었다. 바위에 미세하나마 흙이 묻어 있었다. 그는 다시 몇 걸음을 옮겼다. 또 하나의 발자국.

주적자는 뒤를 돌아보았다. 그의 눈가가 찌푸려졌다.

"왜 그래?"

"거리."

소소자는 주적자와 뒤를 번갈아 쳐다보며 물었다.

"거리라니?"

주적자는 자신의 앞에 있는 발자국을 내려다보았다.

"처음 발자국을 발견한 곳과 두 번째 발자국의 거리가 거의 일 장에 가까워."

"그거야 너도 경신술을 발휘하면 그 정도는 뛰지 않나?"

"그렇지. 하지만 이렇게 가파른 산을 올라오고도 일 장씩 이동한다는 건… 더욱이 이런 경사진 곳을……."

주적자는 말끝으로 고개를 저었다. 무리한다면 안 될 것도 없지만 발자국이 찍힌 모양으로 보아 발끝에 그리 힘이 들어간 것 같지도 않았다. 정식으로 싸운다면 모를까 도망가는 것을 잡으려 든다면 어려울 것이라는 생각이 들었다.

'하긴 내가 상관할 바가 아니지.'

그들은 다시 바위산을 올랐다. 산은 아래에서 보기보다 훨씬 가파르고 험했다. 바람에 깎이고 깎여 발을 디디기조차 힘들 정도로 매끄러운 곳도 있었고, 두 길이 넘는 절벽이 허다했다. 주적자는 쉴 새 없이 투덜거리는 소소자를 끌고 겨우 산 정상까지 올라왔다. 소소자는 사방 일 장 정도의 평평한 바위 위에 올라오자마자 털썩 주저앉았다. 쌕쌕거리며 내뿜는 호흡하며 하얗게 변한 얼굴이 금방 숨이 넘어갈 것처럼 보였다.

주적자는 세찬 바람을 온몸으로 받으며 그들이 가야 할 어둠을 응시했다. 한편의 수묵화(水墨畵)를 보는 듯한 장대한 산들은 그를 질리게 만들었다. 그는 고개를 들고 찬 공기를 폐 깊숙이 밀어 넣었다. 푸른 금강석 같은 별들이 쏟아질 것처럼 밤하늘에 수놓아져 있었다. 한 무리의 새가 산 그림자를 뚫쳐나오더니 별빛 속을 가로질렀다.

"아름답지 않나?"

어느새 일어난 소소자가 그의 곁으로 다가왔다. 그들의 시선은 하늘과 숲의 경계에 모아져 있었다. 주렴처럼 드리운 별빛은 마치 푸른 비가 내리는 것처럼 보였다.

소소자는 거센 바람에 흩날리는 머리칼을 뒤로 넘기며 입을 열었다.

"자연의 웅장함은 우리에게 거부할 수 없는 겸손을 요구하지. 존재한다는 것만으로 인간을 겸허하게 만드는 것이 자연 말고 또 있을까?"

"마치 시인(詩人) 같군."

"하! 이런 곳에 오면 개백정도 두보(杜甫)가 되는 법이야. 자, 쉴 만큼 쉬었으니 다시 쫓아가 보자구."

그들은 다시 어두운 산을 더듬었다. 내려가는 길은 더욱 위험했다. 피로도 위험을 크게 하는 한 요인이었다. 주적자는 소소자를 계속 살피며 몸을 움직였다. 무공으로 단련된 그는 견딜 수 있었지만 소소자가 어떨지 알 수 없었다. 쉬어야 할 시간은 이미 한참 지난 후였다. 주적자는 발을 헛디뎌 미끄러지는 소소자를 간신히 붙잡았다.

"괜찮아? 계속 갈 수 있겠어?"

소소자는 아무렇지 않은 듯 벌떡 일어섰다.

"내가 그렇게 약골로 보여? 난 천하제일명의야!"

명의와 밤중에 산을 타는 것과의 상관관계는 알 수 없었지만 어쨌든 소소자는 자신있다고 큰소리를 쳤다. 소소자의 강경한 언행 때문에 쉬자는 말은 꺼내보지도 못했다. 참으로 골치 아픈 의뢰인이었다.

그들이 두 번째 산을 넘었을 때 장애물이 나타났다. 마치 도끼로 찍어놓은 듯한 절벽이 앞을 가로막았다. 깊이는 그림자에 가려 그냥 시커멓게 보였고, 넓이는 대략 칠 장이 조금 넘었다. 건너편 절벽 위쪽은 커다란 나무가 빼곡이 자라 있었다. 주적자는 절벽 앞에서 땅을 살폈다. 반 경 이 장을 살핀 끝에 먼지 같은 돌 가루를 찬 녀석의 흔적을 발견할 수 있었다. 절벽으로 곧장 이어진 것으로 보아 녀석은 이곳을 뛰어넘은 것 같았다. 하긴 불가능한 거리는 아니었다.

주적자는 절벽의 끝나는 곳을 찾기 위해 좌우를 살폈다. 곡선을 그리고 있는 절벽은 산허리를 돌아갈 때까지 끝이 보이지 않았다. 저쪽과 연결된 다리 같은 것도 없었다. 절벽을 따라가다 보면 혹시 있을지 모르지만 눈에 보이는 거리만도 만만치 않았다. 한참 동안 숨을 고르던 소소자가 입을 열었다.

"그놈이 여기를 넘어간 거야?"

"그래."

절벽 아래를 방황하던 바람이 솟구쳐 그의 옷자락을 위로 말아 올렸다. 귀곡성 같은 바람 소리가 꼬리처럼 따라붙었다.

"일단 저쪽과 연결된 다리를 찾아봐야지."

"뛰어넘을 수는 없는 거야? 흡혈귀 따위도 뛰어넘는데 넌 무림의 일류고수잖아."

주적자는 실소를 터뜨렸다.

"무림인이 모두 경신술에 뛰어난 것은 아니야."

말을 하고 주적자는 건너편을 보았다. 상당히 멀었지만 넘을 수 없
는 거리는 아니었다.

"내가 넘는다고 해도 넌?"

소소자는 건너편 숲을 가리켰다.

"잘 보이지는 않지만 저곳에 있는 나무들 꽤 길지 않아? 넘어뜨리
면 이곳까지 닿을 것 같은데."

주적자의 망설이는 모습에 소소자가 채근했다.

"돌아간다고 해도 다리가 있을 거란 보장도 없잖아. 우리에겐 지금
시간이 생명이라구."

소소자의 의견도 좋았고 말에도 일리가 있었다. 거기에 주적자의
결심을 굳힌 것은 하루라도 빠른 개봉행이었다. 이 길로 녀석을 발견
해도 좋고, 그렇지 않더라도 개봉까지 걸리는 시간은 줄어들 것이다.

주적자는 뒤로 삼 장을 물러섰다. 더 거리가 있었으면 좋겠지만
숲이 등을 가로막고 있었다. 심호흡을 한 주적자는 땅을 박찼다.
땅의 끝이 어둠으로 변해 빠르게 다가왔다. 그는 절벽의 끝을 힘껏
디뎠다. 어기부운(御氣浮雲)의 경신술로 가벼워진 몸이 허공을 빠
르게 갈랐다. 바람 소리가 귀를 멍멍하게 했다. 발 밑으로 어둠이
지나가며 절벽이 살아 있는 것처럼 덮쳐 왔다. 그것은 지상이 아니
라 벽이었다. 절벽 사이는 그의 예측보다 길었다. 이대로 가다가는
추락할 것이 뻔했다.

'제길!'

그는 등에서 황급히 검을 빼 들었다. 전면의 벽에 닿기도 전에 몸이
아래로 떨어져 내렸다. 그는 오른발로 왼 발등을 차며 검을 앞으로 뻗
었다. '까앙!' 하는 날카로운 소리와 함께 검끝이 절벽의 빈틈을 파고

들었다. 검끝이 조금 파고든 정도로 그의 몸무게를 감당할 수는 없었지만 약간의 탄력은 얻을 수 있었다. 주적자는 그 힘을 이용해 몸을 앞으로 뺐다.

왼쪽에 어른 주먹만한 돌덩이가 보였다. 그것을 움켜쥐어 추락하는 것을 막았다. 다행히 부스러지거나 하지는 않았다. 검을 집어넣고 절벽에 몸을 완전히 밀착시킨 후에야 안도의 한숨이 나왔다.

절벽을 올라가는 것은 그리 어렵지 않았다. 십 장 정도를 기어오르자 턱이 손에 잡혔다. 땅에 엉덩이를 붙이기 무섭게 소소자의 욕설이 들려왔다.

"이 빌어먹을 자식아! 정말 떨어진 거냐? 떨어졌으면 그렇다고 대답을 해야 할 것 아니야!"

주적자는 피식 웃었다. 평범한 사람이 밤중에 사물을 식별하기에는 먼 거리였다. 그는 즐비하게 서 있는 나무들 중 가장 큰 느릅나무를 골라 손을 댔다. 가슴 불룩하게 심호흡을 하고 힘을 줬다. 처음엔 완강하게 거부하던 뿌리 깊은 나무가 조금씩 비명을 질렀다.

"흐읍!"

그의 기합에 맞춰 땅거죽이 갈라지며 속살이 모습을 드러냈다. 몇백 년 동안 자리를 지키고 있던 나무는 반쯤 넘어가자 스스로 몸을 뉘었다.

"으아아앗!"

갑자기 건너편에서 비명이 들려왔다. 그리고……

"야이! 개코 같은 놈아! 하마터면 깔려 죽을 뻔했잖아!"

주적자는 나무를 타고 소소자에게로 건너갔다. 혼자 건너오게 할 수도 있었지만 자칫 실수로 추락하면… 또 의뢰인을 잃는다는 것은 생각하기도 싫었다.

　등에 업힌 소소자의 욕 섞인 투덜거림은 이제 노랫소리로 들릴 지경이었다. 그 후로 두 시진가량 산길을 타고 간 그들은 결국 추격을 잠시 중단하기로 했다. 주적자가 피로를 느낄 정도니 소소자는 말할 것도 없었다.

　거의 파김치가 된 소소자는 모포를 덮자마자 코를 골았다. 하지만 주적자는 쉽게 잠들지 못했다. 소소자의 의뢰를 받아들인 결정이 잘한 것인지 확신이 서지 않았다. 이런저런 생각을 하며 잠든 때는 달과 여명이 공존하는 시간이었다.

소소자가 사도철광을 만났을 때

제3장 소소자가 사도철광을 만났을 때

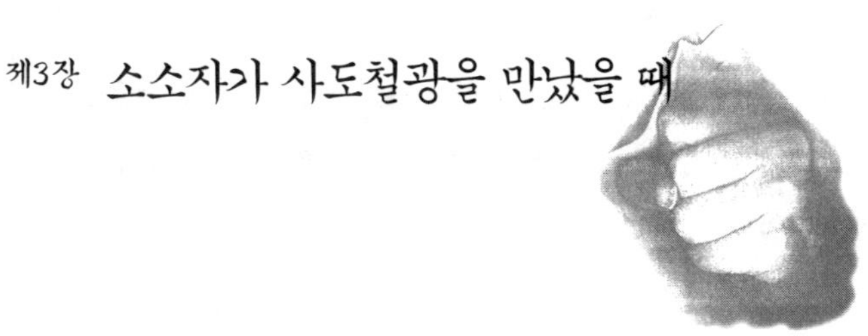

"흐읍!"

소소자는 공기를 한껏 들이마셨다.

"야! 오랜만에 사람 사는 곳에 내려오니 좋구만."

그들은 오 일의 추격 끝에 산에서 내려왔다. 하루에 채 세 시진도 자지 않고 놈을 쫓아서 피곤한 탓도 있었지만 행여 새로운 소식을 들을까 해서였다. 놈의 흔적은 이미 삼 일 전에 놓쳐 버렸다. 때문에 무작정 북쪽으로 진로를 정했으니 그들이 앞질렀을 가능성도 염두에 둬야 했다.

소소자가 홍안현(興安縣)의 성문을 지나며 물었다.

"어디 가면 우리가 찾는 소식을 들을 수 있을까?"

"사람들은 먹으면 떠들기 마련이지."

그들은 홍안현에서 가장 큰 주루를 찾기로 했다. 비단을 피는 가게에 물어보니 영화주루(榮華酒樓)라는 그곳은 다행히 멀지 않았다. 인구가 채 이천도 되지 않아 중심가는 작았지만 비단으로 워낙 유명한 지역이어서 오가는 상인들은 제법 많았다. 그만큼 소문을 빨리 들을 수 있었다.

그들이 한참 사람들과 어깨를 부딪치며 걷고 있을 때 어디선가 '피를 빨아먹는 괴물' 어쩌고 하는 소리가 들렸다. 그들은 동시에 소리가 나는 쪽으로 고개를 돌렸다. 상인으로 보이는 두 사람이 좌판 앞에서 만두를 먹으며 이야기를 하고 있었다. 따로 물어볼 것도 없이 슬그머니 곁으로 다가가 귀를 기울였다. 하지만 이미 그들이 지나온 곳의 얘기 말고는 새로울 것도 없었다. 그들은 다시 사람들 속으로 파고들었다.

"이상하군."

주적자의 중얼거림에 소소자가 물었다.

"뭐가?"

"이런 일이 일어나면 으레 제일 먼저 설치는 정파인들이 조용하잖아."

소소자가 피식 웃었다.

"그 오지랖 넓은 것들이 조용할 리가 있나. 이미 그들 나름대로 움직이고 있어. 사실 내가 처음 시체들을 발견했을 때 화산삼검(華山三劍)이 같이 있었지."

"흑도(黑道) 사람들 못 죽여서 안달이 난 그 세 늙은이들 말이군."

"그래. 삼십 년 동안이나 그 지랄을 하고 다녔는데도 아직 안 죽고 장로까지 해처 먹고 있는 노괴(老怪)들이지. 하긴 내 잘못도 커. 그중 한 늙은이의 치료까지 해줬으니."

“그런데?”

“그런데는 뭐가 그런데야? 늙으면 대가리까지 굳어져서 내가 사람의 짓이 아니라고 해도 도무지 들어먹질 않잖아. 저희들끼리 이런 유의 무공은 어떤 것이 있다느니, 어떤 놈들의 짓이 분명하다느니 하면서 헛구멍만 쑤시고 있는 거지. 하여간 어떤 인간들은 말이야, 처음에 아니라고 믿어버리면 그 생각을 바꾸려 하지 않아. 머리에 똥만 든 머저리들이라니까.”

“대부분의 사람들이 그렇지.”

이런저런 얘기를 하다 보니 어느새 그들 앞에 영화주루가 나타났다. 작은 현에 있는 것치고는 상당히 큰 규모의 영화주루는 이 층으로 되어 있었다. 푸른 기와에 전체적으로 같은 색깔의 칠을 해서 산뜻한 느낌을 주었다. 입구에는 두 개의 커다란 기둥이 서 있었는데 붉은 용 두 마리가 여의주(如意珠)를 사이에 두고 다투는 그림이 양각되어 있어 짐짓 고급스러움을 풍겼다.

세 개의 계단을 밟고 올라서자 양쪽에 서 있던 십대 후반의 여인들이 고개를 숙이며 인사를 했다. 흔히 듣는 ‘어서옵쇼!’ 가 아닌 ‘찾아주서서 감사합니다’ 라는 목소리가 발길을 돌리지 못하게 만들었다.

여인들을 지나자 닫혀 있던 문이 자동으로 열리며 또 두 명의 여인이 나타나 같은 인사를 했다.

“괜찮군.”

소소자는 연신 여인들을 힐끔거리며 고개를 끄덕였다. 막 주루 안으로 들어서던 소소자가 갑자기 걸음을 멈췄다. 부딪힐 뻔한 것을 피한 주적자가 물었다.

“왜 그래?”

소소자는 게슴츠레한 시선으로 주적자를 보았다.

"여기 비쌀 것 같지 않나?"

주적자는 실내를 둘러보았다. 아래층과 위층으로 구분된 실내는 백사오십 평은 족히 되어 보일 정도로 넓었다. 구조는 비교적 단순해서 일 층 중앙의 계단을 통해 이 층으로 올라가게 되어 있었다. 이 층은 아름드리 기둥으로 받쳐져 있었고 그 밑이 일 층 넓이의 반 정도를 차지한 구조였다.

주적자는 고개를 끄덕이며 대답했다.

"비싸 보이는군."

소소자가 은근한 목소리로 말했다.

"그래서 말인데… 난 원래 돈을 아껴 쓰는 사람인지라… 그렇다고 돈이 없어서 그런 것은 아니야. 다만 없는 사람들을 생각해서……."

"알았어. 돈은 내가 내도록 하지."

소소자가 함박웃음을 지었다.

"꼭 그러지 않아도 되는데… 정 그렇게 내고 싶다면 어쩔 수 없지. 내가 양보하는 수밖에."

그들은 비로소 왁자지껄한 소음이 있는 탁자 사이로 들어갔다. 저녁 시간이 다되어서인지 일 층에 있는 사십여 개의 탁자에는 모두 사람이 차 있었다. 그들은 이 층으로 올라가 난간과 벽이 맞대어진 곳에 자리를 잡았다. 소소자가 창가에 앉지 않는다고 구시렁댔지만 후방과 입구를 모두 확보하는 자리가 가장 안전했다. 언제 어느 때 무슨 일이 일어날지 모르는 곳이 무림이기 때문이다.

점소이가 차를 가져오자 주적자는 소면과 오리 고기를 시켰다. '난 조금만 먹지'라고 말한 소소자의 입에서 온갖 음식 이름이 쏟아져 나오기 시작했다.

"먼저 천어환자(川魚丸子)로 입가심을 하고, 황과육편(黃瓜肉片), 마파두부(麻婆豆腐), 포자(包子) 삼 인분, 팔보반(八寶飯), 주환자(珠丸子), 여의권(如意捲), 팔보채(八寶菜) 그리고 탕수육(糖水肉)으로 간단하게 먹기로 하지. 반주로 금존청(金尊淸) 두 근과 송자주(松子酒) 세 근만 가지고 오게."

턱이 빠진 듯 점소이의 입이 점점 이완되었다.

"뭐 하나? 주문받았으면 빨리 가져오지."

점소이는 황급히 허리를 굽히고 아래층으로 내려갔다.

"너무 피곤하면 음식도 잘 안 들어가는 법이야."

소소자의 말에 주적자는 '어련하겠어? 라는 표정으로 고개만 끄덕였다. 그들이 차를 홀짝이고 있을 때 입구에서 손님을 반기는 여인들의 목소리가 들렸다. 주적자는 슬쩍 입구를 쳐다보았다. 이제 갓 이십 대 중반쯤 되어 보이는 네 명의 사내가 들어서는 것이 보였다. 남색 옷으로 통일한 그들은 주루에 들어오자마자 누군가를 찾는 것처럼 날카롭게 주위를 둘러보았다.

그들의 신색을 살피던 주적자의 눈에 이채가 띠었다. 사내들의 허리띠에 있는 표식 때문이었다. 용과 봉이 어우러진 그림은 곤륜파 제자들 특유의 문양이었다.

"곤륜사수(崑崙四秀)로군."

"저들과 교분이 있나?"

"제길, 내가 저런 젖비린내 나는 애들 하고 무슨 교분이 있겠어? 그냥 오며가며 몇 번 본 것뿐이지."

"그래도 끝에 수(秀) 자가 붙은 것을 보니까 꽤 촉망받는 청년들인 모양이군."

"쳇! 그래 봤자 저희들 잔치지. 곤륜의 늙은이들은 곤륜사수가 곤륜파를 구대문파 중 으뜸으로 끌어올릴 거라고 기대하지만……."

소소자는 혀를 차며 고개를 저었다.

"그러다 스러져 간 애들이 어디 한둘인가? 어쨌든 저 녀석들은 현후기지수 중에서 꽤 각광을 받고 있는 모양이야."

주적자는 피식 웃었다.

"나이 차이도 얼마 나지 않을 텐데 우리가 무슨 전대(前代) 고인(古人) 같군."

"저 애송이들에 비하면 그렇다고 볼 수 있지. 아암! 그렇고 말고."

소소자는 난간에 팔을 올려놓으며 턱으로 곤륜사수를 가리켰다.

"맨 앞의 눈이 가는 녀석이 도룡검(屠龍劍) 장현승(張賢陞)이라고 하지. 너하고 많이 닮았는데. 안 그래?"

"내 턱이 저렇게 네모진가?"

"눈하고 분위기가 말이야. 그리고 두 번째 있는 덩치 큰 녀석이 운룡권(雲龍拳) 범산호(範山昊)야. 꼭 먹던 감자 뺏긴 멧돼지 얼굴 같지 않나?"

커다란 고리눈하며 들려진 코와 옆으로 쫙 찢어진 입이, 소소자에게서 그런 소리가 나올 만했다.

"그 뒤에 새색시같이 곱상하게 생긴 녀석이 백영수(百影手) 단우경(單宇京)이야. 남색가들에게 인기 만점의 얼굴이지."

소소자 말대로 여장을 하면 미인이라는 소리를 들을 정도로 잘생긴 청년이었다.

"마지막에 살쾡이같이 사납게 생긴 저놈은……."

"섬전각(閃電脚) 호재명(胡宰皿)이지."

소소자의 말을 끊고 들려온 소리에 둘은 시선을 돌렸다. 커다란 키에 배가 불룩하게 나온 중년인이 그들 곁에 서 있었다. 곤륜사수를 보는 중년인의 입가에 비틀린 미소가 드리워졌다. 코밑에 곱게 기른 수염을 훅 분 중년인은 양해도 없이 탁자 앞에 털썩 주저앉았다.

때마침 네 명의 점소이가 주문한 음식을 가져왔다. 작지 않은 탁자는 금세 음식들로 �꽉 채워졌다. 산해진미(山海珍味)가 즐비한 탁자에 마지막으로 올려진 술병을 중년인이 냉큼 집어 들었다. 소소자가 재빨리 막으려 했지만 그것은 이미 중년인의 입속으로 틀어박힌 후였다.

"이런 우라질! 어디서 말 뼈다귀 같은 인간이 나타나가지고 개시도 안 한 술을……!"

"쿨룩! 쿨룩!"

갑자기 중년인이 허리를 잔뜩 굽히고 기침을 토해냈다. 치마를 입고 가면 속옷이 보일 정도로 윤이 난 바닥에는 술 말고도 적갈색의 핏덩이들이 섞여 나왔다. 한눈에 봐도 내장 부스러기라는 것을 알 수 있었다.

주적자는 시선을 토사물에서 중년인의 손으로 옮겼다. 장갑을 낀 중년인의 손가락은 비정상적으로 길었다. 거기에 이상하게 가운데 손가락은 쫙 펴진 상태였다.

"제길! 마지막 가는 길에 술조차 제대로 못 마시겠군."

중년인은 입가에 피 섞인 술을 닦으며 투덜거렸다.

"사지마군(死指魔君) 사도철광(司徒徹匡) 선배께서 어쩌다 이 꼴이 되셨소이까?"

주적자의 물음에 중년인은 비틀린 웃음을 흘렸다.

"후후후… 내 변장이 그렇게 허술한가, 주적자?"

"잘하셨군요. 분칠한 얼굴과 수염하며 뱃살까지 그럴듯합니다만……."

사도철광이 자신의 손을 흔들며 말했다.

"결국 이 손이 문제군."

주적자는 고개를 끄덕였다.

"사슴은 뿔 때문에 죽고 호랑이는 가죽 때문에 죽는다더니, 나 사도철광은 이름을 세상에 떨치게 해준 이 손 때문에 결국 죽게 되는군."

사도철광이 장갑을 벗자 먹에서 꺼낸 듯 시커먼 손이 튀어나왔다. 이상하게 중지(中指)가 없는 손가락 끝에는 한 자 반 정도의 뾰족한 손톱이 달려 있었다. 사도철광은 목으로 손을 가져가서 면피구(面皮求)도 벗었다. 누런 피부에 깡마른 얼굴이 드러났다. 안으로 깊숙이 들어간 퀭한 눈과 매부리코, 퍼런 입술이 이제 막 관에서 기어나온 시체를 보는 듯했다. 사도철광은 겉옷까지 마저 벗었다. 안에 따로 흑의를 입었는데 배 둘레에는 보자기가 둘둘 말아져 있었다. 그것마저 제거하자 마치 작대기에 옷을 입혀놓은 것 같았다.

사도철광은 다시 자리에 앉아 술을 들이켰다. 다행히 기침은 터뜨리지 않았다.

"크! 자네를 보니 옛날 생각이 나는군."

주적자와 사도철광은 육 년 전에 딱 한 번 만난 적이 있었다. 주적자는 보표로 사도철광은 자객(刺客)으로. 그는 훌륭히 사도철광을 막아냈지만 보표라는 이름을 단 후 가장 힘겨운 상대로 기억되었다. 탈명침이 나타나기 전까지…….

"결국 그때 죽이려 했던 황창순(黃昌順)은 내가 떠난 후 죽었더군요. 사도 선배의 손에 의해서."

"그놈은 죽어 마땅한 놈이었어. 내 친구의 손녀를 간살(姦殺)하고 그것이 알려질까 봐 자객을 시켜 친구까지 죽인 놈이니까. 그런 놈을 어떻게 살려두겠나?"

사도철광은 술을 들이키고 술잔을 탁자에 탕 소리가 나도록 내려놓았다.

"내 비록 흑도에 몸을 담고는 있지만 강호 도리에 어긋나게 살아본 적은 없네."

주적자는 사도철광의 말을 인정했다. 오죽하면 사람들이 그를 일컬어 흑군자(黑君子)라고까지 하겠는가.

"내가 무림에서 사십 년을 굴렀지만 아직도 백도와 흑도의 경계를 모르겠어. 내가 익힌 무공이 조금 괴이하고 손속에 인정을 두지 않는다고 해서 이처럼 핍박하다니……!"

다시 술병을 잡으려던 사도철광의 손은 허공만 저었다. 그 술병은 이미 소소자의 입에서 물구나무를 서고 있었다. 못마땅한 듯 소소자를 흘겨보는 사도철광에게 주적자가 물었다.

"그럼 사도 선배는 곤륜파로부터 쫓기고 계신 겁니까?"

사도철광은 계단을 오르고 있는 곤륜사수를 힐끔 보고 고개를 끄덕였다.

"이유없이 선배를 핍박하지는 않을 텐데요?"

사도철광은 비틀린 웃음을 짓더니 갑자기 탁자를 내리찍었다. 그의 뾰족한 손톱은 옻칠이 된 탁자에 박혀들었다. 손을 빼자 네 개의 작은 구멍이 또렷하게 남았다.

"자네들도 요즘 피가 모두 없어져 죽은 사람들에 관한 소문은 들었겠지?"

술을 빼앗기기 싫어 숨도 쉬지 않고 들이키던 소소자도 사도철광에게 고개를 돌렸다.

"시체에 난 상처가 탁자의 이 모양과 비슷했던 모양이야. 훗! 지나가던 개가 웃을 일이지. 이 사도철광이 양민들을 학살한 살인마라니. 이게 말이 되나?"

"상당히 고생을 하신 모양이군요."

"지난 오 일 동안 잠도 제대로 못 잤네. 곤륜파 전체가 나만 잡기로 작정한 모양이야. 말년에 조용히 지내나 했더니 이게 무슨 꼴인지……."

"범인은 따로 있는데 엉뚱한 누명을 쓰셨군요."

사도철광은 의아한 시선을 던졌다.

"자네는 마치 범인을 알고 있는 것처럼 말하는군."

주적자는 사실을 말해야 할지 갈등이 생겼다. 그가 있는 그대로 말하면 어떻게든 오해를 풀어줘야 하는데, 그렇게 되면 개봉까지 가는 시간이 길어질 수밖에 없었다. 몇 마디 말로 해결될 일이 아니기 때문이다. 그의 침묵 사이로 소소자가 끼어들었다.

"그러게 사람은 정상적으로 생기고 봐야 한다니까. 그래야 그런 오해도 안 받지."

사도철광은 소소자를 가리키며 물었다.

"이 친구는 대체 누군가?"

"반선의 소소자입니다."

소소자는 어깨를 으쓱하고 탄성을 기다렸다. 그런데,

"소소자가 누구야? 이름은 땅꼬마답게 잘 지었군."

소소자의 얼굴이 심상치 않게 붉어졌다.

"따, 땅꼬마라니! 이런 개밥에도 쓰지 못할……!"

"배짱이 좋으시군요. 이런 곳에서 본 모습을 드러내고 술을 마시고 계시다니."

소소자는 자신의 욕이 끊기자 화가 나서 휙 고개를 돌렸다. 곤륜사수가 사도철광의 뒤에 병풍처럼 서 있었다. 저마다 잔뜩 긴장한 모습이 금방이라도 출수(出手)를 할 것처럼 보였다.

"엄마 젖도 안 끊은 어린것들이 어른들 얘기하는데 어딜 함부로 끼어들어!"

소소자의 호통에 곤륜사수는 순간 어리둥절한 얼굴이 되었다. 작달막한 키에 나이도 그리 많이 들어 보이지 않은 사람이 그런 말을 하니 황당할 수밖에 없었다. 가장 성질이 급해 보이는 운룡권 범산호가 한 발 앞으로 나섰다.

"거친 입에는 몽둥이가 최고지."

안 그래도 열받은 소소자가 자리를 박차고 일어섰다.

"이런 개똥에 미끄러져서 말똥에 코 박아 죽을 놈을 봤나! 네 사부도 감히 내게 그런 말을 못하거늘 똥오줌도 못 가리는 어린놈이 어디서 망발이야!"

범산호가 더욱 구겨진 얼굴을 하고 소소자에게로 다가섰다.

"경거망동하지 말아라."

도룡검 장현승의 나지막한 말은 범산호의 성질을 금방 누그러뜨렸다. 장현승은 소소자에게 정중하게 포권을 하며 입을 열었다.

"미처 알아뵙지 못해 죄송합니다, 소 의원님. 악적을 잡느라 워낙 경황이 없어서 그만 실례를 범했습니다."

화가 날 때만큼이나 빨리 사그러드는 소소자였다. 소소자는 자신을 알아보는 것에 기분이 좋아진 듯 헛기침을 몇 번 하고 '앞으로 조심해' 라는 말을 뒤로 하며 자리에 앉았다. 주적자는 그 모습에 실소를 머금었다. 아무리 명문정파(名門正派)라고 해도 언제 어느 때 도움이 필요할지 알 수 없기 때문에 함부로 대할 수는 없는 모양이다. 소소자는 다시 사도철광을 보았다.

"그러니까 영감 말이야! 저… 에……."

화살이 다시 곤륜사수에게로 향했다.

"이런 제길! 네놈들 때문에 하려던 욕을 잊어먹었잖아!'

천방지축인 소소자 때문에 흐트러진 분위기가 사도철광의 말에 낮게 가라앉았다.

"너희들만 오지는 않았을 테고, 숨어 있는 자들도 빨리 나오라고 하지."

장현승이 말했다.

"저희들만으로도 대접이 충분하리라 생각됩니다만."

사도철광의 눈썹이 꿈틀 움직였다.

"나 사지마군을 감히 너희 애송이 넷이서 상대하겠다? 흐흐흐… 아무리 다치고 지쳤어도 호랑이를 똥개 네 마리가 잡겠다고 나서다니."

"지금이라도 늦지 않았으니 저희와 함께 가시지요. 오해가 있었다면 그곳에 가서 풀고 만약 지은 죄가 있다면……."

장현승은 말끝으로 묘한 여운을 남겼다. 사도철광은 비릿한 웃음을 흘리며 손톱을 비볐다. 쇠와 쇠가 마찰하는 소리가 이빨을 절로 물게 만들었다.

"너희들 머리에 구멍이 뚫리면 누가 나와도 나오겠지."

사도철광은 장현승을 향해 손을 휘둘렀다. 싸움을 알리는 선전 포고 형식의 공격이었기 때문에 위력은 없었다. 장현승은 뒤로 훌쩍 물러남과 동시에 검을 빼 들었다.

먼저 언질이 있었는지 점소이들이 부지런히 탁자와 의자를 구석으로 밀어 넣어 제법 너른 자리가 확보되었다. 이 층에서 식사를 하던 열 명 남짓한 사람들은 눈치 빠르게 피한 후였다. 이 층을 다 치운 점소이들까지 내려가자 비로소 싸울 준비가 끝났다. 곤륜사수는 사도철광과 일곱 자 정도의 거리를 두고 반원으로 에워쌌다. 그들이 아무리 뛰어난 후기지수라고 해도 단신으로 사도철광과 싸운다는 것은 무모한 짓이었다.

"후배들이 먼저 손을 쓰겠습니다."

장현승의 말에 사도철광이 코웃음을 쳤다.

"흥! 예의 차릴 것 없다. 허울만 좋은 백도인들 같으니라구."

장현승은 주적자를 힐끔 보고 싸움에 가담할 뜻이 없다는 것을 판단한 후 사도철광에게 일검을 날렸다. 사도철광은 목으로 찔러오는 검을 손으로 쳐내면서 장현승의 가슴팍으로 파고들었다. 묵강수(墨剛手)를 익힌 사도철광의 팔은 도검불침이었다. 장현승이 검을 빙글 돌려 팔을 쳐내자 범산호가 사도철광의 어깨를 향해 권을 내질렀다. 위력이 소림(少林)의 백보신권(百步神拳)에 버금간다는 신룡파미(神龍播尾)였다.

사도철광은 급히 뻗었던 팔을 회수해 범산호의 권을 막았다. 그러자 다시 단우경의 종학금룡수(從鶴擒龍手)가 옆구리를 위협했다.

'펙!' 소리와 함께 사도철광의 옆구리 옷이 먼지처럼 흩어졌다. 정확히 맞지는 않았지만 타격을 입은 것은 분명했다. 사도철광이 뒤로 물러서며 숨을 돌리려 했지만 섬전각 호재명이 그럴 기회를 주지 않았다. 별호에 걸맞게 호재명의 발은 눈으로 쫓아갈 수 없을 만큼 빨랐다. 회련각(回蓮脚)을 오랫동안 연마한 듯 조금의 무리도 없이 사도철광을 몰아쳤다.

양팔로 힘겹게 막아내며 뒤로 물러서던 사도철광의 등이 벽에 닿았다. 하지만 그냥 당하고 있을 사도철광이 아니었다. 양팔을 교차시켜 빙글 돌리자 팔을 때리던 호재명이 허공에서 중심을 잃고 비틀거렸다. 기회를 잡은 사도철광이 쇄도를 했지만 장현승의 검이 그것을 용납하지 않았다.

곤륜사수는 합격술(合擊術)의 진수를 보여주듯 서로의 단점을 보완해 주며 사도철광을 끊임없이 몰아쳤다.

"사지마군, 사지마군 해서 대단한 줄 알았더니 별것 아니구만. 저런 애송이들한테 쩔쩔매다니."

소소자는 재미있는 싸움 구경을 하는 듯 술을 홀짝이며 말했다.

"사도 선배는 실력의 반도 보여주지 못하고 있어. 손톱 밑에 가시가 하나 박혀도 실력이 주는데 하물며 내상을 입었으니. 저 정도 싸우는 것만도 대단한 거지."

"곤륜사수는 어때?"

"저 정도 나이에 이룬 성취치고는 괜찮군."

"쳇! 자기 얼굴에 금칠을 하네."

주적자가 무슨 소리냐는 얼굴로 쳐다봤다.

"넌 저 나이 때 이미 보표지존, 호인불사로 불렸잖아."

주적자가 씁쓸하게 웃었다.

"무공을 익혀야 할 이유가 그만큼 절박했으니까. 일곱 살 때부터 목숨을 걸고 무공을 익힌다면 누구나 나 정도는 되겠지."

"보아하니 무공을 아버지한테 배운 모양인데… 네 아버지도 대단하다."

아버지 얘기가 나오자 주적자의 인상이 굳어졌다. 켜켜이 쌓인 세월의 단상들이 주마등처럼 스쳐 갔다. 엉금엉금 기어다니시던 뒷모습과 새우처럼 잔뜩 구부리고 주무시던 잠버릇, 무공을 연구할 때 보이던 광인(狂人) 같은 눈빛, 그가 맞던 혹독한 매까지도 아픈 연민으로 파고들었다.

갑자기 '퍼억' 하는 소리와 함께 낮은 비명이 울렸다. 주적자는 상념에서 깨어나 장내를 보았다. 범산호가 어깨를 움켜쥐고 고통스런 표정을 짓고 있었다. 모습으로 보아 탈골된 듯 보였다. 사도철광도 무사하지는 않은 듯 허벅지와 옆구리에서 피를 흘리고 있었다. 금방이라도 쓰러질 듯하면서도 버티고 있는 것은 그만큼 경험이 풍부한 탓이었다.

범산호의 부상으로 잠시 중단되었던 싸움이 다시 시작되었다. 처음 사도철광이 밀리는 것처럼 보이던 싸움은 예상과는 달리 쉽게 결판이 날 것 같지 않았다.

"사지마군이 불쌍하군. 늘그막에 무슨 고생이람. 하여간 사람은 평소에 덕을 쌓아야 한다니까."

"왜? 사도 선배를 도와주고 싶나?"

소소자는 어깨를 으쓱했다.

"뭐 딱히 도와주고 싶다기보다는… 어쨌든 누명을 쓴 거잖아. 생사람을 잡고 있는데 넌 보기 좋냐?"

"정파인들이 정말 사도 선배를 범인이라고 생각해서 잡으려고 할까?"

"무슨 말이야?"

"흑도인에 대한 사냥이 시작된 거지. 수십 명의 양민이 학살되었다. 범인은 괴이한 무공을 쓰는 흑도의 인물이다. 각본은 완벽하잖아."

"그래서 평소에 마음에 들지 않는 놈들을 잡아들인다?"

"사파(邪派)의 인물이면서 군자라는 칭호를 단 사도 선배가 마음에 안 들었겠지. 모르긴 해도 세력을 갖지 않은 많은 흑도 인물들이 쫓기고 있을 거야."

"정말 개떡 같은 위선자(僞善者) 놈들이군. 넌 그걸 알면서도 사지 마군이 당하는 것을 보고만 있는 거냐?"

"내가 상관할 일이 아니야. 설사 내가 나선다고 해도 결과는 변하지 않아."

소소자는 싸우는 현장을 가리키며 핏대를 세웠다.

"저런 핏덩이들이 상대인데 자신이 없단 말이냐?"

주적자는 말없이 손가락 세 개를 폈다.

"뭐야?"

소소자의 물음 뒤로 검지가 접혔다. 그리고 다시 중지가 접혔다. 하나 남은 약지가 손바닥에 붙는 순간,

와장창!

천장이 무너지며 여섯 개의 그림자가 떨어져 내렸다.

"물러서라!"

장현승의 고함과 함께 기다렸다는 듯 싸우던 곤륜사수가 일제히 뒤로 몸을 날렸다. 흠칫 놀라 몸을 빼려는 사도철광을 그물로 덮쳤다. 촘촘히 짜여진 어망 같은 쇠그물은 사도철광의 몸을 옥죄었다.

"이것 풀지 못해! 비겁하게 이런 식으로 싸움을 끝내려 하다니! 그러고도 너희들이 정파인이냐!"

사도철광이 고래고래 소리를 질렀지만 허무한 외침일 뿐이었다. 천장을 뚫고 내려온 여섯 명의 장한은 쇠그물을 빙글빙글 돌려 사도철광을 옴짝달싹 못하게 만들었다. 사도철광이 몸부림을 치면 칠수록 그물은 더 꽉 조여왔다.

"괜한 반항은 몸만 상하게 만들 뿐이지요, 사도 형."

주적자는 계단에서 들려오는 소리에 몸을 부르르 떨었다. 많이 탁해지기는 했지만 평생 잊을 수 없는 목소리였다. 시선을 돌리자 그의 뇌리에 각인되어 있는 인물이 계단으로 올라오는 것이 보였다.

"주철승(周哲昇)의 내공을 폐하고 근맥을 끊어 파문(破門)하라!"

꿈에서조차 잊을 수 없는 얼굴!

검중검(劍中劍) 여신우(余愼宇)! 곤륜이 낳은 최고의 무공기재이며 검사(劍士). 서른여덟에 최연소 장로가 되어 다음대 장문인(掌門人)으로 확실시되던 사람. 그러나 당시 장문인의 암살(暗殺)로 추락해 버린 용. 그가 바로 여신우였다.

주적자의 아버지 주철승이 장문인의 죽음에 한 발을 걸치고 있었다는 것이 그들 부자의 불행이었다. 곤륜 장문인이 죽던 그날의 북해(北海)는 유난히 추웠다고 들었다.

내공이 낮은 무사들에게는 술이 없으면 견디기 힘들 만큼 혹독한 추위였다고, 삼류 보표가 보초를 서기에는 너무 힘들었다고 그렇게 들었다.

주적자는 마치 북해 한가운데 발가벗고 있는 것처럼 몸을 떨었다. 시선을 둔 탁자의 음식들이 얼음 가루가 되어 사방으로 흩날렸다.

"장문인을 지키는 막중한 임무를 띠었음에도 경비 중에 술을 마시고 졸았다는 것은 용납할 수가 없다! 더욱이 네가 지키고 있던 그 길로 자객이 들어왔으니 어찌 그 죄를 감당하겠느냐!"

그때의 아버지 모습을 기억한다. 한 마디 변명도 못하고 그저 고개만 숙이고 부들부들 떨던 왜소한 등을 주적자는 아직도 기억하고 있었다.

"곤륜이 준 것을 다시 곤륜이 거두니 너는 이제 더 이상……."

"이봐, 이봐!"

주적자는 퍼뜩 정신을 차렸다. 언제부터인지 몰라도 소소자가 그의 어깨를 흔들고 있었다.

"왜 그렇게 넋을 놓고 있어?"

주적자는 손으로 얼굴을 몇 번 문지르고 장내를 보았다. 사도철광은 반항을 포기한 듯한 발자국 앞에 있는 여신우를 노려보고 있었다.

"처음부터 협조했으면 이런 험한 일은 안 당했을 것 아닙니까?"

여신우는 가슴까지 단정하게 기른 수염을 쓰다듬으며 말했다. 맑은 눈빛, 단정한 코와 입선이 전형적인 군자의 외모를 보여주고 있었다. 사도철광은 대꾸할 말도 잊은 듯 성난 눈길만 던질 뿐이었다.

"아까 내가 했던, 사람은 정상적으로 생겨야 한다는 말 취소하지. 역시 사람은 겉가죽보다……."

소소자는 머리를 두드리며 말을 이었다.

"이 속에 있는 생각이 제대로 박혀야 한다니까. 뱃속에 기생충만큼이나 많은 능구렁이를 집어 넣고 다니면서 무겁지도 않는지, 원."

소소자의 말을 들었는지 여신우가 고개를 돌렸다. 주적자와 여신우의 시선이 부딪쳤다. 주적자는 당연히 여신우가 자신을 몰라볼 줄 알았다. 여섯 살 이후 만난 적이 없으니까. 아니, 아버지의 그 끔찍한 모습을 보던 여섯 살 그때도 그는 숨어 있었기 때문에 여신우는 그를 한 번도 보지 못했을 것이다. 그런데 아닌가 보다. 심상치 않은 눈으로 주적자를 보며 다가오는 여신우에게서 그것을 느낄 수 있었다.

"여긴 웬일인가, 주적자?"

여신우에게 불린 '주적자' 라는 이름은 마치 '주철승' 처럼 들렸다. 주적자는 긴 호흡을 한 후에야 입을 열 수 있었다.

"용케 날 알아보는군요. 우린 한 번도 만난 적이 없었을 텐데."

"자네가 워낙 유명 인사니 알고 싶지 않아도 절로 알게 되더군."

주적자는 비틀린 웃음을 흘렸다.

"혹시 내가 곤륜에 복수를 할까 봐 감시했던 건 아니고요?"

이제껏 그런 생각은 한 번도 안 해봤는데 말을 뱉고 나자 그럴 수도 있겠다는 생각이 들었다. 하지만 여신우의 얼굴에서는 아무것도 읽어낼 수가 없었다.

"뭔가 오해를 한 것 같은데 자네 아버지의 일은……."

"당신의 야망 때문에 생긴 비극이지."

'당신'이라는 호칭 때문이었을까? 여신우의 눈가가 잘게 떨렸다.

"말을 함부로 하는구나. 네 아버지는 곤륜 문인(門人)으로서 당연히 받아야 할 벌을 받았을 뿐이다."

"웃기는군. 그럼 당신은? 곤륜을 구대문파의 제일, 아니, 무림 제일 문파로 만들기 위해 북해빙궁(北海氷宮)과 연합을 시도했고 장문인까지 끌어들여 그곳으로 가게 했잖소? 결국 장문인을 죽음으로 몰아넣은 것은 당신인데 왜 당신의 사지(四肢)는 멀쩡한 거지?"

"……."

"당신은 내 아버지를 방패막이로 이용한 것뿐이야. 아버지가 졸지 않았다면 장문인이 죽지 않았을까?"

주적자는 고개를 저었다.

"아마 자객의 침입로에 있던 다른 사람들처럼 아버지도 죽었겠지. 아버지의 일은 희생양이 필요한 당신의 강권에 곤륜이 발을 맞춰준 거고."

"그래서 곤륜에 복수라도 하겠다는 것처럼 들리는구나."

"아버지가 원했다면 그랬겠죠. 중원 제일의 보표가 되라는 유언이 아니라 복수를 하라는 유언을 했다면… 아니, 복수는 생각하지 말라는 그 말씀만 하지 않으셨어도… 가장 먼저 당신을 찾아갔겠죠."

주적자와 여신우의 사이에 장현승이 끼어들었다.

"사부님, 그만 돌아가시는 것이 어떻겠습니까? 곤륜의 무공을 훔쳐 배운 자와 더 이상 얘기해 봤자……."

장현승의 말을 끊는 소소자의 호통이 터졌다.

"너, 그게 어디서 배워먹은 버릇이야! 어른들 얘기하시는데 톡톡 끼어들다 혓바닥 절단나고 싶어!"

"아까부터 애들, 애들 하시는데 소 의원께서도 이제 갓 서른이 넘은 것으로 알고 있는데……."

"머리에 똥만 든 멍청한 녀석아! 세월만 보내서 먹는 나이가 무슨 소용이 있겠느냐? 인생에 대해 생각하고 삶을 관조(觀照)하며, 어떻게 사는 것이 올바른가를 판단해 끊임없이 노력해야지! 그러면서 쌓이는 연륜이 나이가 되어 비로소 어른이 되는 거다! 명문정파의 제자라고 거드름이나 피우고 세상에 이름이나 떨칠 궁리나 하는 그 자세로 무슨 어른이 되겠느냐!"

"소 의원! 말이 너무……!"

"내 말 끝까지 들어 이 핏덩이야! 너희들이 곤륜파라는 허울뿐인 명문정파의 이름을 등에 업고 잡은 저 사지마군이 정말 양민들을 학살한 범인이라고 생각하느냐? 너희들 가슴에 손을 얹고 진지하게 생각해 봐라! '강호의 흉적을 하나 잡았으니 내 이름이 그만큼 올라가겠구나! 조금 있으면 대협이란 소릴 듣겠지! 어쩌면 난 잘난 사부보다 먼저 장로 자리에 앉을지도 몰라! 그 다음엔 장문인이 돼야지!' 라는 네 머리 속엔 온통 이런 이기적인 생각만 들어 있지 않느냔 말이다!"

단숨에 말을 뱉어낸 소소자는 술을 한 모금 마시고 혼잣말처럼 중얼거렸다.

"하여간 그 사부에 그 제자라고, 검을 쓰는 기술 말고는 뭘 배우겠어."

아무리 작은 소리라고 하지만 곁에 있는 사람이 못 들을 리 없었다.

"정말 듣자듣자 하니까 못하는 소리가 없구나! 나를 모욕하는 것은 참을 수 있으나 감히 사부님까지 능멸하다니!"

"그래서? 네까짓 피라미 똥 같은 녀석이 어쩌겠다는 거냐? 날 죽이기라도 하겠다는 거야?!"

말이 끝남과 동시에 장현승이 소소자의 멱살을 잡고 일으켰다.

"내 겸손과 예의라는 것이 무엇인가를 알리기 위해서라도 널 가만두지 않겠다."

소소자의 얼굴은 금세 빨갛게 물들었다. 뭐라고 입을 달싹거렸지만 말이 되어 나오지도 못했다.

"그 손 놓아라."

낮게 말하는 주적자의 음성에는 냉기가 스며 있었다. 장현승은 여전히 멱살을 놓지 않은 채 주적자를 봤다.

"이 일에 상관하겠다는 것이오?"

주적자는 장현승 대신 여신우를 보았다.

"저 사람은 내 의뢰인이오."

"탈명침을 쫓느라 보표는 안 하는 걸로 아는데?"

"그건 당신이 상관할 일이 아니니 이만 끝내시오."

여신우는 빙긋 웃더니 뒷짐을 지고 한 발 물러섰다.

"제자들에게 강호 경험을 시켜주는 것도 좋은 일이지. 고수와의 비무(比武)는 좋은 경험이 될 거야."

주적자는 천천히 몸을 일으켰다.

"난 무공을 익힌 이후로 한 번도 비무를 해본 적이 없소. 그런 싸움은 사치에 불과하니까."

그는 장현승을 향해 섰다. 어느새 주적자의 멱살을 놓은 장현승이 검자루로 손을 가져갔다. 장현승의 즉각적인 반응은 마치 여신우의 허락이 떨어지기를 기다린 것 같았다.

"사형, 닭 잡는 데 소 잡는 칼을 쓸 필요는 없겠지요."

말을 하며 나선 사람은 섬전각 호재명이었다.

"쿨룩! 분수도 모르는 하룻강아지들 같으니라구."

소소자는 아직도 아픔이 가시지 않은 듯 계속 목을 어루만졌다.

"괜찮나?"

"이 정도로 죽지는 않아. 저 자식들이나 늘씬하게 패줘."

호재명이 비웃음 섞인 목소리로 말했다.

"아류(亞流)가 정통(正統)을 이긴다는 소리는 들어보지 못했는데. 훔쳐 배운 무공으로 삼류 자객 몇 명 죽였다고 명성을 얻다니, 너무 과분하다는 생각 안 드나?"

"입으로 싸울 생각이냐?"

호재명의 표정이 싸늘하게 굳어졌다.

"대곤륜의 정통 각법(脚法)을 보여줄 테니 네 잡탕식 무공이 얼마나 부족한지 깨달아라."

말이 끝남과 동시에 호재명의 족영(足影)이 허공을 메웠다.

여신우는 멀찌감치 물러섰다. 제자들이 주적자를 상대로 싸움을 하는 것에 대한 걱정은 별로 되지 않았다. 주적자가 명성을 쌓은 것은 보표로서이지 무사로서가 아니기 때문이다. 보표의 기준이 얼마나 의뢰인을 잘 지켜내느냐로 볼 때면 주적자는 나무랄 데 없는 일류였다. 즉 무공이 아닌 사람을 지키는 기술이 뛰어난 것이다.

주적자의 말대로 여신우는 십 년 동안이나 주적자를 감시했었다. 언제 어느 때 곤륜의 적으로 돌변할지 모르니 당연한 일이었다. 그냥 간단하게 없애 버릴까도 생각했지만 행여 일이 잘못되어 사람들의 입에 오르내리면 치명적이기에 감시만 하기로 했다. 그리고 칠 년 전, 주적자가 곤륜이나 자신에게 복수할 의사가 전혀 없다는 것을 확인한 후에야 감시를 거두었다. 그러면서 마지막으로 시험해 본 주적자의 무공은 소문만큼 대단하지 않았다.

그가 겨뤄본 것은 아니지만 자객과의 일전을 보며 내린 결론이었다. 그는 자신의 눈을 믿었다. 주적자의 명성이 높은 것은 치밀한 계획 하에 의뢰인을 안전하게 지키는 보표로서의 능력뿐이었다. 주적자가 무림에서 스무 번째 안에 드는 고수이니 어쩌니 하는 말은 보표의 능력과 무공의 고하를 동일시하는 멍청이들의 헛소리였다.

호재명 정도면 주적자를 상대함에 있어 부족하지 않을 것이다. 칠 년 동안 무공이 어느 정도 강해졌다고 감안하더라도 말이다. 여신우는 느긋하게 팔짱까지 끼고 주적자가 호재명의 회련각을 어떻게 상대하는지 보았다.

호재명의 첫 발길질은 주적자의 가슴팍을 스치고 지나갔다. 두 번, 세 번 연거푸 공격이 들어갔지만 주적자를 물러서게조차 하지 못했다. 상 위의 음식들만 사방으로 흩어질 뿐이었다.

"좀 더 회련각을 배우고 오거라."

낮게 말한 주적자의 몸이 비스듬히 뉘어졌다. 턱을 향해 날아오던 발이 어깨 위로 넘어감과 동시에 주적자의 다리가 올라갔다. 주적자의 발과 호재명의 턱이 부딪치며 난 타격음은 그리 크지 않았다. '덜컥!' 하는 소리뿐이었는데 호재명이 뒤로 훌훌 날아갔다. 바닥에 나뒹군 호재명의 입가로 피가 흘러내렸다.

"넷째야!"

곤륜사수 세 명이 황급히 호재명을 부축했다. 턱이 이완된 호재명의 입 안은 온통 피로 가득 차 있었다.

"괜찮느냐?"

장현승의 물음에 호재명은 대답 대신 기침을 토해냈다. 길게 튀는 핏물 속에 하얀 이빨이 섞여 나왔다.

여신우는 심장이 배 안을 뒹구는 느낌을 받았다. 호재명의 회련각은 이미 팔 성의 경지에 이르러 있었다. 설사 자신이라도 단지 각법으로 호재명을 쉽게 물리칠 수는 없었다. 그런데 주적자는 너무도 쉽게 호재명의 빈틈을 찾아 일격을 날렸다. 특별히 어떤 비술을 쓴 것도 아니었다.

어찌 보면 시장에서 싸구려 약을 파는 약장수조차 흉내 낼 수 있는 발길질이었다. 적절한 기회와 공간, 바늘귀만한 약점을 정확히 공격한 것이다.

'그동안 각법에 공을 많이 들인 모양이군.'

여신우는 애써 그렇게 생각하며 단우경을 보았다. 단우경은 주적자를 향해 조심스럽게 다가가고 있었다.

"시간 낭비 하지 말고 한꺼번에 덤비는 것이 어떤가?"

주적자의 말에 단우경이 코방귀를 뀌었다.

"흥! 운 좋게 사제를 이겼다고 콧대가 높아졌군. 그 기고만장함을 비명으로 바꿔주마."

여신우는 제발 그렇게 되기를 바랐다. 육양수(六陽手)를 십 성이나 익힌 단우경이니 충분히 그럴 수 있을 것이다.

"핫!"

기합성과 함께 단우경이 주적자를 향해 쇄도했다. 변(變)을 주로 하는 육양수답게 수십 개의 수영(手影)이 주적자를 옭아맸다. 가슴과 어깨, 머리로 떨어지는 수영은 어느 것이 진짜인지 구분이 가지 않았다. 단우경은 많은 수영 중 다섯 개를 동시에 찍을 수 있었다.

주적자는 단우경의 수영이 몸에 거의 닿을 때쯤 팔을 움직였다. 특별한 초식을 쓰는 것 같지도 않았다. 그저 오른손은 가슴에 왼손은 머리에 올리더니 어느 순간 양쪽으로 빠르게 벌렸다. '터덕!' 하는 낮은 소리 뒤로 그 많던 단우경의 수영은 흔적도 없이 사라졌다. 단우경의 팔목은 언제 잡혔는지조차 모르게 주적자의 손아귀에 물려 있었다.

얼굴이 벌겋게 변한 단우경이 아무리 용을 써도 옴짝달싹하지 않았다. 다급한 단우경이 교련퇴(絞練腿)의 수법으로 주적자의 다리를 공격했지만 정강이에 상처만을 더할 뿐이었다.

"쾌를 동반하지 않은 변은 절름발이에 불과하다."

주적자가 단우경의 팔을 놓았다고 느낀 순간 단우경은 이미 뒤쪽으로 튕겨져 나가고 있었다. 낮은 비명은 벽에 부딪혀 뒹군 후에야 들렸다. 입가에 가는 핏줄기를 비치는 것으로 보아 내상을 입은 모양이다. 주먹을 너무 꽉 쥔 탓에 부들부들 떨고 있는 여신우에게 주적자가 말했다.

"애꿎은 제자들 그만 다치게 하고 당신이 나서는 게 어떻겠소?"

팔에 너무 힘이 들어가지 않았다면 검자루에 손이 갔을지도 모른다. 하지만 그 짧은 순간이 장현승에게 기회를 주었다.

"아직 날 꺾지 못했다."

장현승은 검을 빼서 주적자에게 겨누었다. 주적자는 장현승을 힐끔 보고 다시 여신우에게 시선을 돌렸다. 여신우는 일부러 느긋한 표정으로 팔짱을 끼었다. 아직 주적자와 싸울 때가 아니었다. 장현승이라면 쉽게 무너지지 않을 것이라는 자신감도 있었지만, 수제자와의 싸움을 통해 실력을 가늠해 보자는 의미도 있었다.

호재경과 단우경이 너무 쉽게 당해 실력을 파악할 틈이 없었다. 주적자가 그의 예상보다 훨씬 뛰어난 무공을 지니고 있다는 것은 인정해야 했다. 하지만 주적자가 보여준 것은 권과 각이지 검은 아니었다. 주적자의 검이 얼마나 날카로운지 장현승을 통해 알게 될 것이다. 주적자와 싸울지는 그때 가서 결정해도 늦지 않았다. 주적자의 검이 권이나 각처럼 날카롭지 않다면… 주적자는 오늘 이 자리에서 죽을 것이다.

"제자를 아끼지 않는 사부와 목숨을 아끼지 않는 제자라……."

주적자는 가슴에 있는 끈을 풀고 검을 오른손에 쥐었다. 검은 여전히 검집에 꽂혀져 있는 상태였다. 장현승이 주적자를 향해 일직선으로 쇄도했다. 일 장 간격은 금세 좁혀졌다. 검이 주적자의 목젖을 꿰뚫으려는 순간 검이 뽑혔다.

"까앙!"

쇠와 쇠가 부딪친 맑은 소리 뒤로 '가가각!' 하는 마찰음이 꼬리를 물었다. 주적자와 장현승이 검을 맞대고 힘 겨루기에 들어갔다. 자칫 내공 싸움이 될 수도 있는 상황이었다.

"떨어져라!"

여신우가 황급히 외쳤다. 특별한 영약을 복용하지 않은 이상 장현승이 주적자의 내공을 앞지를 수는 없었다. 여신우의 목소리에 장현승이 검을 밀어내며 황급히 물러섰다.

"거리란 싸움의 승패를 좌우하는 법이다."

주적자는 여유롭게 말을 뱉으며 장현승을 따라붙었다. 장현승은 뒷걸음질치며 검을 아래에서 위로 그어 올렸다. 주적자가 다가올 속도와 거리를 계산해 두고 휘두른 것이었다. 하지만 마치 예상이나 한 듯 주적자가 우뚝 걸음을 멈췄다. 장현승의 검은 한 치 정도의 간격을 두고 주적자를 비켜갔다. 장현승이 아차! 했을 때는 이미 주적자가 가슴으로 파고든 후였다.

탁!

주적자의 검집이 오금을 때렸다. 중심을 잃으며 횡으로 그은 장현승의 검은 너무도 쉽게 주적자에게 막혀 버렸다. 그리고 다시 어깨에 검집이 떨어졌다. 도저히 상대가 되지 않는 싸움이었다. 악착같이 쓰러지지 않고 공격을 시도하는 장현승이 가상했지만 주적자의 검집을 한 번도 피하지 못했다.

여신우는 한참 후에야 주적자가 좌수검(左手劍) 또한 익혔다는 것을 알았다. 복날 몽둥이로 개 패듯 아무렇게나 장현승을 때리는 것처럼 보였지만, 그것이 절묘한 초식의 흐름이라는 것을 알아보지 못할 만큼 눈이 나쁘지는 않았다.

"멈춰라!"

여신우는 더 이상 참지 못하고 소리를 질렀다. 주적자가 그를 힐끔 보더니 비틀거리는 장현승의 턱을 검집으로 올려쳤다. 소리만 들어도 턱이 박살났다는 것을 알 수 있었다.

주적자는 쓰러지는 장현승은 쳐다보지도 않고 여신우에게 다가왔다.

"이제야 당신이 나설 차례군."

주적자가 왼손을 떨치자 검집이 여신우의 어깨를 스치고 뒤쪽으로 날아갔다. 여신우는 행여 검집이 사도철광에게 맞지 않았나 뒤를 보았다. 검집은 벽에 박혀 꼬리를 잘게 떨고 있었다. 하긴 그런 실수를 할 주적자가 아니었다.

"당신이라면 진지하게 상대해 줘야죠."

웃음까지 머금은 주적자를 보며 여신우는 서늘함을 느꼈다. 어떻게 칠 년 만에 이처럼 장족의 발전을 했는지 이해할 수 없었다. 아니, 어쩌면 칠 년 전에 주적자를 잘못 보았는지도 모른다. 제자들과의 싸움에서 한 가지 확인한 사실은 그조차 승리를 장담할 수 없다는 것이다.

주적자는 뛰어난 무공뿐 아니라 상대로 하여금 가지고 있는 무공조차 제대로 발휘하지 못하도록 몰아치는 법까지 터득한 상태였다. 수많은 싸움을 통해서 얻을 수 있는, 어쩌면 초식보다 중요한 기술을 가지고 있는 것이다. 높은 무공과 풍부한 경험을 함께 지닌 상대!

여신우는 선뜻 검을 뽑을 수 없었다. 그것은 곧 싸움을 의미하는데 그로서는 손해보는 장사였다. 이겨도 본전이요 지면 개망신이었다. 주적자와의 관계를 생각하면 죽을 수도 있었다.

이제껏 곤륜제일검사라는 자부심으로 살아온 그였다. 입 밖으로 내지는 않았지만 무림십대고수(武林十代高手)라 불리는 사람들과도 능히 겨룰 수 있다고 생각해 왔다. 그런 그가 주적자라는 이름 앞에 망설이고 있는 것이다. 아니, 싸움 피할 구실을 생각하느라 머리에 쥐가 날 지경이었다. 그런데 의외의 일이 그를 궁지에서 벗어나게 해주었다.

"이장로님!"

이대(二代)제자가 부르는 소리에 여신우는 고개를 돌렸다. 사도철광에게 그물을 뒤집어씌웠던 여섯 명의 제자들이 당황한 얼굴을 하고 있었다.

"왜……?"

여신우는 질문이 끝나기 전에 이유를 발견했다. 그물 안에 있어야 할 사도철광이 보이지 않았다.

"어떻게 된 거냐?"

"그… 그것이……."

그와 주적자를 보느라 사도철광의 감시를 소홀히 한 것이 분명했다. 여신우는 한쪽이 길게 찢어진 그물을 들췄다.

"어떻게 옥죄어진 쇠그물을 찢고 빠져나갈 수 있단 말인가?"

고개를 돌리는 그의 눈에 주적자의 검집이 보였다. 그제야 여신우는 검집이 그물의 한 귀퉁이를 찢고 지나갔다는 것을 알 수 있었다. 그는 주적자에게 사나운 눈길을 돌렸다.

"일부러 그랬느냐?!"

"뭐가 말이오?"

주적자는 시침을 뗐지만 알고 한 짓이 분명했다. 어쨌든 오늘 일은 여기에서 일단락을 지을 수밖에 없었다. 그는 두 명의 제자에게 곤륜사수를 의원으로 옮기게 하고, 나머지 네 명에게 사도철광의 추격을 맡겼다.

"이 일은 후에 따로 장소를 마련하여 해결토록 하겠다."

그는 주적자의 대답도 듣지 않고 지붕으로 몸을 날렸다. 뱃속에 돌을 넣어놓은 것처럼 답답했다.

'주적자! 언젠가 내 손에 죽을 것이다!'

함정

제4장 **함정**

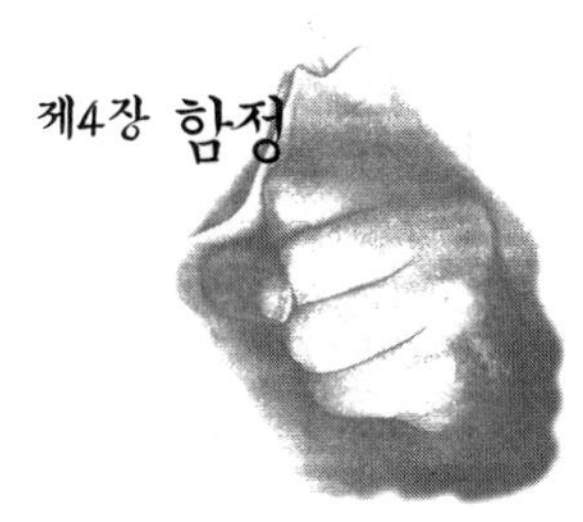

"푸하하하! 발가벗은 닭처럼 도망치는 꼴이라니! 십 년 묵은 변비가 쫘악 빠진 것 같구만!"

소소자는 주루를 나선 지 한참 됐는데도 웃음을 그치지 않았다.

"그렇게 좋아할 것 없잖아? 곤륜과 사이가 나빠졌을 뿐인데."

"흥! 그깟 놈들하고 사이 나빠진다고 무서울 거 뭐 있어? 협은 엿 사먹고 헛된 명예와 실리만 따지는 놈들인데. 아참! 정말 네가 사지마군을 탈출시켜 줬나?"

주적자는 빙그레 웃었다.

"약간 도와주기는 했지."

"싹수없이 돈만 밝히는 놈인 줄 알았더니 그래도 인정머리는 있구만."

그들은 큰길을 따라 걷다가 두 사람이 겨우 어깨를 나란히 하고 걸을 정도의 골목으로 들어갔다. 처음 갔던 그곳에 묵으려고 했지만 싸움 때문에 어쩔 수 없이 다른 곳을 찾은 것이다.

천향루(天香樓)라는 간판이 걸린 허름한 주루는 이름과는 달리 찌든 음식 냄새로 가득했다. 그들은 일찌감치 방을 구해 이층으로 올라갔다. 가운데 탁자를 두고 양쪽 벽으로 붙은 침상은 그런대로 편안했다. 해가 떨어진 지 얼마 되지 않은 초저녁이었지만 그들은 잠자리에 들기로 했다. 쌓인 피로를 풀고 추격에 박차를 가하기 위해서였다.

피곤해서인지 주적자는 눕자마자 잠이 들었다. 얼마나 잤을까? 어떤 기척에 설핏 잠이 깬 주적자는 금세 맑은 정신으로 돌아왔다. 조그만 창문으로 누군가 들어오려 하고 있었다. 그의 뇌리에 가장 먼저 여신우가 떠올랐다. 충분히 암습이란 수단을 사용할 수 있는 사람이었다.

주적자는 머리맡에 둔 검을 끌어 가슴에 안았다. '딸깍' 하는 소리와 함께 안으로 잠긴 고리가 벗겨지고 문이 열렸다. 어둠이 채 눈에 익지 않은 탓에 검은 그림자로밖에 보이지 않았다. 그는 침입자가 창문 안으로 몸을 빼길 기다렸다. 침입자는 별로 조심하는 기색도 없이 상체를 안으로 밀어 넣었다. 순간 주적자는 침상을 박차고 내려서 검을 침입자의 목에 들이밀었다.

"집을 잘못 찾은 것 같은데?"

"다행히 제대로 찾은 것 같군."

사도철광이었다. 주적자는 검을 거두고 탁자 위에 놓인 등잔에 불을 붙였다.

"여긴 어떻게 알고 오셨습니까?"

어디서 응급처치를 했는지 여기저기 붕대를 감은 사도철광이 방 안으로 내려섰다.

"마침 이곳에 안면이 있는 건달 녀석이 있어서 자네들을 찾을 수 있었지."

"뭐야? 누가 왔어?"

게슴츠레해 있던 소소자는 사도철광을 보자 눈을 동그랗게 떴다.

"사도 영감이 웬일이오?"

주적자도 묻고 싶던 말이었다.

"아까 주루에서 못 들었던 얘길 들으려고."

"무슨 얘기 말입니까?"

"양민을 죽인 진범이 누군지 자네는 알고 있지?"

주적자는 고개를 끄덕였다.

"네, 그런데 그걸 알아서 뭣 하시려고요?"

"무엇 하다니? 내 누명을 벗기 위해서라도 그 녀석을 잡아야지! 아니, 그게 아니라도 그딴 짓을 한 놈을 어떻게 가만둘 수 있겠나?"

"저희도 쫓는 중이기 때문에 어디 있는지는 알지 못합니다."

"녀석의 이름이나 신분 정도는 알고 있겠지?"

끼어들기 좋아하는 소소자가 조용히 있을 리 없었다.

"이름이나 신분은 모르지만 정체는 알죠. 하지만 말해 줘도 믿을 않을 텐데……."

"대체 누군데? 소림방장이라도 되나?"

소소자는 놀랄 준비를 하라는 듯 잠시 뜸을 들인 후 입을 열었다.

"흡혈귀."

무슨 뜻인지 모르겠다는 표정을 하고 있던 사도철광은 소소자를 흘긴 후 주적자에게 물었다.

“저 친구 실없는 농담을 하는군. 자네가 말해 주게. 범인이 누군
가?”

주적자는 실소를 머금었다. 사도철광이 믿지 않은 것은 당연했다.
싸워보지 않았다면 그도 농담으로 치부했을 테니까. 주적자도 소소자
와 같은 대답을 했다.

“흡혈귀입니다.”

사도철광은 놀림을 당했다고 생각했는지 얼굴을 벌겋게 물들였다.

“늙은이를 희롱하는 것이 재밌나? 도깨비나 강시라고 하지 왜 흡혈
귀야?”

“하여간 이렇다니까. 늙으면 머리가 굳어서 상식을 벗어나려고 하
지 않아요.”

주적자는 사도철광을 진정시키고 며칠 사이에 겪었던 이야기를 끄
집어냈다. 처음 마을에 가서 마주친 모습과 흡혈귀와의 싸움. 그 후에
소소자와 만나 흡혈귀를 쫓고 있는 경위까지 세세하게 설명했다. 처
음엔 믿지 않으려 하던 사도철광도 나중에는 침까지 삼키며 이야기에
열중했다. 일각에 걸친 주적자의 설명이 끝나자 사도철광이 긴 한숨
을 내쉬었다.

“자네 입에서 나온 얘기가 아니라면 믿지 않았을 거네.”

“사도 영감, 그럼 내 얘기는 안 믿는다는 거요?”

사도철광은 소소자를 멀뚱하게 쳐다보다 주적자에게 물었다.

“그런데 이 친구는 대체 누구야?”

“아까 말했잖아! 반선의 소소자! 천하제일명의이며 협에 살고 협에
죽는 반선의 소소자도 몰라, 이 영감탱이야!”

“생긴 건 명의같이 생기지 않았는데?”

"외모로 따지면 영감도 만만치 않아! 삐쩍 마른 시체에 옷 입혀놓은 것처럼 생겨 가지고."

"그래도 땅꼬마보다는 낫지."

"자꾸 땅꼬마땅꼬마 할 거야!"

사도철광은 소소자를 무시하고 주적자에게 물었다.

"그 흡혈귀가 도검불침에 무림 일류고수에 버금가는 무공을 가지고 있단 말이지?"

"내 말을 무시하는 거야? 이 강시 꼬랑지 같은 영감탱이야!"

사도철광은 소소자를 한심하다는 눈으로 보았다.

"자넨 보기만큼이나 무식하군. 강시한테는 꼬리가 없다네."

"말꼬리 잡지 마!"

"어지간히 꼬리를 좋아하는 친구네그려. 용의 꼬리보다는 뱀의 머리가 되라는 소리도 모르나?"

화가 나서 몸을 부르르 떨던 소소자는 휙 돌아섰다.

"이렇게 말을 비비꼬는 영감탱이하고는 더 이상 대화를 할 수 없군."

"잘됐군. 제발 그렇게 해주게나."

"흥! 조금 있으면 틀림없이 내 바짓가랑이를 잡게 될걸! 두고 보라고!"

"두고 보든 들고 보든 자네 알아서 할 일이고……."

사도철광은 주적자에게 시선을 돌렸다.

"그럼 그 흡혈귀를 잡을 계획은 잡혀 있나?"

주적자는 쓸쓸한 웃음을 지었다.

"없습니다. 저야 저 친구를 흡혈귀 있는 곳이나, 아니면 개봉 근처까지 데려다 주는 것으로 임무를 마치는 거니까요.”

“흡혈귀를 잡을 생각이 없다는 것인가?”

“기회가 생긴다면 그렇게 하겠지만 필요 이상으로 쫓을 생각은 없습니다. 아시겠지만 제게는 할 일이 있습니다.”

“탈명침 말이군.”

주적자는 고개를 끄덕였다. 사도철광은 잠시 생각하는 표정을 짓더니 말했다.

“누구에게나 가장 중요한 일이 있는 법이니 강요할 수는 없지. 개봉에 도착하기 전까지 흡혈귀 사냥이 끝나기를 바라는 수밖에. 아참! 이곳에 오면서 이상한 소문을 들었네.”

“어떤 소문 말입니까?”

“자네, 소유산(小愉山) 아나?”

“이곳에서 서쪽으로 이백 리 정도 떨어져 있는 그 산 말입니까?”

“그래. 그곳에서 사냥으로 업을 삼고 있는 사람이 피가 모두 없어진 짐승들 시체를 발견했다는군. 노루나 사슴뿐 아니라 호랑이나 곰도 그 모양으로 죽어 있었던 모양이야. 그런데 더욱 이상한 것은 그런 일이 소유산에서만 일어난 것이 아니라는 거지. 영주(永州)의 팔왕산(八旺山), 남락(南樂)의 인공산(仁共山)에서도 같은 일이 일어났다는군.”

“영주나 남락이라면 소유산에서 모두 정남 쪽에 위치해 있는 곳 아닙니까?”

“그렇지. 난 그 이야기를 들으며 양민들을 죽인 살인마가 혹시 동물들도 죽이지 않았나 생각했었는데, 자네 이야기를 들으니까 흡혈귀가 지나온 길과는 다르군.”

용케 입을 다물고 있던 소소자가 끼어들었다.

"사람은 하나도 안 죽고 동물들만 죽었단 말이오?"

사도철광은 소소자를 힐끔 쳐다보았다.

"자넨 나와 이야기하지 않기로 했잖나?"

"누가 사도 영감하고 얘기하자고 했소이까?"

소소자는 주적자를 향해 휙 돌아섰다.

"그러니까 말이야. 에… 에…….

"혹, 다른 흡혈귀가 있는 것은 아닐까요?"

주적자의 말에 소소자가 맞장구를 쳤다.

"내가 하고 싶은 말이 그거라니까."

"짐승들 피를 먹는 흡혈귀는 들어본 적이 없군. 하긴, 흡혈귀가 정말 있다는 것 자체가 믿기지 않는 일이지만."

"만약 다른 흡혈귀가 또 있다면 큰일이군요."

주적자는 말을 하고 속으로 '뭐가?' 라는 반문을 했다. 흡혈귀가 둘이든 백이든 어차피 그와는 상관없는 일이었다.

"어쨌든 자네들이 쫓고 있는 그 흡혈귀를 잡는 것이 급선무겠지."

소소자가 미심쩍은 얼굴로 물었다.

"그런데 사도 영감은 정말 우리와 동행할 생각이오?"

"문제가 있나?"

"뭐 다른 것은 아니고, 혹시 우리의 발목을 잡을까 걱정이 돼서 하는 소리지요."

"발목을 잡다니?"

"곤륜사수 같은 애들한테도 쩔쩔매는 노친네와 같이 간다는 게 영 불안해서…….

무공 얘기가 나오자 사도철광의 얼굴이 금세 붉어졌다.

"지금 내 무공을 의심하는 것인가? 내가 내상만 아니었다면 그깐 녀석들 십초지적도 안 돼!"

"뭐 처녀가 애를 가져도 할 말은 있다는데 내상이라는 훌륭한 핑곗거리가 있으니……."

"흥! 자네에게 폐 끼칠 일은 없을 테니 그런 걱정 말게!"

"그럴까요? 흡혈귀를 쫓으려면 꽤 강행군을 해야 하는데 내상을 입은 노구(老軀)로 따라올 수 있으실는지 심히 걱정이 돼서 하는 소리지요."

사도철광은 소소자의 위아래를 훑어본 후 말했다.

"그거라면 마음놓게. 자네 두 발짝 갈 때 난 한 발만 떼면 되는데 뭐가 문제겠나?"

키 얘기가 나오자 소소자가 다시 발끈했다.

"자꾸 그런 식으로 나오면 사도 영감만 손해요! 얼굴을 보아하니 오장육부(五臟六腑)가 많이 상했는데 그대로 두면 자칫 무공을 잃을 수도 있단 말이오. 그런데 이런 식으로 나오면 곤란하죠."

소소자의 마지막 말은 은근한 협박으로 들렸다. 하지만 사도철광이 그런 것에 넘어갈 사람은 아니었다.

"내 몸은 내가 알아서 정양할 것이네. 괜히 돌팔이 의원한테 맡겼다 더 상하는 것보다야 낫지."

"돌팔이라니! 보자보자 하니까 이 영감탱이가 못하는 소리가 없네! 내가 그동안 곧 죽는다는 무림인들을 얼마나 많이 고쳤는데!"

"뭐, 어떤 사람은 치질로 죽기도 하니까."

"누가 그딴 지저분한 병으로 죽어! 좋아, 만약 내가 사도 영감의 내상을 고쳐 주면 어떻게 할 거야?”

사도철광은 손을 저었다.

“필요없어. 난 자네한테 치료 안 받아.”

“누구 맘대로! 내가 영감을 고치면 날 천하제일명의로 인정하는 거야!”

소소자는 벌떡 일어서서 행낭을 뒤적였다.

“내 비전(秘傳)의 소명환(蘇命丸)과 침술이면 그깟 내상쯤이야 거뜬하게 고칠 수 있다구. 중원 천지를 돌아다녀 봐도 나보다 빨리, 그리고 완벽하게 고칠 수 있는 의원 있으면 나와보라고 그래!”

“이봐, 난 자네한테 치료 안 받는다니까. 거 이상한 사람일세. 치료해 주고 돈 긁어낼 생각이라면 포기해.”

“누가 돈 달래! 이 영감탱이가 날 뭘로 보고 그 따위 망발을 씨부렁거리는 거야!”

“어허! 동네 애들 단체로 깨울 일 있나. 왜 소리는 지르고 그래!”

소소자는 행낭에서 손바닥만한 나뭇갑을 가져와 사도철광에게 내밀었다.

“이 약 먹고 운기조식(運氣調息)해!”

“싫네. 난 아무 약이나 덥석 받아먹는 사람이 아니야.”

“아무 약이라니! 아무 약이라니! 내, 내 소명환을! 무림인들이 꿈에서도 찾아다니는 내 소명환을 아무 약이라니!”

광분하는 소소자는 금방이라도 거품을 물 것처럼 보였다. 주적자는 나오는 웃음을 참으며 말했다.

“사도 선배, 그러지 마시고 드시지요.”

사도철광은 떨떠름한 표정을 짓다 나뭇갑을 받아 들었다.

“뭐, 내키지는 않지만 자네가 권한다면 속는 셈치고 먹어보지.”

그렇게 소소자의 치료가 시작됐다.

*　　　*　　　*

“흡혈귀 얘기를 했단 말이냐?”

여신우의 물음에 이대제자 조병천(趙丙闡)이 허리를 숙이며 대답했다.

“그렇습니다. 분명 흡혈귀를 쫓는다는 얘기였습니다.”

여신우는 확인하듯 다시 물었다.

“농담인 것 같지는 않더냐?”

“저도 그것이 의심스러웠지만 그들의 말투로 보아 절대 농담은 아닌 것 같았습니다.”

여신우는 열 손가락을 마주대고 턱을 괴었다. 생각에 잠길 때 나타나는 그의 버릇이었다.

“흡혈귀라……”

그는 중얼거리며 정말 흡혈귀가 있을지도 모른다는 생각이 들었다. 사도철광을 비롯해 여러 흑도의 인물들을 쫓고는 있지만, 그들이 정말 양민들을 학살한 범인이라고 생각하는 정파의 수뇌부는 많지 않았다. 그저 이 기회에 눈엣가시 같은 흑도인들을 소탕하자는 것이 가장 큰 목적이었다. 그런데……

‘흡혈귀가 실제로 존재할 수 있을까? 만약 그렇다면……’

그것은 일대 사건이었다. 전설에 의하면 흡혈귀는 영원히 죽지 않는 신에 가까운 괴물이 아니던가? 주적자 일행의 대화만으로 흡혈귀의 존재를 인정하는 것은 어렵지만, 녀석들이 단체로 미쳤다고 볼 수도 없었다. '어쩌면'이라는 생각을 반복하는 그의 뇌리에 하나의 그림이 그려졌다.

'흡혈귀가 실존하고 내가 그 힘을 얻을 수 있다면?'

단 한 번의 실패로 오래전에 꺾여 버린 날개를 다시 달 수 있었다. 너무도 크고 강해서 누구도 감당할 수 없는 그런 날개를 얻는 것이다.

'불사의 육체!'

생각만 해도 희열이 솟구쳤다. 그는 숨을 크게 들이켜 뛰는 가슴을 진정시키며 물었다.

"녀석들의 진로는?"

"북쪽으로 간다고 합니다. 지금까지 흡혈귀가 계속 이동한 방향이라고 하더군요."

여신우의 머리 속은 달그락 소리가 들릴 정도로 돌아갔다. 모사(謀事)에 자신보다 뛰어난 사람이 없다고 자부하는 그였다. 반 각이 되지 않아 하나의 계획이 세워졌다.

"곤륜사수는 부상 때문에 운신하기가 힘들고… 근처에 야접문(夜蝶門)이 있지?"

"의뢰만 하면 무엇이든 들어준다는 그 청부 단체 말입니까?"

"그래. 지금 당장 야접문에 가서 열다섯을 데리고 추적자 일행을 미행해라. 돈만 주면 목적이 뭔지 말하지 않아도 될 것이다."

그는 품속에서 주머니를 꺼내 조병천에게 건넸다.

"이것이면 충분할 것이다."

주머니를 받아 든 조병천이 곤혹스러운 표정을 지었다.

"하지만 그들은 흑도의 무리들인데……."

"그런 사소한 것에 연연할 때가 아니다. 넌 내가 시키는 대로만 해라. 빨리 움직여라. 녀석들이 출발하기 전에 준비를 마쳐야 하니까."

조병천이 나가자 여신우는 득의한 웃음을 지었다. 일이 어떻게 진행될지는 알 수 없지만 주적자 일행의 말이 사실이라면 그에게는 일생일대의 기회였다.

'녀석들의 말이 사실이길… 그래서 녀석들이 흡혈귀를 잡아준다면……'

*　　　*　　　*

사도철광의 치료 때문에 정오가 돼서야 홍안현을 떠난 주적자 일행은 꼬박 삼 일 동안 산속을 달렸다. 그동안 네 차례에 걸쳐 마을을 지나거나 사냥꾼을 만났지만 흡혈귀에 대한 소식은 들을 수 없었다.

산 정상에 오른 그들은 바위틈에서 나오는 물을 마시고 저마다 바위에 앉아 휴식을 취했다.

"니미랄! 이렇게 쫓았는데도 꼬랑지조차 안 보이다니, 혹시 우리가 먼저 앞지른 게 아닐까?"

소소자의 말에 사도철광이 대꾸했다.

"이보게, 주 아우도 만났었지만 흡혈귀에게는 꼬리가 없다네."

"알았어요! 하여간 영감탱이가 남의 말에 트집잡는 데는 도가 텄다니까!"

"그건 자네가 나를 잘 몰라서 하는 소리네. 내가 무공을 비롯해서 여러 방면에 일가견이 있기는 하지만 남의 말에 트집을 잡지는 않아. 다만 잘못된 말을 고쳐 줄 뿐이지."

소소자는 잔뜩 붉어진 얼굴로 사도철광을 째려보다 팩 돌아섰다.

"내가 저 입만 산 영감하고 말을 말아야지. 금방 죽을 것을 살려줬더니, 원래 나는 부상이 빨리 낫는 체질이라네 어쩌고저쩌고하는 저런 영감탱이를 내가 왜 치료해 줬는지. 살려준 인간들마다 이 모양인걸 보면 하여간 난 지지리 복도 없다니까."

주적자는 둘의 싸움을 말릴 겸 입을 열었다.

"흡혈귀의 걸음으로 볼 때 우리가 앞질렀을 가능성보다는 길을 잘못 잡았을 확률이 높아."

"그럴 리가 없어. 그놈은 이제껏 처녀 속옷 본 색골처럼 북쪽으로만 달려왔잖아."

"그건 단서지 확증이 아니잖아."

"제길! 그럼 어쩌자는 거야?"

주적자는 일어서며 말했다.

"현재로써는 특별한 방법이 없지. 지금 가는 방향으로 쫓는 수밖에. 해도 져가는데 슬슬 출발해 보자구."

소소자도 한숨을 쉬며 일어섰다.

"갑자기 쫓고 싶은 마음이 싹 가시는군. 궁둥이에 바람난 여편네 쫓는 것같이 갈피를 잡을 수가 없으니."

사도철광이 입을 열었다.

"자네가 잘 몰라서 그러는데 그런 여편네는 절대 이런 산중으로……."

"알았어요! 알았어!"

"뭘 알았다는 건가?"

"뭐든 알았으니까 빨리 가기나 해요!"

소소자가 쿵쿵거리며 산비탈을 내려가자 사도철광이 바짝 따라붙으며 말했다.

"이보게, 사람은 모름지기 뭐든 확실해야 하는 거야. 공자님께서도 말씀하시길, 모르는 것을 모른다고 할 때부터 아는 것이 시작된다고 하셨네. 무식한 걸 창피하게만 여기면……."

"그만 좀 해, 이 영감탱이야!"

소소자와 사도철광은 고개 하나를 넘는 동안 내내 티격태격했다. 좁은 길에서는 소소자가 앞에서 사도철광이 뒤에 가면서 싸웠고, 조금 길이 넓어지면 어깨를 나란히 하고 목에 핏대를 세웠다. 그러면서도 그들은 용케 산을 넘고 있었다.

"날이 어두워지기 시작하는데 머물 곳을 빨리 찾는 것이 좋겠어."

지쳤는지 조금 전부터 싸움을 중단한 사도철광이 걱정스럽게 말했다.

"그렇게 하죠."

주적자는 왼쪽에 있는 버려진 무덤 위로 올라가 주위를 살폈다. 짐승들이 지내던 동굴이나 토굴이 있으면 더할 나위 없겠지만, 안 되면 울창한 나무 아래라도 찾아 밤이슬을 피해야 했다. 주위를 둘러보던 주적자의 시선에 가늘게 피어 오르는 연기가 보였다. 연기의 숫자가 한두 개가 아닌 것으로 보아 어쩌면 저녁 식사를 준비하는 마을일지도 몰랐다.

사도철광도 산 너머로 보이는 연기를 발견했는지 그쪽으로 손가락질을 했다.

"저기에 혹시 마을이 있는 것이 아닐까?"

"가보면 알 수 있겠죠."

완전한 어둠이 내린 뒤에 도착한 그곳은 다행히 마을이었다. 양쪽에 산을 두고 계곡 같은 위치에 자리 잡은 그 마을은 상당히 컸다. 화전을 해서 먹고 사는 마을은 십여 호가 넘지 않은 것이 보통인데 그들이 도착한 곳은 사십여 호는 되어 보였다.

입구에 들어서자 마을을 지키는 귀신상 두 개가 길 양쪽에 서 있었다. 집들은 이 장 정도의 곧게 뻗은 길을 중간에 두고 양쪽에 자리해 있었다. 튼튼해 보이는 나무 대문과 흙으로 만든 담이 산골 마을치고는 상당히 잘 정돈된 모습이었다. 귀신상을 지나쳐 들어갈 때 길가에서 놀던 아이 둘이 그들을 발견하고 집 안으로 후닥닥 들어갔다. 잠시후 아이들이 들어갔던 집에서 백발이 성성한 노인이 나왔다. 시골 할아버지 특유의 모습을 한 노인은 곰방대로 등을 긁으며 그들에게 다가왔다.

"어떻게 오셨소?"

소소자가 앞으로 나서며 공손하게 말했다.

"여행을 하던 중에 날이 저물어 하룻밤 묵어갈까 해서 왔습니다."

"저 인간도 예의를 차릴 때가 있었나?"

사도철광의 중얼거림에 휙 째려본 소소자는 다시 노인을 향해 웃음을 지었다.

"밤이슬을 피할 정도의 자리면 되겠습니다."

노인은 몸을 돌리며 말했다.

"손님들인데 그러면 쓰나. 보아하니 아직 식사도 안 하신 것 같은데 가십시다."

소소자는 연신 '고맙습니다' 를 연발하며 노인의 뒤를 따랐다. 주적자와 사도철광은 소소자의 넉살에 실소를 머금었다.

"아쉬우니까 금세 친절해지는군."

"아쉬워서가 아닙니다. 저 노인이 그저 농사꾼이기 때문이죠."

"그러니까 힘있는 자들에게는 함부로 대하고 양민들에게는 공손하다? 자넨 소 의원을 만난 지 얼마 되지 않았으면서 어떻게 아나?"

"글쎄요. 그냥 그럴 거라는 느낌이 듭니다."

소소자가 그들을 보며 소리쳤다.

"빨리 안 오고 뭐 해! 굼벵이를 삶아 먹었나……."

노인이 그들을 안내한 곳은 자신이 나온 곳이 아니라 마을 중앙쯤에 위치한 가장 큰 집이었다. 고만고만한 다른 집들보다 스무 평 정도 더 큰 것 외에는 나무로 만든 지붕하며 담 가에 길게 늘어선 유실수(有實樹)의 모습까지 다를 게 없었다.

"촌장님, 계십니까?"

노인이 대청 앞에서 양손을 앞으로 모으고 공손하게 주인을 청했다. 중앙의 대청을 사이에 두고 양쪽으로 방이 있었는데 왼쪽 방문이 열리며 머리가 반백의 노인이 나타났다. 눈이 아래로 처지고 입가가 조금 올라가 언제나 웃는 것 같은 표정을 한 촌장은, 그래서 처음 보는 사람에게도 친근함을 갖게 만들었다.

"구(具) 노인(老人)이 웬일이오?"

"손님들이 오셨습니다."

촌장은 구 노인 뒤에 선 주적자 일행을 보았다.

"이렇게 신세를 져도 되는 것인지 모르겠습니다. 헤헤……."

소소자가 헤픈 웃음을 지으며 굽신거렸다. 촌장이 사람 좋아 보이는 미소를 지어 보였다.

"집이 누추해서 손님들께 외려 폐가 안 될지 모르겠습니다. 일단 안으로 들어오시지요."

그들은 촌장을 따라 대청 위로 올라섰다. 촌장이 어느새 나온 중년 여인에게 말했다.

"애야, 저녁 식사 준비하거라."

산골에 있는 아낙네치고는 눈에 띄도록 아름다운 중년 미부(美婦)가 물었다.

"그제 들여온 특별한 것으로 올려야 할까요?"

촌장은 주적자 일행을 일별하고 말했다.

"당연히 그래야지."

"아니, 뭐 우린 괜찮으니 아무것이나 주십시오. 얻어먹는 처지에 찬밥 더운밥 가리겠습니까?"

소소자가 너스레를 떨며 촌장이 안내한 방으로 들어갔다. 누추하다는 촌장의 말과는 달리 방은 정갈했다. 한쪽 벽면을 가득 메운 책들이 촌장이 그냥 촌무지랭이가 아니라는 것을 보여주었다. 촌장은 탁자 앞에 앉으며 맞은편 의자를 가리켰다.

"편히 앉으시지요. 보아하니 무림인들 같으신데, 이런 산중에서 뵙기는 힘든 분들이군요. 어디를 가시는 길이십니까?"

이번에도 역시 소소자가 나섰다.

"뭐, 우리 같은 한량들이 딱히 정해놓고 다니겠습니까? 발길 닿는 데로 가고 싶은 곳으로 정처없이 떠도는 것이지요."

그들이 이각 정도 한담을 나눈 후에야 상이 들어왔다. 산에서 주로 나는 채소류와 정체를 알 수 없는 육류 두 가지가 푸짐하게 차려져 있었다.

"그럼 편히 식사하실 수 있게 전 나가 있겠습니다."

촌장이 나가자 그들은 식사를 하기 시작했다. 소소자가 입 안 가득
밥을 넣고 말했다.

"아까 촌장과 며느리가 말한 특별한 게 뭐지?"

"이 고기가 아니겠는가? 맛을 보니 노루 같은데 사냥꾼도 아닌 사
람들이 잡기에는 힘든 짐승이지."

"사냥하기 뭐가 힘들어? 덫만 제대로 놓으면 되는 거지."

소소자는 말을 하며 노루 고기를 입 안으로 넣었다. 몇 번 우물거리
던 소소자의 얼굴이 딱딱하게 굳었다.

"퉤!"

먹던 고기를 뱉은 소소자가 다급히 말했다.

"먹지 마!"

"왜 그러나?"

"사도 영감은 벌써 노루 고기 먹었고……."

소소자는 주적자를 보았다.

"넌?"

주적자는 사도철광보다 더 빨리 먹었다. 그의 대답없음이 긍정이라
는 것을 모를 만큼 멍청한 소소자가 아니었다.

"노루 고기에 뭐가 들었나?"

주적자는 물음 끝에 머리 속이 흔들리는 느낌을 받았다.

"특별한 것."

"독(毒)인가?"

소소자는 어지러운지 머리를 한차례 흔들었다.

"몽중몽(夢中夢)이란 것으로 독은 아니야. 다만 정신을 잃게 만들
뿐이지. 아무리 적은 양이라도 잠에 빠지는 것을 막을 수는 없어."

"왜 우리에게 이런 것을 먹였는지 모르지만 빨리 해약(解藥)을 구하는 게 좋겠군."

주적자는 성급히 일어서다 비틀거리며 주저앉았다. 소용돌이 속에 빠진 것처럼 세상이 빙글빙글 돌아갔다.

"해약을 구하기에는 늦었어. 그래도 다행인 것은 한 시진 후에는 반드시 깨어난다는 거야. 그 후에 어떻게 될지는 알 수 없지만……."

소소자의 음성이 길게 늘어져서 들렸다. 내공을 끌어올려 대항해 보려 했지만 독이 아니니 내부에 어떤 이상도 나타나지 않았다. 그저 점점 정신이 혼미해질 뿐…….

필사적으로 초점을 모으자 모로 쓰러지는 사도철광이 보였다. 노루 고기를 넣었다 뱉은 것뿐인 소소자조차 힘없이 몸을 뉘었다.

'대체 저들은 누구지?'

의미없는 물음 뒤로 그도 정신을 잃었다.

*　　　*　　　*

언제나 악몽에는 아버지가 나타났다. 그리고 탈명침이 그림자 같은 모습으로 보인 후 볼에 느껴지는 통증으로 깨어난다. 주적자는 힘겹게 눈꺼풀을 밀어 올렸다. 흐린 시야만큼이나 뿌연 막이 뇌를 감싸고 있는 것 같았다. 사물의 윤곽보다 더위가 먼저 찾아왔다. 감각이 살아남에 따라 열기는 살갗을 벗겨낼 만큼 뜨겁게 다가왔다.

눈을 몇 번 깜빡이자 검은 칠이 된 천장이 보였다. 그는 팔과 다리를 움직여 보았다. 예상대로 꼼짝하지 않았다.

"깨어났냐?"

들려온 소리에 고개를 돌리려 했지만 목이 묶였는지 잘 돌아가지 않았다. 가까스로 고개를 돌리자 십(十) 자 모양의 형틀에 팔다리와 목이 묶인 소소자가 땀을 뻘뻘 흘리고 있는 것이 보였다. 형틀은 물론 그들을 묶고 있는 수갑(手匣)과 족쇄(足鎖)도, 목을 두르고 있는 고리까지 모두 시커먼 철로 만들어져 있었다.

"우릴 잡은 개 잡것들은 이상한 종교에 빠진 놈들 같아."

소소자는 말을 하며 눈짓을 했다. 주적자는 반대 편으로 고개를 돌렸다. 그의 옆에 똑같은 자세로 묶인 사도철광이 있었고, 그 너머로 눈만 내놓은 시커먼 두건을 쓴 네 사람이 보였다. 두 사람은 화덕에 올려진 커다란 무쇠솥을 막대로 젓고 있었다. 주적자가 감시하고 있는 나머지 두 사람을 보자 그들은 황급히 시선을 피했다. 왠지 그를 두려워하는 것 같았다.

"이봐! 대체 우리를 어쩔 셈이야?"

소소자가 물었지만 누구도 대답하지 않았다. 그들은 마치 신성한 의식을 치르는 듯 조심스런 침묵으로 일관했다.

"원하는 게 뭔지 알아야 들어줄 것 아니야! 설마 우리를 제물이나 뭐 그런 것으로 쓰려는 것은 아니겠지?"

무쇠솥 앞에 있던 한 명이 젓던 막대를 들어 올렸다. 막대에서 뚝뚝 떨어지는 그것은 분명 액체화된 금이었다. 주르륵 흘러내리는 금물을 바라보던 복면인은 되었다는 듯 고개를 끄덕이고 그들에게 다가왔다. 머리맡에 선 복면인이 입을 열었다.

"그동안 지은 죄를 참회하고 부디 극락왕생(極樂往生)하길 바라오."

촌장의 목소리였다.

"밑도 끝도 없이 무슨 얼어죽을 극락왕생이야! 우리를 왜 죽이려고 하는데? 밥 한 끼 얻어먹으려고 한 게 죽을 정도로 큰 죄냐?"

"멍청한 척할 필요없소."

"이 망할 놈의 영감탱이야! 내가 고추에 털이 난 후로 똑똑한 척한 적은 있어도 멍청한 척한 적은 없어!"

언제 깨어났는지 사도철광이 소소자의 말을 받았다.

"이보게, 세상에 어찌 고추에 털이 난단 말인가? 털은 정확히 불알과 고추 위의 살에 나는 것이네."

소소자는 한껏 쳐들었던 고개를 힘없이 떨궜다.

"그래, 차라리 극락왕생하자. 내가 여기서 살아나도 사도 영감 때문에 속이 터져 죽을 테니까. 지지리 복도 없지. 좋은 세상 만들어보자고 불철주야 노력한 대가가 고작 이런 것이라니. 사람 같지도 않은 영감탱이 둘이 천하의 협사(俠士)요 중원 최고의 의원을 죽이는구나."

체념한 듯 중얼거린 소소자는 자신의 신세 한탄에 열이 받았는지 촌장을 향해 소리를 질렀다.

"대체 왜 이러는 거야! 이 소소자에게 무슨 죄가 있다고!"

"수많은 양민들의 피를 빨아 죽게 만든 것이 죄가 아니면 무엇이 죄일까?"

"그, 그게 무슨 소리야. 그럼 우리가……."

소소자의 더듬거리는 말을 촌장이 받았다.

"흡.혈.귀!"

주적자와 소소자, 사도철광 모두 할 말을 잃었다. 흡혈귀를 잡으러 가는 그들에게 오히려 흡혈귀라니!

주적자가 물었다.

"대체 무슨 근거로 우릴 흡혈귀라고 하는 것이오?"

"최근 여러 곳에서 일어난 일련의 사건들을 우린 모두 알고 있소. 그 진행 방향이 북쪽, 즉 이곳으로 이어지고 있다는 것도 말이오. 그리고 당신들이 우리 마을을 찾아왔소. 일 년에 서너 번 나타날까 말까 한 외부인이 흡혈귀가 지나갈 만한 날짜에 맞춰 낮도 아닌 한밤중에 찾아왔소. 우연이라고 하기에는 너무도 공교롭지 않소? 더 이상 시치미 뗄 생각은 하지 마시오."

소소자가 버럭 소리를 질렀다.

"그거야 당연하지! 우리도 흡혈귀를 쫓아온 거니까!"

"궁색한 변명을 하는군요. 내가 아는 외부인들 중 흡혈귀의 존재를 믿는 사람은 한 명도 없소. 그런 얘기를 했다가는 미친놈 취급만 받죠."

"그래서? 우릴 어쩌겠다는 거야?"

소소자의 물음에 촌장은 무쇠솥으로 다가갔다. 솥 옆에 있는 커다란 국자를 든 촌장은 금물을 국자로 펐다.

"모르는 척하지 마시오. 이미 한번 당해봤을 테니."

"뭘 당해봤다는 거야?"

"아! 물론 당신들 중 둘은 나중에 만들어진 흡혈귀일 테니 모를 수도 있겠군요."

촌장은 금물이 든 국자를 들고 다가왔다.

"일단 이것을 뱃속에 부어 당신들의 혼을 빠져나가지 못하도록 가두는 것이오."

소소자의 얼굴이 창백하게 변했다.

"이, 이봐! 영감! 상당히 저급한 농담을 하는군. 그 정도 금이면 상당한 돈이 될 텐데 그걸로 불우이웃 돕기라도 하면 좋잖아. 왜 쓸데없는 곳에 귀한 금을 낭비하려고 하는 거지?"

촌장은 대꾸없이 소소자의 머리맡에 섰다.

"이런 우라질! 이봐! 어떻게 좀 해봐! 넌 내 보표잖아!"

소소자의 애원이 아니더라도 어떻게 해야 할 판이었다. 몸을 묶고 있는 것들은 보통 쇠가 아닌 듯 힘으로는 빠져나가기가 불가능했다.

"촌장, 난 그 흡혈귀와 직접 싸워봤소."

촌장의 시선이 주적자에게로 향했다.

"그 흡혈귀는 도검불침이었소. 당신들이 흡혈귀에 대해 알고 있는 그것도 물론 알 것이오. 그럼 우리 피부를 찢어보면 사실이 드러날 것 아니오?"

"맞아! 그러면 되겠군. 내 몸에 칼을 대는 건 싫지만 금물을 삼키는 것보다는 낫겠지."

촌장은 고개를 저었다.

"당신들의 연극은 정말 그럴듯하구려. 하긴 흡혈귀가 워낙 간악한 존재지."

소소자가 핏대를 세웠다.

"이 영감탱이야! 방법을 말해 줬는데 뭐가 문제야!"

"우린 당신들, 즉 흡혈귀가 신체의 강함과 연함을 마음대로 조종할 수 있음을 알고 있소. 당신들이 나타날 것을 대비해 무려 육백 년이나 준비한 우리이니 속일 생각은 마시오."

"육백 년 간 준비한 것이 고작 몽중몽이야? 우리가 진짜 흡혈귀였으면 이런 연극조차 할 필요없이 당신들을 덮쳐서 피를 전부 빨았을 거야!"

“당신들 흡혈귀들은 워낙 흉악하니 다른 흉계가 있었는지도 모르지. 그 흉계를 펴기도 전에 붙잡힌 것이 당신들의 불행이기도 하고.”

어이없다는 얼굴을 한 소소자가 탄식을 터뜨렸다.

“하! 어떤 늙은이들한테는 흡혈귀가 존재한다는 것을 믿게 하기가 어렵더니, 또 어떤 늙은이에게는 내가 흡혈귀가 아님을 증명하는 것이 안 되다니… 내가 만난 늙은이들은 왜 하나같이 이 모양일까?”

“더 이상 시간 낭비 할 필요가 없겠군요.”

촌장은 곁에 선 복면인에게 눈짓을 했다. 복면인은 구석에 놓인 탁자 위에서 낫을 작게 만들어놓은 것 같은 이상한 기계를 가지고 왔다.

“끼워라.”

촌장의 명령이 떨어지자 복면인은 그 기계를 소소자의 입에 가져다 댔다.

“자, 잠깐! 왜 나부터 하는 거야? 저 끝에 있는 사도 영감은 진짜 흡혈귀보다 더 흡혈귀처럼 생겼잖아!”

“쯧쯧… 그래 봤자 일각 차이도 안 날 텐데 뭘 그리 화를 내고 그러나?”

죽음을 앞에 둔 사람답지 않게 사도철광의 목소리는 차분했다.

“다른 사람은 몰라도 사도 영감보다 일찍 죽고 싶지는 않아!”

“빨리 끼워라!”

한 명의 복면인이 소소자의 머리를 잡고 다른 한 명이 기계를 입속에다 밀어 넣었다.

“이, 이바! 초자여가!”

소소자는 발음도 불분명한 소리를 치며 반항을 해보았지만 복면인의 억센 손길은 당할 수가 없었다. 기어코 이빨 사이로 기계가 끼워졌다. 복면인이 길게 튀어나온 손잡이를 잡고 위아래로 흔들자, 이빨 사이에 끼워진 부분이 끼릭거리는 소리를 내며 점점 벌어졌다.

"그만둬! 우린 흡혈귀가 아니야!"

주적자는 몸부림을 치며 소리쳤다. 하지만 그의 발악이 소소자의 죽음을 막을 수는 없었다.

'이렇게 또 의뢰인을 잃어야 하는가?'

자신의 죽음보다 소소자의 죽음이 더 큰 아픔으로 다가왔다. 소소자의 입은 이제 더 이상 커질 수 없을 만큼 벌어져 있었다. 금방이라도 턱이 빠질 것처럼 보였다.

"올려라."

촌장이 명령을 하자 복면인이 형틀 아래쪽을 발로 눌렀다. 형틀이 조금씩 세워져 소소자는 반쯤 일어선 모습이 되었다. 촌장은 국자를 소소자의 입으로 가져갔다. 국자가 점점 기울수록 소소자의 표정은 두려움으로, 주적자의 얼굴은 체념으로 물들었다. 막 금색의 방울이 떨어지려 할 때였다.

끼이익—

날카로운 마찰음과 함께 계단을 내려오는 발걸음 소리가 들렸다. 예고없이 나타난 방문자는 촌장의 손을 멈추게 만들었다.

"미령(美靈)아, 네가 여긴 웬일이냐?"

주적자는 고개를 한껏 쳐들고 눈을 내리깔아 발치를 보았다. 이제 갓 스물이 될까 말까 한 여인이 다가오고 있었다. 주적자는 미령이라는 이름의 여인을 어디선가 본 적이 있는 것 같았다. 직업상 한번 본 사람은 쉽게 잊지 않는 그였지만 좀처럼 생각이 나지 않았다. 하지만 그의 기억력은 곧 미령의 모습에 다른 여인의 얼굴을 겹쳐 놓았다.

　그들에게 특별한 것(?)을 차려온 그 중년 미부, 그녀를 이십 년쯤 젊게 만들어놓으면 딱 저 모습일 것이다. 그러나 미령에게는 중년 미부와는 다른 무언가가 있었다. 크고 서늘한 눈. 보고 있으면 심해(深海)를 느끼게 하는 눈은 작은 흔들림조차 없었다.

　"어쩌려고 두건도 안 쓰고 내려왔느냐?"

　"두건 같은 것은 필요없어요."

　미령의 목소리는 다른 사람들보다 반음 정도 높아서 청아하게 들렸다.

　"두건을 안 쓰면 저 흡혈귀들이 네 얼굴을 기억하고 악령(惡靈)으로 변해 해치려 할지도 모른다."

　"이보시오, 촌장! 우린 당신의 얼굴을 다 기억하고 있는데 그게 무슨 소용이요?"

　사도철광의 말에 촌장이 코웃음을 쳤다.

　"흥! 당신들 같은 악귀는 죽는 순간에 본 사람 얼굴만 기억할 수 있다는 것도 모르오?"

　"차라리 내가 진짜 흡혈귀라면 좋겠군. 어떻게든 촌장의 얼굴을 기억해 죽은 후에라도 복수할 수 있도록 말이오!"

　"절대 그럴 수 없을 것이오."

　"물론 그렇지! 우린 흡혈귀가 아니니까!"

　사도철광의 외침 뒤로 미령의 목소리가 따랐다.

　"맞아요. 저분들은 흡혈귀가 아니에요."

　"네가 뭘 안다고 나서느냐?"

　"전 느낄 수 있어요. 저분들은 분명 사람이에요. 평범하지는 않지만 우리와 똑같아요."

"무슨 근거로 그런 소릴 하는 것이냐?"

미령은 잠시 머뭇거리다 말했다.

"특별한 근거는 없어요. 말로 설명할 수는 없지만 어떤 느낌이 와요."

사도철광이 맞장구를 쳤다.

"그게 바로 육감(六感)이라는 거요. 비현실적으로 보이기는 하지만 의외로 그런 것이 틀림없지. 아니, 흡혈귀보다야 육감이 훨씬 현실적이지. 아암!"

하지만 사도철광이나 미령의 말은 촌장을 설득하지 못했다.

"한 번도 흡혈귀를 만나보지 못한 네가 어떻게 그런 것을 느낄 수 있단 말이냐. 쓸데없는 소리 하지 말고 빨리 이곳에서 나가라."

촌장은 국자를 한번 보고 중얼거리며 솥이 있는 곳으로 갔다.

"금물이 굳어가는군. 다시 떠야겠는걸."

미령은 촌장의 뒤를 따라가며 말했다.

"할아버지! 죄없는 사람을 죽일 거예요?!"

그녀가 막 소소자의 곁을 지날 때였다. 갑자기 묶여 있던 소소자의 오른팔이 허공을 가르며 미령을 잡았다.

"어멋!"

다급성을 지르는 미령의 목은 소소자의 팔에 단단히 감겼다.

"미령아!"

촌장이 움직이려 하자 소소자가 '어어' 거리며 머리카락만큼이나 가는 침을 미령의 목젖에 가져다 댔다. 촌장이 제자리에 서는 것을 보고서야 소소자는 입에 들어 있던 기계를 꺼냈다. 그 입이 더 크게 벌어질 수 있다는 것이 놀라웠다. 턱을 몇 번 이완시킨 소소자가 말했다.

"눈썹 하나라도 까딱하면 손녀가 목으로 숨을 쉬게 될 거야."

소소자는 위협을 하며 침으로 미령의 목을 살짝 눌렀다.

"난 천하제일의 의원이야. 어디를 찌르면 사람을 단번에 죽일 수 있는지 나보다 잘 아는 사람은 없어."

사도철광이 중얼거렸다.

"저런 상황에서도 잘난 척하는군."

소소자는 사도철광을 흘겨본 후 말했다.

"움직이지 말고 반 각만 있으라구. 그럼 아무도 다치지 않을 테니까."

소소자는 말을 하며 왼손을 부지런히 꼼지락거렸다. 그러자 손바닥에서 가는 침이 서서히 빠져나왔다.

"평소에도 그런 것을 몸속에 넣고 다니냐?"

주적자의 물음에 소소자가 싱긋 웃었다.

"언제 어느 때 뒤통수 까질지 모르니까."

소소자는 침을 손가락 사이에 끼워 수갑의 열쇠 구멍에 끼웠다. 부자연스러운 손놀림에도 불구하고 몇 번 달그락거리자 수갑의 이음새가 소리없이 벌어졌다.

"촌장 영감, 움직이고 싶어도 조금만 참으라구."

소소자는 새삼스럽게 경고를 하고 목을 채운 고리로 침을 가져갔다. 그가 구멍으로 침을 밀어 넣을 때 갑자기 미령의 몸이 부들부들 떨렸다. 그녀의 얼굴은 두려움으로 창백하게 탈색되었다.

"소저를 해칠 생각은 없소. 이건 그냥 연극이라구. 그러니 무서워하지 말아요."

소소자는 낮게 속삭여 미령을 안심시키려 했다. 하지만 그녀의 떨
림은 갈수록 커져 갔다.

"와, 왔어요."

"뭐가 말이오?"

"흡혈귀요. 흡혈귀가 근처에 있어요. 지금 이곳으로 오고 있어요."

지하실 위 흡혈귀

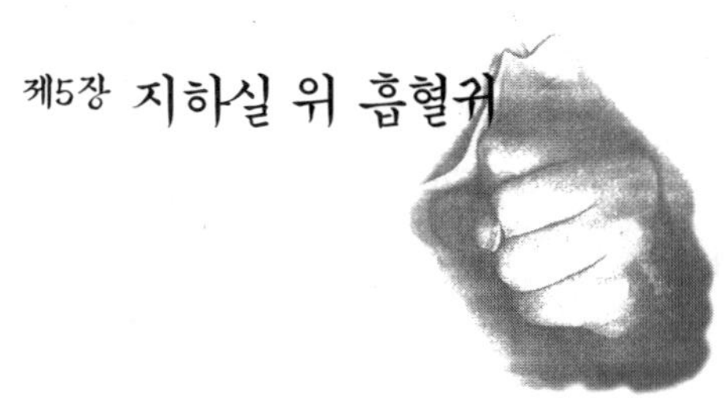

제5장 지하실 위 흡혈귀

주적자 일행의 얼굴이 딱딱하게 굳었다.

"정말이요?"

미령은 고개를 끄덕였다.

"예, 흡혈귀의 존재가 느껴져요. 멀지 않은 곳에 있어요."

미령만이 주적자 일행이 흡혈귀가 아님을 확신하고 있으니, 그녀의 말 또한 믿을 수밖에 없었다.

"어디쯤이오?"

그녀의 얼굴이 더욱 하얗게 변했다.

"아주 가까워요. 마을……."

그녀는 촌장을 향해 소리쳤다.

"할아버지! 흡혈귀가 마을에 있어요! 빨리 이분들을 풀어주세요!"

"무슨 소릴 하는 거냐?"

"흡혈귀가 왔단 말이에요! 서두르지 않으면 우리 모두 죽게 될 거예요!"

그녀의 외침에도 촌장은 엉거주춤 서 있을 뿐 움직이려 하지 않았다.

"이런 제길! 아무래도 진짜 같은데!"

소소자는 서둘러 목의 고리를 풀려고 했지만 수갑과는 달리 쉽게 끌러지지 않았다.

"할아버지, 제발! 이제 거의 다 왔어요!"

"촌장 영감! 죽고 싶지 않으면 빨리 이것들을 풀어!"

덩달아 다급해진 사도철광도 소리쳤다.

"우리는 흡혈귀가 아니오! 그러니 어서 우리를 풀어주시오!"

"하지만… 하지만 난 아직도 당신들을 믿을 수가 없소."

"제길! 우릴 믿지 말고 당신 손녀를 믿으란 말이야!"

소소자는 고함을 지르며 다급히 손을 움직였지만 쉽게 끌러질 것 같지 않았다. 주적자가 미령에게 물었다.

"흡혈귀가 얼마나 가까이 있소?"

"십 장 안팎이에요. 지금도 가까워지고 있어요."

주적자가 소소자를 향해 다급히 외쳤다.

"풀 수 있나? 시간이 없어!"

"시간없는지는 나도 알아! 하지만 목에 채워진 지랄 같은 고리는 수갑보다 훨씬 풀기 힘들어!"

"네 손길에 우리의 생명이 달려 있어!"

"니미랄! 열쇠 가진 촌장 영감이 아니라 왜 나라는 거야?"

미령이 다시 촌장에게 애원했다.

"제발 할아버지! 제 말을 믿으세요! 흡혈귀가 지금……!"

그녀는 말을 끊고 고개를 들었다. 모두의 눈길이 그녀의 시선을 따라갔다.

"왔소?"

주적자의 물음에 미령은 고개를 끄덕였다.

"천장이오?"

"네."

촌장이 믿을 수 없다는 듯 말했다.

"이곳은 지하실인데……."

촌장의 중얼거림 뒤로 침묵이 찾아왔다. 누구도 입을 열지 않았다. 폭풍 전야(暴風前夜) 같은 고요함 속에 소소자만이 낮은 달그락거림을 만들어내고 있을 뿐이었다. 작은 마찰이 섞인 침묵은 미령의 경고가 아니더라도 충분히 기분 나빴다. 주적자는 천장과 계단을 번갈아 쳐다보았다. 사신의 손길처럼 땀 한 방울이 관자놀이를 타고 흘러내렸다. 진공의 공간에 놓여진 것 같은 압박감이 심장을 조여왔다.

주적자는 슬쩍 소소자를 보았다. 부지런히 손을 움직이고 있었지만 잘 되지 않는다는 것을 표정으로 알 수 있었다. 지금 흡혈귀가 들어온다면 죽음은 피할 수 없었다. 제발 그들이 이곳에 있다는 것을 모르기를 바랄 뿐이었다. 하지만 그의 기대는 여지없이 무너졌다.

쾅!

뿌연 먼지와 함께 천장이 뚫리며 돌덩이들이 촌장의 머리 위로 쏟아졌다. 촌장은 몸을 날리다시피 해서 떨어지는 돌을 피했다. 그리고 촌장이 있던 자리로 녀석이 뛰어내렸다. 녀석은 번들거리는 독안으로 주위를 훑어보았다. 생각했던 것과는 다른 풍경인 듯 의외의 표정을 짓던 녀석의 시선이 주적자에게 멎었다.

"또 만났군."

녀석의 입가에 비릿한 웃음이 걸렸다.

"어쩌다 천하의 호인불사 주적자가 이 꼴이 됐나? 설마 날 쫓아 이 곳까지 온 것은 아니겠지?"

달그락!

잠깐의 정적 사이로 소소자의 손놀림이 만든 소리였다. 녀석이 고개를 돌리자 소소자는 어색한 웃음을 던졌다. 녀석은 아무 말 없이 손을 내밀었다. 눈치 빠른 소소자는 힘없이 손에 든 침을 건넸다. 녀석이 손을 움켜쥐자 침은 실처럼 오그라들었다. 침을 바닥에 버린 녀석은 주위를 둘러보았다. 녀석과 눈이 마주칠 때마다 사람들의 어깨가 움찔 떨렸다.

"이곳은 도적단 소굴인가? 왜 하나같이 복면을 쓰고 있지?"

녀석은 화로에 걸린 솥을 보고 그쪽으로 다가갔다. 금물을 젓던 복면인의 떨림이 커졌다. 얼굴을 가렸음에도 복면인이 두려움의 극한에 다다랐다는 것을 알 수 있었다. 녀석이 가까워지는 만큼 주춤주춤 물러서던 복면인은 더 이상 공포를 이기지 못했다.

"으아아아—!"

무서움을 입으로 토해내며 복면인은 계단을 향해 뛰었다. 녀석은 피식 웃음을 터뜨린 후 몸을 날렸다. 녀석의 움직임은 눈으로 쫓을 수 없을 만큼 빨랐고, 복면인은 채 네 걸음도 떼기 전에 앞을 가로막혔다. 녀석은 복면인의 목을 움켜쥐고 끌어당겼다.

"뭐야? 마치 내가 누군지 알고 있는 것 같잖아. 그런 거야?"

복면인은 고개를 끄덕였다.

“오호! 내가 누구지?”

복면인은 필사적으로 눈알을 촌장에게로 돌리며 도움을 청했다. 그러나 촌장 또한 자신조차 도울 수 없는 상황이었다. 복면인은 체념과 두려움이 섞인 목소리를 뱉어냈다.

“흐, 흡혈귀.”

녀석은 눈에 이채를 띠었다.

“그걸 어떻게 알지?”

“우, 우리 마을은 유, 육백 년 전부터 흡혈귀가 나타날 것을 대비해서… 준비를 하고… 있었습니다.”

“이해를 못하겠군. 어떻게 그럴 수가 있는 거지?”

복면인은 아래턱만 덜덜 떨 뿐 두려움 때문에 말을 꺼내지 못했다. 급기야 그의 바지에서 물이 줄줄 흘러내렸다. 녀석은 미간에 주름을 잡으며 혀를 찼다.

“쯧쯧쯧, 겁쟁이는 이래서 싫다니까.”

녀석의 시선이 촌장에게로 향했다.

“보아하니 당신에게서 대답을 들어야 할 것 같군. 그러기 전에…….”

녀석은 복면인을 더욱 가까이 끌어당겼다.

“먼저 요기부터 해야겠어.”

갑자기 녀석의 이빨이 잇몸 속으로 들어가더니 송곳니가 툭 튀어나왔다.

“으아아아……! 안 돼! 살려줘!”

복면인은 바둥거렸지만 헛된 몸부림이었다.

푸욱!

송곳니가 목을 파고드는 소리는 마치 잘 벼른 검이 사람의 몸을 꿰뚫는 소리처럼 들렸다. 녀석의 목젖이 위아래로 움직일 때마다 복면인의 몸은 점점 굳어갔다. 부르르 떨던 복면인이 움직임을 멈췄음에도 녀석은 계속 피를 빨아댔다. 꿀꺽거리는 소리가 욕지기를 불러일으켰다.

채 반 각도 되지 않아 녀석은 복면인의 피를 모두 빨아버렸다. 바닥에 던져진 복면인은 짚으로 만든 허수아비처럼 힘없이 널브러졌다. 밖으로 드러난 팔이 푸석푸석한 것으로 보아 얼굴 또한 같은 모습일 것이다. 녀석은 복면인의 시체를 힐끔 보고 입가에 묻은 피를 닦으며 촌장에게 다가갔다.

"자, 당신이 말해 보실까?"

촌장은 녀석이 다가오는 거리만큼 뒤로 물러섰지만 지하실은 그리 넓지 않았다. 등에 서늘한 벽을 느낀 촌장은 국자를 잡은 손에 힘을 주었다. 녀석이 손을 뻗으면 닿을 만큼 가까이 왔을 때 촌장의 팔이 움직였다. 그러나 팔은 허공을 완전히 가르지 못했다. 촌장의 팔목을 움켜쥔 녀석의 어깨로 몇 방울의 금물이 떨어져 하얀 연기를 만들어 냈다.

인상을 살짝 찡그린 녀석은 이내 다른 손으로 촌장의 얼굴을 후려쳤다. 낮은 비명과 함께 촌장은 솥 옆으로 나뒹굴었다. 찢겨진 복면 사이로 피가 흘러내렸다. 그렇게 한 번 넘어진 촌장은 미동도 하지 않았다.

"할아버지! 괜찮으세요, 할아버지?"

미령이 외치며 촌장에게 뛰어가려 했지만 소소자가 그녀를 잡았다.

"진정해요. 놈은 당신까지 죽일 거요."

"할아버지가 어떻게 됐죠? 어떻게 됐냐구요?"

"나보다는 당신이 더 잘 볼 수 있잖소."

미령은 도리질을 했다.

"전 앞을 볼 수 없어요. 장님이라구요!"

그녀의 말은 선뜻 와 닿지 않았다. 머리로는 이해할 수 있는데 가슴으로 느낄 수가 없는 그런 것이었다. 그녀의 맑고 큰 눈에 금세 눈물이 고였다. 그리고…….

뚝!

소소자의 볼이 젖었다. 소소자는 퍼뜩 정신을 차리고 대답했다.

"당신의 할아버지는… 돌아가셨소."

그녀의 몸이 힘없이 소소자의 가슴으로 무너졌다. 소소자는 손을 멈칫거리다 이내 미령의 등을 다독거렸다. 그녀의 슬픔이 전해졌지만 누구도 동화되지 않았다. 어차피 조금의 시간이 흐르면 여기 있는 모든 사람이 촌장처럼 변할 것이다. 아니면 저 쭈글쭈글해져 버린 복면인처럼 되든지…….

녀석은 피투성이가 된 촌장을 힐끔 보고 주적자에게로 다가왔다.

"뭐, 이곳이 어떤 곳이든 무얼 하는 놈들이 살든 별로 중요하지 않아. 어차피 다 죽이면 그만이니까. 특히……."

녀석은 주적자의 볼을 쓰다듬었다. 뱀의 몸뚱어리처럼 온기라고는 전혀 없는 차가운 감촉이 뺨에 느껴졌다.

"네가 이곳에 있는 것이 마음에 들어. 그것도 이렇게 묶인 채로 말이야."

녀석은 주적자가 베었던 목을 쓰다듬었다.

"어때? 깨끗하지? 네가 찔렀던 눈도 그전보다 더욱 잘 보여. 고맙다고 해야 하나?"

녀석은 마치 애무하듯 주적자의 뺨을 만지고 있었다.

"부드럽군. 무공을 익힌 놈들은 피부가 나뭇등걸 같을 줄 알았는데, 여자만큼이나 부드러워. 이빨도 잘 들어갈 것 같은데."

녀석의 손이 뺨에서 목으로 내려왔다. 주적자가 굵은 침을 삼키자 녀석이 부드럽게 목을 어루만졌다.

"겁먹지 마. 주적자라는 이름에는 안 어울리니까."

"네가 친한 척하니까 역겹군."

녀석의 손에 힘이 들어갔다. 주적자는 금세 숨이 막히는 것을 느꼈다. 본능적으로 숨을 몰아쉬어 보지만 기도는 녀석의 손에 완전히 막혀 버렸다. 얼굴이 불에 덴 듯 화끈거리고 금방이라도 눈알이 튀어나올 것 같았다.

"쥐새끼처럼 생긴 놈이 하는 짓은 변태구나!"

소소자의 외침에 비로소 녀석의 손이 떨어졌다. 갑자기 폐에 들어온 텁텁한 공기는 기침을 만들어냈다. 녀석의 시선이 소소자에게로 옮겨갔다.

"넌 뭐냐?"

"주적자는 알아보면서 천하제일명의 소소자는 못 알아본단 말이냐, 이 닭대가리야!"

녀석은 우위에 있는 자 특유의 여유있는 웃음을 지었다.

"전혀 명의같이 생기지도 않았군. 땅딸막한 것이 피를 빨아도 얼마 나오지도 않겠고. 어린애처럼 피맛이 좋을 리도 없고 말이야. 별로 쓸모도 없는 녀석이군."

"붕어 똥 같은 놈아! 누가 네 녀석한테 쓸모있고 싶댔냐!"

"큭! 배짱은 좋은 녀석이군. 기다려. 주적자 다음에는 너니까."

녀석은 힘없이 바닥에 쭈그리고 앉은 미령을 보았다.

"예쁜 여자도 있었네. 그런데 어쩌지? 몸이 변해 버린 후로는 여자를 즐겁게 해주는 일도 시들해져 버렸으니. 천상 간식거리로 쓸 수밖에."

녀석의 시선이 다시 주적자에게로 돌아왔다.

"무림고수의 피맛은 어떤지 볼까?"

녀석은 주적자의 목을 향해 고개를 숙였다. 피부만큼이나 차가운 입김이 훅 하고 느껴진 후 딱딱한 이빨의 감촉이 전해졌다. 마치 검 끝이 목에 닿은 듯한 기분이었다. 녀석의 이빨이 놀리듯 그의 목을 간질였다. 소름이 정수리에서 발끝까지 관통했다. 피할 수 없는 죽음 속에서도 주적자는 소소자보다 먼저 죽는 것에 자그마한 안도감을 느꼈다.

끈적한 액체가 목젖 위로 떨어졌다. 녀석은 침조차 차가웠다. 소독하듯 핥는 혀까지도…….

"항문까지 도검불침은 아니겠지?"

사도철광의 음성 뒤로 '푹' 하는 소리가 뒤따랐다.

"끄윽!"

녀석은 답답한 비명을 지르며 주적자의 목에서 입을 뗐다. 고개를 옆으로 돌리자 녀석의 항문에 긴 손톱을 박고 있는 사도철광이 보였다. 사도철광은 왼쪽 수갑과 목에 있는 고리만 푼 상태였다.

녀석이 잔뜩 구겨진 얼굴로 항문에 박힌 사도철광의 팔을 후려쳤다. 그러나 고통만 더할 뿐이었다.

"나도 팔은 도검불침이야!"

사도철광은 머리 위쪽으로 녀석을 밀었다. 손톱에 꿰어 힘없이 딸려간 녀석은 거칠게 벽에 부딪쳐 바닥으로 쓰러졌다. 녀석의 상태를 확인할 겨를도 없이 사도철광은 열쇠로 오른쪽 수갑을 풀었다. 몸을 일으켜 발목에 채워진 족쇄로 열쇠를 가져갈 때 녀석이 엉거주춤한 자세로 일어났다. 그 모습을 힐끔 본 사도철광은 여덟 개의 열쇠 중 하나를 구멍에 꽂았다. 하지만 열쇠는 돌아가지 않았다.

"젠장! 그놈의 영감탱이, 줄 때 어느 것이 족쇄 열쇠인지 정확히 말해 줄 것이지!"

사도철광은 마치 소소자처럼 말하며 다른 열쇠를 끼웠다. 그러나 역시 돌아가지 않았다. 또 다른 열쇠가 구멍으로 들어갔다.

"이런 찢어 죽일 늙은이!"

녀석이 소리를 지르며 사도철광을 덮쳤다.

철컥!

족쇄가 입을 벌렸다. 사도철광은 구르듯 앞으로 몸을 날렸다. 녀석의 손이 형틀을 때리며 쩡! 하는 소리를 만들어냈다.

"사도 영감! 빨리 열쇠 던져!"

소소자가 다급하게 소리쳤지만 사도철광에게는 그럴 여유가 없었다. 볼을 쳐오는 녀석의 팔을 막은 사도철광이 가슴을 향해 손을 내질렀다. 사도철광의 손톱이 정확히 녀석의 명치를 찔렀지만 아무 타격도 없는 듯 녀석은 오히려 사도철광의 팔목을 잡았다. 녀석이 팔을 떼어낼 듯 비틀자 사도철광은 몸을 돌려 등으로 녀석의 가슴을 때렸다. 약간의 공간이 생기자 사도철광은 다시 몸을 돌려 팔꿈치로 턱을 가격했다. 녀석은 손목을 놓고 두어 걸음 물러섰다.

이때를 놓치지 않고 사도철광이 소소자에게 열쇠 꾸러미를 던졌다.

하지만 다급하게 던진 나머지 그것은 소소자의 손길에서 벗어나 머리 위쪽에 떨어졌다.

"영감탱이야! 어디다 던지는 거야!"

그 상황에서도 소소자는 편잔을 주고 복면인들을 찾았다. 열쇠를 주워주기를 기대하고 찾은 복면인 둘은 어수선한 상황에서 이미 도망친 후였다.

"빌어먹을 자식들!"

"걱정 말아요. 제가 찾을게요."

미령이 말을 하고 열쇠가 떨어진 곳으로 기어갔다. 하지만 원래 떨어진 자리에서 많이 벗어나 있었기 때문에 쉽게 손에 잡히지 않았다.

"어디죠? 위치를 말해 줘요!"

"제길! 난 안 보여!"

주적자가 다급히 소리쳤다.

"왼쪽으로 세 자 정도 떨어져 있소!"

미령이 주적자가 알려준 위치로 손을 옮겼다. 그들의 소란을 들었는지 싸우는 와중에도 녀석이 힐끔 뒤를 돌아보았다. 그 때문에 사도철광에게 가슴을 얻어맞기는 했지만 큰 충격을 받은 것 같지는 않았다.

"한눈팔 정신이 없을 텐데!"

사도철광은 손톱을 곤두세워 녀석의 눈을 찔렀다. 공격을 막은 녀석의 움직임이 거칠어졌다. 수비는 도외시하고 오로지 한 대라도 때리겠다는 듯 마구 주먹을 휘둘렀다. 초식도 없는 주먹질이었지만 빠르고 강하다는 것만으로 충분히 위험했다. 사도철광은 간간이 타격을 주기는 했지만 뒤로 물러날 수밖에 없었다.

정신없이 몰아치던 녀석의 움직임이 뚝 끊겼다. 그리고 입가에 걸리는 비릿한 웃음.

"넌 언제라도 죽일 수 있어."

녀석은 갑자기 뒤로 몸을 날렸다. 주적자가 묶여 있는 형틀 쪽이었다.

"주적자! 너만 죽이면 나머지는 허수아비들이야!"

단숨에 거리를 좁힌 녀석의 주먹이 주적자의 얼굴을 향해 내리꽂혔다.

"멈춰!"

사도철광이 다급히 뒤를 따랐지만 녀석의 주먹을 막을 수는 없었다. 주적자는 녀석의 주먹이 떨어지는 것을 보며 숨을 멈췄다.

'목이 묶여 있는 상황에서 피할 수 있을까?'

생각보다 본능이 그를 움직이게 만들었다. '우둑' 소리가 날 정도로 목을 젖히자 귓불에서 화끈한 아픔이 전해졌다. 이어서 쩌엉! 하는 타격음이 고막을 터뜨릴 것처럼 들려왔다. 피가 흐르는 느낌이 전해지는 것으로 보아 귀가 떨어져 나간 것 같았다. 하지만 최소한 머리가 깨지지는 않았다. 당장은……

녀석은 빗나간 주먹으로 주적자의 볼을 가격했다. 거의 붙어 있는 상태에서 맞은 주먹이기 때문에 머리에 상처가 나지는 않았지만 정신이 아득해졌다. 그런 그의 머리로 다시 주먹이 날아왔다.

그를 구한 건 이번에도 사도철광이었다. 땅과 수평으로 몸을 날린 사도철광은 양손을 모아 두 개의 손톱을 녀석의 항문에 쑤셔 넣었다. 녀석은 입만 쩍 벌린 채 비명도 지르지 못하고 사도철광과 함께 바닥에 나뒹굴었다.

“열쇠 찾았소?”

소소자의 외침에 주적자는 혼미한 정신을 모았다.

“아니요! 정확히 어디죠?”

미령의 애타는 음성은 금방이라도 울음을 터뜨릴 것 같았다. 주적자는 흐릿한 시선을 모아 열쇠를 찾았다. 미령은 그가 가르쳐 준 곳을 지나 바닥을 더듬고 있었다.

“오른쪽으로 두 자 정도 옮겨서 조금 위쪽이오!”

주적자의 외침대로 그녀의 손이 움직였다. 하지만 그녀가 열쇠를 집는 것은 쉽지 않았다. 사도철광과 바닥에 구른 녀석이 이번에는 미령을 노렸다. 사도철광을 뒷발질로 걷어찬 녀석은 그녀를 향해 덮쳐 왔다.

“왼쪽으로 굴러요!”

주적자의 외침에 그녀는 놀랍도록 즉각적으로 반응했다.

찌익!

녀석의 손톱에 오른쪽 옷소매를 찢기기는 했지만 잡히는 것은 면할 수 있었다. 녀석이 다시 미령을 잡으려 할 때 사도철광이 몸을 날렸다.

“이놈! 어딜 가느냐!”

사도철광은 개구리처럼 뛰어 녀석의 다리를 잡아 끌어당겼다. 다시 발길질을 해보았지만 두 번이나 당할 사도철광이 아니었다. 두 다리를 한꺼번에 잡은 사도철광은 녀석을 뒤집어엎은 후 등 쪽에서 껴안았다.

“빨리 열쇠를 집으시오!”

사도철광의 말이 아니더라도 미령은 이미 바닥을 더듬고 있었다.

"어디예요?"

"위쪽이오! 더 위쪽!"

마치 시정잡배들처럼 사도철광과 녀석이 얽혀 있는 사이 드디어 그녀가 열쇠를 집었다.

"주적자부터 구해요!"

소소자의 외침에 그녀는 더듬더듬 주적자가 묶인 형틀로 기어왔다.

"끄아아아—!"

녀석은 이상한 괴성을 지르며 사도철광의 팔 안에서 빠져나오려 몸부림쳤다. 녀석을 잡고 있는 사도철광의 이마에 핏대가 곤두섰다. 말하지 않아도 힘겹다는 것을 알 수 있었다. 사도철광의 팔이 점점 벌어졌다. 오래 버틸 수 있을 것 같지 않았다.

미령은 가까스로 수갑 구멍을 찾아 하나의 열쇠를 끼웠다. 하지만 돌아가지 않았다. 다른 열쇠를 찾는 그녀의 손이 잘게 떨렸다. 금방이라도 열쇠 꾸러미를 놓칠 것 같았다.

"침착하게 해요, 침착하게……."

주적자는 미령을 진정시키며 싸우고 있는 쪽을 보았다. 부들부들 떠는 사도철광의 팔이 불안해 보였고 그것은 곧 현실로 이어졌다. 녀석이 뒤통수로 사도철광의 안면을 가격하자 팽팽한 실이 끊어지듯 사도철광은 힘없이 녀석을 놓쳐 버렸다. 녀석은 사도철광에게는 신경도 쓰지 않고 주적자를 덮쳤다.

그 순간 미령의 손이 거짓말처럼 돌아가며 수갑이 풀렸다. 주적자는 자유로워진 팔을 들어 녀석의 주먹을 막았다. 시큰한 통증이 전해졌지만 그런 것은 아무래도 좋았다. 물러났던 사도철광이 어느새 다가와 녀석의 얼굴에 일권을 먹였다. 녀석이 소소자의 몸 위로 넘어졌다.

"으악! 왜 나한테 불똥이 튀는 거야!"

소소자는 엉겁결에 녀석을 껴안았고 그사이 사도철광의 손톱이 녀석의 안면을 할퀴었다. 거의 광분하다시피 한 녀석은 사도철광을 향해 무작정 덤볐다. 한두 대 맞는 것은 아랑곳하지 않았다. 사도철광은 때리면서도 연신 뒤로 물러서야 했다.

"열쇠를 주시오!"

주적자는 미령에게서 열쇠를 받아 들어 나머지 한쪽 수갑을 풀었다. 목은 운 좋게 한 번에 풀 수 있었다. 족쇄까지 완전히 푼 주적자는 형틀에서 내려왔다. 사도철광과 녀석의 싸움은 쉽게 끝날 것 같지 않았다. 사도철광이 밀리고는 있었지만 강호에서 사십 년 세월이란 그 날짜만큼의 경험을 의미했다.

주적자는 지하실을 둘러보다 솥이 있는 곳으로 향했다. 후끈한 열기를 느끼며 뻗은 손에 금물을 젓던 막대가 잡혔다. 길이 두 자 정도의 막대는 검보다 짧았지만 그만하면 충분했다. 손에 전해지는 뜨거움이 오히려 긴장을 풀어주는 것 같았다.

"야, 인간아! 열쇠는 줘야 할 것 아니야!"

주적자는 소소자에게 열쇠를 던진 후 막대로 솥을 때렸다. 천둥이 치는 듯한 소리는 지하실을 쩌렁하게 울렸다. 소소자와 미령뿐 아니라 싸움을 하고 있던 사도철광과 녀석까지 움직임을 멈추고 주적자를 보았다. 주적자는 녀석을 향해 싱긋 웃고 걸음을 옮겼다.

"자, 이젠 내가 상대해 주지."

거친 숨을 몰아쉬던 사도철광은 '그게 좋겠군' 하며 뒤로 물러섰다.

저벅! 저벅!

짧게 끊어지는 주적자의 발걸음 소리가 묘한 압박감을 느끼게 했다. 그제야 이성을 찾은 녀석의 얼굴에 두려움이 떠올랐다. 주적자의 상대가 되지 않는다는 것을 아는 데는 한 번의 경험으로 충분했다. 녀석은 자신이 뚫고 내려온 천장을 힐끔 쳐다보았다. 주적자도 녀석의 시선을 따라갔다.

"도망칠 수 있을 것 같나?"

녀석은 몸을 움찔 떨었지만 유혹을 떨쳐 내지는 못했다. 녀석이 몸을 띄움과 동시에 주적자가 움직였다. 녀석의 머리가 천장 속으로 들어갔을 때 쇠막대가 허공을 갈랐다.

따악!

쇠막대가 정강이를 후려쳤다. 주적자는 몸을 빙글 돌려 낮은 비명과 함께 떨어지는 녀석의 배를 올려쳤다. 녀석은 떨어지지도 못하고 다시 공중으로 떠올랐다. 주적자는 그런 녀석을 다시 후려쳤다. 때로는 날카롭고 때로는 둔탁한 타격음이 쉼없이 이어졌다. 그럴 때마다 녀석은 크고 작은 비명을 내질렀다. 반격 같은 것은 엄두도 내지 못했다. 쇠막대가 이리저리 휘어지고 녀석이 비명조차 토해내지 못할 때 비로소 주적자의 움직임이 멎었다.

녀석은 그제야 바닥에 떨어질 수 있었다. 입가에서 피를 흘리고 있는 녀석의 몸이 작게 꿈틀거렸다.

"때린 놈이나 맞은 놈이나 정말 대단하군."

소소자는 감탄을 터뜨리며 주적자를 보았다.

"어떻게 할 거야?"

"당한 것처럼 돌려줘야지."

주적자는 녀석을 형틀에 묶은 후 소소자에게 말했다.

"네가 입에 끼웠던 것 어디 있지?"

"저기 어디 있을 거야."

소소자가 움직이려 할 때 미령이 말했다.

"구개기(口開機)는 필요없어요."

"내 입에 쑤셔 넣었던 기분 나쁜 물건 이름이 구개기였군. 그런데 왜 필요없다는 것이오?"

"저 사람… 아니, 저 흡혈귀는 흡혈야황(吸血夜皇)이 아니기 때문이에요."

주적자가 물었다.

"흡혈야황이 무엇이오?"

"만들어진 흡혈귀가 아니라 처음부터 존재했던 흡혈귀를 말해요. 흡혈야황은 또 다른 흡혈귀를 만들 수 있는 능력이 있지만 흡혈귀는 그런 능력은 없죠. 그냥 피만 빨 뿐."

"그럼 흡혈야황이란 녀석은 어떻게 생겨났단 말이오?"

그녀는 고개를 저었다.

"아무도 자세한 것은 몰라요. 원한 맺힌 악령이 몸속에 들어갔다는 설도 있고 죽은 자가 다시 살아나서 그렇게 됐다는 설도 있지만 정확한 것은 아무도 모르죠. 한 가지 확실한 것은 흡혈야황도 원래는 사람이었다는 거예요."

"원래는 사람이었는데 흡혈야황인가 뭔가로 변했다 그 말이군요. 좋아요. 그건 그렇다 치고, 대체 당신들은 어떻게 흡혈귀의 존재를 안 겁니까? 육백 년이나 기다렸다는 것이 무슨 뜻이냐 하는 것이오."

소소자의 물음에 미령은 가는 한숨을 쉬었다.

"흡혈야황이란 존재가 생겨 난 건 육백여 년 전이에요. 당시 저희 조상들이 섬기던 어른의 조카가 바로 흡혈야황으로 변한 거죠. 당시 그 어른은 어렵게 흡혈야황을 잡았지만 죽일 수가 없었어요."

"그놈이 불사지체(不死之體)라도 된단 말이오?"

"그건 아니에요. 흡혈야황의 몸속에 금물을 넣어 혼을 가둔 뒤 햇빛에 놓아두면 껍질은 부서져 재가 되죠. 그럼 남은 금을 녹여 땅속에 묻으면 돼요."

"방법을 알고 있으면서 죽이지 않았단 말이오?"

"그래요. 왜냐하면 흡혈야황이 죽으면 그 어른의 하나밖에 없는 아들까지 죽기 때문이에요."

소소자는 어리둥절한 표정을 지었다.

"대체 무슨 뜻인지 이해할 수가 없군요. 아들이 흡혈야황을 너무 사모한 나머지 따라 죽기라도 한다는 말이오?"

사도철광이 핀잔을 줬다.

"쯧쯧, 생각하는 것하고는……."

"내가 뭘?"

미령이 다시 입을 열었다.

"그것도 흡혈야황의 능력 중 하난데, 원하는 한 사람의 생명과 자신의 생명을 연결시킬 수 있어요."

"그럼 흡혈야황이 죽으면 그 사람도 죽는다는 말이오?"

"네."

"만약 그 사람이 죽으면?"

미령은 어깨를 으쓱했다.

"그냥 죽는 거죠."

"자기가 뒈지면 그 사람도 죽고, 그 사람이 죽으면 넌 죽어라 난 살 테니까 그거 아니야. 이거 완전히 도둑놈 심보구만."

주적자가 물었다.

"그래서 그 어른은 흡혈야황을 어떻게 했습니까?"

"깊은 바다에 수장시키기 위해 금관에 넣어 옮기던 도중 실종되셨 어요."

"그럼 흡혈야황을 어떻게 했는지도 모르겠군요."

"그런 셈이죠. 하지만 현재에는 분명 흡혈야황이 살아 있어요."

그녀는 보이지 않음에도 흡혈귀를 정확히 가리켰다.

"저것이 그 증거죠."

주적자는 잠시 생각을 하다가 다시 물었다.

"흡혈야황의 능력은 어느 정도요? 정확히 무력(武力)이 어느 정도 냐 하는 것이오?"

"글쎄요. 그건 알 수가 없군요. 흡혈귀보다 무섭다는 것밖에 는……."

"그럼 당시 그 어른은 어떻게 흡혈야황을 잡은 겁니까?"

"저도 잘 모르겠어요. 혹시 그 어른의 후손이 있다면 알고 있을지 도……."

소소자가 투덜거렸다.

"제길! 결국 확실한 것은 아무것도 없구만."

"그런 것들은 나중에 생각하기로 하고 일단 저 녀석을 먼저 처리하 자구."

"저 흡혈귀는 햇빛 아래에만 내놔도 재가 돼서 사라질 거예요."

소소자는 녀석의 곁에 서며 말했다.

"그럼 이대로 밖으로 옮기면 되겠군."

여기까지 말한 소소자가 갑자기 미령을 향해 획 돌아섰다.

"그런데 말이오. 대체 당신들은 육백 년 동안 준비했다면서 대체 뭘 준비한 거요? 이곳에 있는 괴상한 것들하고 달랑 몽중몽 하나 마련하는 데 육백 년이나 걸렸단 말이오?"

미령이 쓴웃음을 지었다.

"원래 우리의 터전은 사천(四川)이었어요. 당시만 해도 흡혈야황의 출현에 대비해 무공이나 진법(陣法)을 연구하는 사람들이 많았지만 세월이 지남에 따라 차츰 흡혈야황은 잊혀져 갔죠. 그러면서 무공이나 진법을 익힌 사람들은 자신의 영화를 위해 세상으로 나가고 결국 힘없는 사람들만 남게 된 거죠. 그리고 육십 년 전 남은 사람들만 이곳으로 오게 된 거예요."

그녀의 서글픈 음성은 잠깐의 침묵을 만들어냈다.

"자! 빨리 흡혈귀를 밖으로 옮기자구!"

사도철광이 주위를 환기시키듯 큰 소리로 말했다.

"사람들을 불러올까요?"

미령의 물음에 주적자가 대답했다.

"됐습니다. 저와 사도 선배만으로 충분합니다."

주적자와 사도철광은 형틀을 통째로 들고 지하실을 나왔다. 지하실 위쪽의 허름한 헛간에는 짚 더미며 농기구들이 잔뜩 쌓여 있었다. 그들이 지하실에서 나오는 내내 녀석은 두려운 음성으로 애원했다.

"제발 날 햇빛 아래 내놓지 마! 부탁이야! 아니, 제발 부탁합니다! 당신들은 그 고통을 몰라요!"

그러나 누구도 녀석의 울먹임에 귀 기울이지 않았다. 헛간 문을 열자 차가운 공기가 그들을 맞았다. 아직은 어둠이 세상을 지배하고 있지만, 달이 많이 기운 것으로 보아 한 시진 안에 날이 밝을 것이다. 헛간 바로 바깥은 마을의 중앙이었다. 그들이 형틀을 짊어지고 나오자 마을 사람들이 하나둘 모여들었다. 도망친 복면인들이 이미 얘기를 했는지 주적자 일행을 흡혈귀로 생각하는 사람은 아무도 없었다.

몇몇 사람들이 오열을 하며 녀석을 향해 욕을 퍼부었다. 녀석의 손에 죽은 마을 사람들의 가족이었다. 한두 명이 녀석에게 침을 뱉기는 했지만, 대부분 먼발치서 소리만 칠 뿐 감히 가까이 오지는 못했다. 주적자와 사도철광은 원형의 공터에 형틀을 내려놓았다. 이제 기다리는 일만 남았다.

"날 이대로 내버려 둘 생각인가요? 난 죽기 싫어요! 다시는 사람을 해치지 않을 테니 제발 풀어주세요!"

녀석의 목소리에는 울음이 묻어나왔지만 눈물은 보이지 않았다. 울고 싶어도 그렇게 할 수 없는 녀석이 불쌍하게까지 보였다. 소소자도 주적자와 같은 기분을 느꼈는지 모여 있는 사람들에게 소리쳤다.

"제길! 구경났어요! 빨리 들어가서 잠이나 자요! 어서!"

사람들은 저마다 눈치를 보면서 하나둘 집으로 들어갔다. 이윽고 공터에는 주적자 일행과 미령, 그리고 사내 둘만이 남았다. 어디선가 날아온 낙엽이 녀석의 얼굴 위로 떨어졌다. 주적자는 낙엽을 치워주며 물었다.

"널 흡혈귀로 만든 그놈은 어디 있지?"

"그걸 말해 주면 살려줄 텐가?"

주적자는 망설임없이 대답했다.

"아니."

"그러면서 나한테 뭘 기대하는 거야!"

버럭 소리를 지른 녀석의 얼굴이 금세 비굴하게 변했다.

"내가 알고 있는 것을 다 말해 줄 테니 제발 살려줘. 내가 말해 주지 않으면 흡혈야황을 영원히 찾을 수 없을 거야."

녀석의 말을 소소자가 받았다.

"네가 북쪽으로 줄기차게 움직인 건 아마 그 흡혈야황 때문이겠지? 그 잡것의 우두머리를 만나려고 말이야."

"……."

"너 말고 흡혈귀가 또 있나?"

"또 한 녀석이 있기는 하지만 나처럼 됐는지는 확실히 몰라. 그리고 흡혈야황은……."

거기까지 말한 녀석은 다시 애원을 했다.

"내가 흡혈야황 있는 곳에 데려다 줄게. 어쩌면 너희들도 나 같은 힘을 얻을 수 있을지도 몰라. 그러니 제발 날 햇빛에 내놓지 마! 제발!"

"흡혈야황이 있는 곳을 말해."

녀석은 무슨 말인가를 하려는 듯 입술을 몇 번 움찔거리더니 이내 눈을 감아버렸다. 주적자 일행의 단호한 표정에 체념한 것 같기도 했다. 고개를 절레절레 흔든 소소자는 하늘로 시선을 돌렸다.

"별도 달도 우라지게 밝군. 날씨도 화창할 거야. 햇빛도 여름철보다 더 뜨거울지 모르겠는걸."

힐끔 본 녀석은 여전히 묵묵부답이었다. 소소자는 결국 대답 듣는 것을 포기하고 주적자에게로 왔다.

"어떻게 흡혈야황을 찾지? 좋은 생각 있어?"

주적자는 야공(夜空)을 응시하며 대답했다.

"그건 네가 생각할 일이지."

"무슨 소리야?"

"녀석을 잡았으니 의뢰는 끝났잖아. 이제 우린 갈 길이 달라진 거지."

"정말 이 사건에서 손을 떼겠다는 거야?"

주적자는 소소자를 보았다.

"여기까지가 우리의 계약 조건 아니었나? 내게 그 이상을 바라지 마."

"이런, 제길! 흡혈야황이란 존재를 몰랐다면 모를까 알면서 어떻게 나 몰라라 할 수가 있는 거야? 그러고도 네가……."

"난 보표지 협객이 아니야. 의뢰인을 보호하는 것이 첫째고 날 보호하는 것이 두 번째, 의뢰비를 많이 받는 것이 세 번째, 협은 그 후로 한참을 가도 찾을 수 없을 거다."

소소자는 한참 동안 주적자를 보다가 체념한 듯 두 손을 머리 위로 번쩍 들어 올렸다.

"그래, 넌 보표지. 보표지존, 호인불사라는 별호가 붙은 중원 최고의 보표."

소소자는 표정을 굳히고 주적자를 향해 손가락질을 했다.

"하지만 이것 한 가지만은 알아둬. 무릇 무공을 익힌 자라면 그에 따른 의무가 있는 법이야. 힘없는 사람을 보호하고 악을 척결하는, 즉 협을 행해야 할 의무! 그렇지 못한 자들에게 흑도인이니 사파인(邪派人)이니 하는 이름이 붙는 것이야. 남에게 해를 끼치지 않는다고 해서 깨끗한 무림인이라고 생각한다면 그건 오산이야. 남보다 강한 무공을 가졌다는 것 자체가 곧 세상에 대한 책임을 져야 한다는 것이니까. 그런 의미에서 넌 사파인과 하등 다를 바가 없어!"

주적자의 입가에 자조가 그려졌다.

"날 어떻게 부르든 상관없어. 난 나일 뿐이니까."

"그래, 너 잘났다! 천하에 쓸모없는 독불장군 같으니라구! 혼자 잘 먹고 잘 살아라! 이… 이… 너한테는 욕도 아깝다!"

소소자는 소리친 후 주적자에게서 멀어져 벽에 등을 기댔다. 일부러 시선을 외면하는 소소자의 얼굴은 벌겋게 상기되어 있었다. 남들이 자신을 어떻게 생각하든 상관하지 않는 주적자였지만 소소자의 저런 얼굴을 보고 있자니 마음이 편치 않았다.

"정말 여기서 헤어질 생각인가?"

사도철광이 조심스럽게 말을 꺼냈다.

"사도 선배께서도 말씀하지 않으셨습니까, 사람에게는 누구에게나 가장 중요한 것이 있다고."

사도철광은 가는 한숨을 내쉬었다.

"그래. 하지만 한 번쯤 자네가 느끼는 가장 중요한 것에 대한 의문을 가져 보는 것도 좋을 것 같군."

주적자는 그저 작은 웃음을 지을 뿐이었다. 탈명침에 대한 의문을 가지기에는 너무 멀리 와버렸다. 이제 와서 돌이킨다면 지난 삼 년이 송두리째 무너져 버리는 것이다. 인생에 그런 경험을 두 번이나 하고 싶지는 않았다.

"후—!"

길게 내뱉는 한숨에 하얀 김이 묻어 나왔다. 어느새 가을의 끝 자락에 닿아 있었다. 다가오는 겨울. 전 중원을 헤매야 하는 그에게는 시련의 계절이었다. 주적자는 쓴웃음을 지었다. 어차피 그의 인생 자체가 그런데 새삼스러울 것도 없었다.

그는 여명을 준비하고 있는 하늘을 보았다. 이제 반 시진 후면 흡혈귀가 죽고 개봉행에 나설 것이다. 소소자와 함께했던 지난 칠 일 남짓한 시간이 무척이나 길게 느껴졌다. 주적자는 그 끝에 느껴지는 아쉬움에 새삼스럽게 소소자를 보았다. 작달막한 키에 어찌 보면 우스워 보이는 얼굴. 빼어난 의술을 빼면 약점밖에 남지 않는 사내였지만 헤어지기가 섭섭했다.

"정(情)이라… 오랜만이군."

그의 중얼거림이 끝난 바로 그때였다.

"아아아악!"

내장을 송두리째 토해내는 듯한 비명이 마을 입구 쪽에서 울렸다. 사람들의 몸이 긴장으로 굳어지며 비명 소리가 들린 쪽으로 돌아섰다.

"흡혈귀다!"

이어서 들린 외침의 여운이 사라지기도 전에 주적자가 땅을 박찼다. 이어서 사도철광이 따랐고 소소자가 '같이 가!' 하며 허겁지겁 달렸다. 미령도 소소자의 뒤를 쫓아 어두운 길을 더듬었다.

주적자는 이십 장 남짓한 거리를 단숨에 달려 비명이 들린 곳에 도착했다. 집의 뒤켠, 산과 집의 경계에 사십 대 중반의 사내가 가슴이 뚫린 채 죽어 있었다.

주적자는 흡혈귀라고 외친 사람을 찾기 위해 주위를 둘러보았다. 비명이 먼저 들렸으니 죽은 사람이 소리친 것은 분명 아니었다. 사도철광과 소소자가 도착하고 비명 소리에 놀란 마을 사람 다섯 명이 장내에 나타났다.

“누가 소리를 질렀소?”

주적자의 물음에 모두 고개를 저었다. 그는 땅바닥에 한쪽 무릎을 대고 시체를 살폈다. 가슴이 뚫린 시체. 흡혈귀가 죽인 사람들의 모습과는 사뭇 달랐다. 거기에 시체의 사인은 분명 자상(刺傷)이었다. 흡혈귀가 검이나 도를 써서 사람을 죽인다? 앞뒤가 맞지 않았다. 주적자의 뇌리에 퍼뜩 무엇인가가 떠올랐다.

“빌어먹을!”

그는 재빨리 왔던 길을 되돌아 달렸다.

“이봐! 왜 그래?”

소소자의 물음이 들렸지만 대답해 줄 시간이 없었다. 그를 따라 또다시 사도철광과 소소자가 영문도 모르고 달렸다. 주적자가 십여 장을 달렸을 때 허겁지겁 오고 있는 미령이 보였다. 그는 걸음을 멈추고 그녀를 잡았다.

“녀석은, 흡혈귀는 거기 있소?”

“모르겠어요. 저도 당신들을 따라왔으니까요.”

주적자는 미령의 대답이 끝나기도 전에 다시 몸을 날렸다. 불안한 마음으로 마을 중앙에 도착한 주적자는 욕설을 내뱉었다.

“제기랄!”

짐작했던 대로 흡혈귀를 묶고 있던 형틀이 통째로 사라지고 없었다. 녀석을 지키고 있던 두 명의 사내는 죽은 채 바닥에 쓰러져 있었다. 그들에게서는 어떤 대답도 들을 수 없다는 것을 깨달은 주적자는 바닥을 살폈다. 시간이 얼마 지나지 않았으니 충분히 쫓아갈 수 있었다. 거기다 무거운 형틀까지 멘 상대라면 그리 어렵지 않을 것이다.

그의 예상대로 발자국이 깊게 나 있었다. 주적자는 발자국을 쫓아 달렸다. 흡혈귀를 탈취한 자들의 자취는 마을 끝을 벗어나 산 위로 나 있었다. 새벽의 푸른 밝음 덕에 흔적을 찾는 데 별 어려움은 없었다. 탈취자들 또한 흔적을 숨기기 위한 노력은 전혀 하지 않았다. 부러진 나뭇가지와 밟혀 부서진 연석(軟石)들이 곧장 일직선으로 뻗어 있었다.

작은 고개를 넘자 아래쪽으로 사십여 장 앞쪽에 형틀을 메고 가는 네 명의 복면인이 보였다. 무거운 형틀을 짊어지고 나무 사이를 헤쳐 가는 속도가 상당히 빨랐다. 주적자는 망설이지 않고 언덕을 달려 내려갔다. 바위가 덮인 곳을 지나 아름드리 나무 사이를 통과할 때 갑자기 예기가 덮쳐 왔다. 나무 뒤에 숨어 있던 복면인 둘이 목과 허리를 향해 검을 휘둘렀다. 주적자는 황급히 바닥과 수평이 되게 몸을 띄웠다.

쐐애액—!

두 개의 검이 얼굴과 등을 스치고 지나갔다. 그는 다리로 아래쪽 복면인의 가슴을 치고 수도로 위쪽 복면인의 목젖을 가격했다. 묵직한 느낌이 전해지며 두 개의 짧은 비명이 울렸다. 주적자는 넘어지는 위쪽 복면인의 팔을 비틀어 검을 빼앗은 후 그대로 내리꽂았다. 죽음은 확인할 필요도 없었다. 몸을 튕겨 일어서는 그의 허리로 검이 쇄도했다. 주적자는 빙글 돌며 한 발을 내디뎌 복면인의 팔을 잡은 후 검을 횡으로 짧게 휘둘렀다. 복면인의 목젖이 갈라지며 피를 뿜어냈다.

바로 쫓아가려는 그의 시선에 시체의 뒷목이 보였다. 그곳에는 검은색 나비 문신이 선명하게 새겨져 있었다.

"야접문?"

그도 익히 알고 있는 곳이었다. 야접문이 이 일에 개입했다는 것은 누군가의 청부를 받았다는 뜻이었다. '누가'라는 의문은 잠시 접어두기로 했다. 흡혈귀를 다시 손에 넣는 것이 급선무였다.

탈취자들을 쫓는 그의 걸음은 조심스러워질 수밖에 없었다. 비탈길을 다 내려갈 동안 습격은 이어지지 않았다. 숲을 지나 자갈이 덮인 시내를 건너뛰자 다시 나무가 덮인 오르막이 나왔다. 탈취자들의 모습은 숲에 가려 보이지 않았다. 유엽비수(柳葉匕首)는 그가 오르막 숲을 두 번 도약할 때 날아왔다. 비탈진 곳을 오르기 위해 몸에 힘이 들어간 상태를 노린 것이라면 적절한 암습이었다. 바닥을 굴러 유엽비수를 위로 흘린 주적자는 땅을 향해 검을 꽂았다. 살을 뚫는 익숙한 느낌과 함께 피가 뭉클뭉클 솟아 나왔다. 이 정도의 암습에 당할 그가 아니었다. 위치가 발각된 것을 안 세 명의 복면 암습자가 땅을 뚫고 치솟았다. 하지만 그중 두 명은 땅에 채 발을 딛지도 못하고 주적자의 검에 목이 떨어졌다.

다시 여섯 개의 유엽비도와 함께 복면인이 검을 찔러왔다. 수백 번을 연습한 듯 좌우와 목을 향해 들어온 공격은 절묘하게 어우러졌다. 주적자는 오히려 앞으로 나가 검을 목 옆으로 흘리고 복면인의 멱살을 잡아틀어 좌측 비도를 막은 후 검으로 우측 세 개의 비도를 쳐냈다.

세 개의 비도가 복면인의 가슴에 꽂힌 것을 확인한 주적자는 위로 몸을 솟구쳤다. 이미 유엽비도를 던진 암습자의 위치는 확인이 된 상태였다. 그가 쇄도해 오자 나무 위의 암습자는 당황한 몸짓을 보이며 비도를 빼 들었지만 주적자의 검이 빨랐다.

"큭!"

주적자는 암습자의 비명이 채 가시기도 전에 나무를 차고 우측으로 방향을 잡았다. 네 개의 비도는 공중제비를 도는 그의 곁을 허무하게 스쳐 갔다. 검이 푸른빛을 뿌리며 허공을 가르자 다시 한 명의 목이 땅으로 떨어졌다.

더 이상의 암습자가 없는 것을 확인한 주적자는 다시 추격을 시작했다. 시간이 많이 지체된 탓에 탈취자들과의 거리는 더욱 벌어졌을 것이다. 산등성이에 거의 다다랐을 때쯤 두 명이 더 암습을 했지만 그의 추격을 막지는 못했다.

주적자는 눈에 보이는 가장 높은 나무 위로 뛰어올랐다. 흔적이 이어진 방향으로 시선을 모으자 나무 사이로 언뜻언뜻 비치는 탈취자들의 모습이 보였다. 그의 생각보다 멀리 가지는 못해 대략 팔구십 장 거리에 있었다.

주적자는 나무에서 내려와 뛰는 속도에 박차를 가했다. 아무리 경공에 뛰어난 자들이라고 해도 무거운 형틀을 메고 그의 추격을 따돌릴 수는 없었다. 만약 암습자들을 믿었던 것이라면 반드시 후회하게 될 것이다. 주적자는 나무에서 내려온 지 반 각 만에 탈취자들을 시야에 둘 수 있었다. 불과 십 장의 거리는 순식간에 좁혀졌다. 그런데…….

검은 소리도 없이 뺨을 파고들었다. 이전에 있었던 암습과는 달리 기척조차 느낄 수 없었다. 주적자가 그 한 수를 피할 수 있었던 것은 본능과 몸이 습득한 경험 탓이었다. 몸을 한껏 젖혀 땅에 눕다시피 검을 피한 주적자는 빙글 돌아 일어섰다. 한 번의 암습에 실패한 복면인은 더 이상 공격하지 않고 그의 앞을 가로막았다. 추격을 늦춰보자는 의도가 분명했다.

시간을 낭비할 수 없는 주적자가 먼저 공격을 들어갔다. 분광뇌풍검법 중 운룡구절(雲龍九折)이면 충분히 쓰러뜨릴 수 있다고 자신했는데 아니었다. 복면인은 너무도 쉽게 그의 검로(劍路)를 끊고 검을 찔러왔다. 뜻밖의 반격에 뒤로 물러선 주적자는 연속적으로 분광뇌풍검법을 시전했다. 검과 검이 부딪치며 날리는 파란 불꽃이 마치 어지럽게 날아다니는 개똥벌레를 보는 듯했다.

끊임없이 몰아치는 분광뇌풍검법의 초식이 모두 끝날 때까지 주적자는 복면인을 쓰러뜨리지 못했다. 주적자는 싸움을 하며 경악에 가까운 놀라움을 느꼈다. 그의 분광뇌풍검법을 모두 받아냈기 때문이 아니었다. 바로 복면인이 펼치는 무공의 원류 때문이었다. 너무도 익숙한 검법. 그것은 바로 곤륜파의 무공이었다. 한차례 숨을 고른 주적자가 물었다.

"곤륜파 사람인가?"

복면인의 대답은 들을 수 없었지만 그것만으로 확실했다. 주적자는 현재 곤륜파에서 자신의 분광뇌풍검법을 모두 받아낼 수 있는 사람이 누구일까 생각해 보았다. 아무리 많아도 열 명은 넘지 않을 것이다. 하지만 그 사람들을 일일이 생각해 낼 필요는 없었다. 이미 한 사람의 얼굴이 그려졌기 때문이다.

"천하의 여신우 대협께서 새벽에 복면을 쓰고 본인의 앞길을 가로막은 것은 무엇 때문이오?"

복면인의 어깨가 움찔 떨렸다. 그러나 복면인은 긍정도 부정도 하지 않고 물끄러미 주적자를 보다가 이내 왼쪽으로 몸을 날렸다. 그것이 자리를 피하기 위함임을 모르지 않았지만 주적자는 쫓지 않았다. 그보다 급한 건 흡혈귀를 다시 잡는 일이었다. 나무 사이로 복면인의 모습이 사라지자 주적자는 다시 추격을 시작했다.

해는 붉은 기운을 비치며 서서히 모습을 드러내고 있었다. 애써 잡지 않아도 조금 후면 흡혈귀는 재로 변할 테지만 눈으로 확인해야 했다. 주적자는 채 일 각이 되지 않아 탈취자들을 눈 안에 두었다. 그의 생각보다 훨씬 빨리 따라잡을 수 있었다. 탈취자들은 많이 지친 듯 보통 사람의 달리는 속도보다 느리게 움직이고 있었다.

그들과의 간격을 오 장 이내로 좁힌 주적자는 그때서야 형틀을 자세히 볼 수 있었다. 그리고 형틀 위에 아무것도 없다는 것을 확인했다. 흡혈귀는 이미 사라진 후였다.

"이런……!"

그는 또 한 번 뒤통수를 맞은 것이다. 허탈한 심정이 되었지만 어쨌든 저들을 잡아야 했다. 언제, 어느곳에서 흡혈귀가 사라졌는지 알아야 했다. 열 번의 도약 끝에 비로소 주적자는 탈취자들의 앞에 설 수 있었다. 복면을 쓴 탈취자들은 이미 예상한 듯 즉각적으로 형틀을 내려놓고 싸울 준비를 했다.

마음 급한 주적자는 그들에게 많은 시간을 할애할 수 없었다. 검이 다섯 번 허공을 가르자 세 명의 복면인이 땅에 몸을 뉘었다. 그는 마지막 복면인의 팔을 꺾어 단단히 옭아맸다.

"위에 묶여 있던 녀석은 어디로 갔지?"

주적자는 복면인의 신음 외에는 한마디도 들을 수 없었다. 독단을 깨물었는지 검붉은 핏물이 복면을 타고 배어 나왔다. 그는 어이없는 얼굴로 땅에 쓰러진 복면인을 내려다보았다. 하찮다면 하찮은 야접문에 충성하기 위해 자결을 하는 복면인을 이해할 수 없었다. 싸우다 죽는 것은 어쩔 수 없다고 하지만 스스로 목숨을 끊다니…….

복면인을 놓고 돌아서는 그의 앞으로 사도철광이 헐레벌떡 뛰어왔다.

"중간에 흔적을 놓쳐 늦었네. 그래, 흡혈귀는 찾았나?"

주적자는 고개를 저으며 텅 빈 형틀을 가리켰다.

"또 속았습니다. 녀석은 이미 다른 곳으로 빼돌려졌습니다."

"대체 누가?"

"얘기할 시간이 없습니다. 일단 흔적을 쫓아보기로 하죠."

주적자는 온 길을 다시 더듬었다. 여신우가 복면을 쓰고 한사코 그를 막은 것으로 보아 그 후에 흡혈귀가 사라진 것이 틀림없었다. 주적자가 흔적을 발견한 곳은 여신우와 싸웠던 곳에서 삼십여 장 떨어진 지점이었다. 십 자 형태를 띤 형틀의 모양이 낙엽 위에 찍혀 있었다. 이곳에 형틀을 내려놓고 흡혈귀를 풀어 도망친 것이다. 주적자는 세세하게 주위를 살폈다.

흔적은 동쪽과 서쪽 두 방향으로 나 있었다. 그가 두 군데를 모두 쫓을 수는 없는 노릇이었다. 결국 주적자는 동쪽을, 사도철광은 서쪽을 맡기로 했다.

그리고 한 시진 후 추격은 실패로 돌아갔다. 주적자는 흔적을 남긴 복면인을 찾을 수 있었지만, 그자는 빈 몸이었고 그에게 잡히자마자 역시 자결을 했다. 서쪽으로 갔던 사도철광은 빈 몸으로 투덜거리며 돌아왔다. 흔적을 따라 누군가를 쫓는다는 것은, 그 방면에 대해 훈련하지 않은 사람에게는 무리였다.

결국 그들은 아무 소득 없이 마을로 돌아왔다. 가장 먼저 주적자와 사도철광은 맞은 사람은 미령이었다.

"어떻게 됐어요? 잡았나요?"

주적자는 고개를 젓다가 미령이 장님이라는 사실을 깨닫고 말했다.

"놓쳤습니다."

그녀는 땅이 꺼져라 긴 한숨을 쉬었다.

"대체 누가 흡혈귀를 탈취해 갔을까요?"

주적자는 대답하지 않았다. 그녀가 알아봤자 아무 소용이 없기 때문이다.

"근데 소 의원은 어디 갔지?"

사도철광이 주위를 두리번거리며 말했다. 가장 먼저 그들을 맞으며 그것도 못 잡았냐며 핀잔을 늘어놓을 줄 알았던 소소자가 보이지 않았다.

"두 분이 흡혈귀를 탈취한 자들을 쫓아갈 때 같이 가신 것 같던데요?"

"하여간 분수를 모른다니까. 무공의 무 자도 모르면서 쫓아가면 어쩌겠다는 거야?"

사도철광의 말이 떨어지기가 무섭게 소소자가 나타났다.

"사도 영감, 또 내 욕을 하고 있소?"

소소자의 꼴은 말이 아니었다. 옷 여기저기가 찢어지고 온몸에 흙이 잔뜩 묻어 작은 거지를 보는 듯했다.

"자넨 어디를 갔다 오는 건가?"

"흡혈귀를 탈취한 그놈들을 쫓아갔지 어딜 갔겠소?"

"그래서?"

사도철광이 장난스럽게 물었다.

"내 꼴을 보면 몰라요! 뭔 놈의 산이 이따위로 생겨 먹었는지 앞뒤 분간도 안 되고 하마터면 호랑이 밥만 될 뻔했잖아. 먼저 죽었던 놈들이 있었기에 망정이지⋯⋯."

소소자는 생각하기도 싫다는 듯 몸을 부르르 떨고 주적자에게 물었
다.

"그런데 그놈들 뒷목에 흑접 문신이 있는 것으로 보아 야접문인 것
같던데?"

"맞아."

"그럼 그 벌레 새끼들이 스스로 일을 꾸밀 리는 없고 결국 누군가
의 사주를 받았다는 얘기잖아?"

"그래."

주적자의 눈치를 살피던 소소자가 슬그머니 물었다.

"네 표정을 보니 사주한 자를 알고 있는 것 같은데. 그렇지?"

사도철광이 소소자의 말에 반박했다.

"아니, 사건이 일어난 지 얼마나 됐다고 벌써 배후를 알아냈단 말
인가?"

소소자는 한심하다는 듯 사도철광을 보았다.

"사람이 늙으면 기억력은 떨어져도 현명해진다는데 사도 영감은
기억력과 현명이 같이 떨어지니, 쯧쯧⋯ 노년이 행복하기는 애시당초
그른 것 같소이다."

"내 노년이야 자네가 걱정할 일이 아니고, 자네 생각이나 말해 보
게."

소소자는 검지로 머리를 두드리며 말했다.

"부족한 돌이라도 좀 굴려보시오. 야접문의 쓰레기들이 어떻게 주
적자의 추격을 따돌릴 수 있었겠소? 밤벌레들 우두머리가 직접 나서
도 어림없지. 결국 누군가 그들을 도와줬다는 얘긴데 그럼 누가 도와

줬겠소? 그들을 사주한 자가 아니겠소?"

"아하! 그러니까 주 아우가 그자의 얼굴을 봤다는 말이군."

소소자는 주적자를 힐끔 보고 그게 아니라고 판단했는지 사도철광에게 또 면박을 줬다.

"그런 놈들이 얼굴을 내놓고 다니겠소? 하다 못해 탈이라도 썼겠지."

"그럼 어떻게 그 배후자의 정체를 안단 말인가?"

"하여간 똥인지 된장인지 맛을 봐야 아는 인간들이 꼭 있다니까. 생각을 해봐요. 배후자가 야접문을 도와줬으면 어떤 식으로 도와줬겠소?"

"주 아우의 발목이라도 잡아줬겠지."

"바로 그거요. 결국 둘은 싸움을 했고 주적자는 그놈의 무공을 알아본 거요. 거기서 정체를 알아낸 거지."

여기까지 말한 소소자는 슬쩍 주적자를 보았다.

"내 말이 틀렸나?"

소소자의 정확한 추론에 주적자는 그저 웃음을 지을 뿐이었다. 거기에 자신을 얻은 소소자가 큰소리를 쳤다.

"하여간 현명하지 못하면 눈치라도 빠르든지, 팔만 도검불침이면 뭘 해. 그걸로 장작 패서 먹고 살 건가?"

사도철광이 주적자에게 물었다.

"정말 배후자를 알아냈나?"

"여신우였습니다."

정확한 추론을 했던 소소자도 놀랐는지 되물었다.

"정말 여신우, 그 여우꼬랑지 같은 놈이었어?"

"복면을 쓰긴 했지만 무공까지 속일 수는 없지."

"그럼 결국 여신우가 흡혈귀의 존재를 알았다는 애긴데……."

여기까지 말한 소소자는 머리를 벅벅 긁었다.

"여신우는 흡혈귀를 뭐에 쓰려고 가로챈 것일까? 하나 쓸모도 없는 잡것을 말이야."

"왜 쓸모가 없겠나? 하여간 혼자 똑똑한 척은 다 하지만 실제로는 헛똑똑이라니까."

사도철광의 핀잔에 소소자가 도끼눈을 떴다.

"사도 영감은 여신우의 의도를 안단 말이오?"

"흡혈귀의 힘을 얻으려고 하는 거지. 그거야 팔푼이도 생각해 낼 수 있는 일 아닌가?"

"천하제일고수인 양 활개를 치고 다니는 그 여신우가요?"

"그래도 영원히 살 수는 없지."

소소자는 사도철광을 빤히 쳐다보았다.

"마치 여신우의 뱃속에 들어갔다 나온 것 같소이다?"

"늙은이일수록 죽음을 두려워하는 법이야."

소소자는 이해한다는 듯 고개를 끄덕였다.

"홀아비 사정은 과부가 알고 절름발이 신세는 앉은뱅이가 안다더니 결국 그거로군."

소소자는 한쪽에서 우두커니 생각에 잠긴 주적자를 보았다.

"넌 어떻게 할 거야?"

"뭘?"

"뭐긴 뭐야? 이대로 개봉으로 갈 거냐구?"

주적자가 고민에 빠진 것도 그 문제였다. 사실 탈취자들을 쫓으면

서 설사 못 잡는다 해도 끝까지 추적할 생각은 없었다. 소소자와의 계약은 이미 끝났기 때문이다. 하지만 중간에 불거진 여신우라는 변수는 그를 갈등하게 만들었다. 다른 사람이라면 모를까 이 일에 여신우가 관련되어 있다면 쉽게 발을 뺄 수는 없었다. 탈명침이 그의 인생 오 년을 얼룩지게 했다면 여신우는 유년기 모두를 암흑으로 몰아넣은 사람이었다. 그의 아버지의 죽음과 함께 말이다.

짧은 시간 안에 내릴 결론이 아니란 것을 깨달은 주적자는 긴 한숨과 함께 대답했다.

"일단 처음 약속한 대로 개봉 근처까지는 같이 가지. 현재 단서라고는 여신우와 흡혈귀가 북쪽으로 방향을 잡고 있다는 것이 다잖아. 어디 있는지도 모를 여신우를 쫓을 수는 없는 노릇이고 설사 안다고 하더라도 우리로서는 그를 어떻게 할 수 없어."

사도철광이 고개를 끄덕였다.

"그건 주 아우 말이 맞아. 여신우를 상대한다는 것은 곧 곤륜과의 싸움을 뜻하니까."

"녀석이 흡혈귀를 빼앗아갔는데도 곤륜에서 그 여우꼬랑지를 감싼다는 말이오?"

"여신우가 그런 일이 없다고 발뺌하면 사람들이 누구 말을 믿을 것 같은가?"

"그건 그렇지."

소소자는 긍정을 하고 새삼스럽게 분통이 터진다는 듯 가슴을 두드렸다.

"하여간 이래서 앞뒤가 꽉 막힌 인간들하고는 상종을 말아야 한다니까!"

“그렇게 조바심 낼 것 없어. 어차피 여신우도 북쪽으로 향할 테니까.”

주적자의 말에 소소자가 맞장구를 쳤다.

“하긴, 여신우가 바라는 것이 불사의 육체라면 흡혈야황을 만나야 할 테니까. 그런데 여신우는 그걸 알고 흡혈귀를 빼앗은 것일까?”

제6장

여신우의 음모

"흡혈야황?"

여신우는 침대에 누운 강찬충을 향해 물었다. 햇빛을 가리기 위해 두꺼운 휘장을 친 마차의 흔들림에 따라 이리저리 움직이던 강찬충은 몸을 쭉 펴며 대답했다.

"나도 몰랐었는데 주적자 패거리가 말하는 것을 들었소. 어쨌든 지금으로써는 흡혈야황을 만나는 것이 급선무요."

햇빛에 조금 닿은 것만으로 죽을 것처럼 괴로워하던 강찬충은 이제 기력을 회복했는지 몸을 일으켜 침대에 걸터앉았다.

"당신은 정말 흡혈귀의 힘을 얻고 싶소?"

"그게 아니라면 널 구할 이유가 없지."

강찬충은 비릿한 웃음을 지으며 고개를 끄덕였다.

"매력적인 힘이지. 불사의 몸에 강철처럼 단단한 몸, 주체할 수 없이 솟는 근력. 이런 몸을 원하는 것은 당연하지."

여신우에게 다른 것은 필요 없었다. 오직 불사만이 그가 필요한 전부였다.

"그 흡혈야황을 만나면 햇빛에 영향을 받지 않는 몸이 될 수 있나? 그것이 확실해?"

"내가 확실하게 말할 수 있는 것은 그를 만나야만 한다는 것뿐이오."

말끝으로 강찬충의 표정이 점점 일그러졌다.

"제길! 힘을 너무 많이 썼군. 근처에 사람이 있소?"

"글쎄, 큰길이니 지나다니는 사람이 있겠지."

"당신이 죽거나 날 죽이고 싶지 않다면 빨리 한 사람을 잡아오시오."

강찬충은 말을 하면서 허벅지를 벅벅 긁고 있었다. 이어서 배며 가슴, 얼굴 등을 마구 긁어댔다. 보고 있는 여신우도 왠지 몸이 가려워 오는 것 같았다.

"왜 그러나?"

"얘기를 할 만큼 난 한가하지 못하오! 어서 사람을 잡아와요!"

여신우의 얼굴이 딱딱하게 굳었다.

"설마… 흡혈귀의 본성이 나타나는 건가?"

"식욕이 돈다는 표현이 맞겠지. 사람을 구해주지 않겠다면 내겐 선택의 여지가 없소."

여신우는 황급히 검자루로 손을 가져갔다. 강찬충의 붉게 충혈된 눈만으로 녀석이 무슨 생각을 하고 있는지 알 수 있었다.

"이번 한 번… 뿐이오. 다음부터는… 내 스스로 구할 테니까."

강찬충의 음성에는 힘들어하는 기색이 역력했다. 여신우의 갈등은 오래가지 않았다. 정파인으로서 뿐만 아니라 한 인간으로서도 내키지 않는 일이었지만 이미 디딘 걸음이었다.

'대(大)를 위해서 소(小)를 희생하는 것은 당연한 일이지.'

그는 애써 자신을 합리화시키며 마차의 문을 잡았다.

"기다려라."

문을 나서는 그의 등으로 강찬충의 음성이 부딪혔다.

"이왕이면 야들야들한… 어린 계집으로 구해주시오. 큭큭큭……."

*　　　*　　　*

"미안해요. 저 때문에 많이 힘드시죠?"

주적자의 등에 업힌 호미령은 보는 사람이 더 미안해할 정도로 안절부절못하고 있었다. 주적자 대신 뒤에 따라가고 있는 소소자가 말했다.

"괜찮아요. 그 녀석 보기보다 힘이 좋으니까."

호미령의 동행은 흡혈귀의 존재를 알 수 있는 그녀의 능력 때문에 주적자의 반대에도 불구하고 결정되었다. 주적자는 보료를 깐 지게에 올라탄 호미령을 힐끔 보고 말했다.

"당신이 원해서 데리고 오기는 했지만 지금이라도 돌아가겠다면 다시 데려다 주겠소."

"아니에요. 저도 조금이나마 도움이 되고 싶어요. 제가 있으면 흡혈귀가 가까이 있는데 알아채지 못하는 일은 없을 테니까요."

가파른 산등성이를 오르는 소소자가 숨찬 소리로 말했다.

"호 소저의 말이 맞아. 지금은 개새끼… 아니, 강아지의 도움이라도 받아야 할 때라구."

"하지만 호 소저의 안전을 보장할 수 없어."

"제 걱정은 마세요. 물론 제가 스스로 몸을 지킬 수는 없지만, 이 정도 위험은 감수해야 한다는 것쯤은 알아요."

맨 앞에서 나뭇가지를 치우며 길을 트던 사도철광이 끼어들었다.

"나와 자네가 있으니 그리 큰 위험을 없을 것이네."

주적자는 고개를 저었다.

"적이 흡혈귀일 때 얘기지요."

소소자가 물었다.

"네가 걱정하는 건 여신우냐?"

"열 명의 흡혈귀보다 위험한 사람이야."

소소자도 동의한다는 듯 고개를 끄덕였다.

"물론 간악한 인간이 흡혈귀보다야 훨씬 위험하지. 하지만 그 여우 꼬랑지 같은 놈도 지금은 혼자야. 설마 이번 일에 곤륜파의 도움을 받을 수는 없을 테니까."

"넌 벌써 야접문의 일은 잊었냐? 녀석에게는 재산이 많아."

사도철광이 주적자의 말을 받았다.

"그렇지. 여신우가 곤륜파 내에서 그처럼 빠른 출세를 한 것은 녀석의 능력도 뛰어났지만, 거상(巨商)이었던 아버지의 재산을 고스란히 물려받아 그것을 활용했기 때문에 가능했던 것이지."

"제길! 그래 봤자 자객 나부랭이나 고용할 텐데 뭘 그렇게 호들갑이야? 설마 그 따위 녀석들한테 죽을까 봐 걱정이야?"

"죽지는 않아도 흡혈귀를 쫓는 길이 어려워질 것은 분명해. 그리고……."

주적자는 낮은 목소리로 말을 이었다.

"어쩌면 죽을 수도 있지, 탈명침에게 청부를 한다면."

소소자의 입에서 강한 부정만큼이나 큰 소리가 터져 나왔다.

"네가 탈명침을 몰라서 하는 소리냐? 탈명침은 악인(惡人) 외에는 절대 죽이지 않아! 천만금을 준다고 해도 악인이 아니면 절대 청부를 받지 않는다구!"

"그건 소 의원 말이 맞네. 설사 청부를 받지 않더라도 용서할 수 없는 악인이라고 생각되면 스스로 찾아가는 자객이 탈명침이지. 자네에게는 기분 나쁘게 들릴지 모르겠지만 난 탈명침이 한 번도 악한이라고 생각해 본 적이 없네."

"기분 나쁠 것은 없습니다. 저도 탈명침이 악인이라 쫓고 있는 것은 아니니까요. 다만 그가 탈명침이라 쫓고 있을 뿐!"

이 사이로 뱉는 듯 말을 한 주적자의 얼굴 흉터가 붉게 물들었다. 가라앉는 분위기를 바꾸려는 듯 소소자가 활기 차게 말했다.

"지금 중요한 건 탈명침이 아니잖아! 어떻게 하면 흡혈야황을 찾을 수 있을까를 생각해야지!"

사도철광이 뒤를 힐끔 돌아보며 한심하다는 듯 말했다.

"흡혈야황을 어떻게 찾을 것인가는 이미 말을 끝냈잖나. 흡혈귀가 또 하나 있다는 것은 이미 녀석의 입을 통해 확인한 사실이니 또 하나의 흡혈귀를 잡자고 말이야. 그리고 그 흡혈귀는 예상하건대 짐승들의 피가 모두 없어진 사건과 관련이 있을 거라고. 그래서 우린 지금 그 흡혈귀를 잡기 위해 가는 것 아닌가. 이렇게 이미 얘기가 끝난 상태인데 자넨 뭘 생각한다는 건가? 혹시 심한 건망증 내지는 조발성 치

매가 아닌지 모르겠군. 천하제일명의 어쩌고저쩌고 말만 하지 말고 자네 그 증상부터 고치는 게 좋겠군.”

안 그래도 힘들어서 붉어진 소소자의 얼굴이 더욱 빨갛게 달아올랐다.

“저 영감탱이는 내가 말만 하면 사사건건 딴죽을 걸고 난리야! 나하고 무슨 원수졌소?”

“난 그저 사실을 말했을 뿐이네.”

“아이구! 내가 저 사람 같지도 않은 영감하고 말을 말아야지! 그게 만수무강에 지장없는 길이라니까!”

“그거 며칠 전에도 들었던 말 같은데?”

주적자가 둘 사이에 끼어들었다.

“동물들의 피를 빤 흡혈귀를 잡기 위해서는 북쪽으로 좀 더 치우쳐서 길을 잡아야 하지 않을까요?”

“나도 그 생각을 안 해본 것은 아니지만 아무래도 봉황산(鳳凰山) 정도를 목표로 삼는 것이 좋을 것 같네. 지금까지 그 흡혈귀의 행적을 보면 봉황산 근처를 지날 것이 분명하고, 우리가 앞질러 기다리지 못한다 할지라도 녀석의 흔적 정도는 발견할 수 있을 테니까.”

사도철광의 말이 끝난 한참 뒤에야 주적자의 입이 열렸다.

“다른 흡혈귀의 존재와 가는 길에 대한 우리의 예상이 맞아야 할 텐데요.”

사도철광이 걱정스럽게 다음 말을 이었다.

“그리고 녀석이 우리를 순순히 흡혈야황에게 안내해 주는 것도…….”

소소자가 손바닥을 짝짝 치며 소리쳤다.

"자자! 내일 일은 내일 걱정하고 기운들 냅시다! 빨리 가서 다른 흡혈귀를 잡아야 하잖아!"

소소자의 말이 끝나기가 무섭게 사도철광이 말했다.

"많이들 지쳤을 테니 이쯤에서 쉬었다 가는 게 좋겠어."

사도철광은 나무 사이에 있는 커다란 바위에 털썩 주저앉았다. 주적자마저 호미령을 내려놓고 나무 그루터기에 엉덩이를 걸치자 소소자는 사도철광을 못마땅한 듯 째려보고 풀밭에 벌렁 드러누웠다. 말은 하지 않았어도 소소자의 크게 일렁이는 가슴으로 보아 몹시 힘들었던 모양이다.

누운 채로 풀잎을 간질이던 소소자가 벌떡 일어나 호미령에게 다가갔다. 버려진 무덤 앞에서 합장을 하고 있던 호미령은 다가오는 기척에 고개를 돌렸다. 보이지도 않을 텐데 그녀의 커다란 눈은 용케 소소자의 얼굴에 멎어 있었다.

"호 소저, 나 좀 봅시다."

줄칼로 손톱 손질을 하던 사도철광이 중얼거렸다.

"맹인한테 보자니. 누굴 놀리는 건가?"

"댁은 신경 끊고 손톱이나 갈아요!"

소소자는 다시 호미령에게 말했다.

"몇 가지 물어봐도 되겠소?"

말을 한 소소자가 사도철광을 휙 째려봤다.

"여자한테는 친절하다느니 어쩌니 하는 헛소리할 생각은 하지 마슈."

"의원보다는 점쟁이로 나서면 성공하겠군."

호미령이 물었다.

"제게 궁금한 것이 있으세요?"

"네. 소저 눈은 언제부터 안 보이게 됐소이까?"

그녀의 입가에 쓸쓸함이 걸렸다.

"태어날 때부터요. 그런데 그건 왜요?"

소소자가 호미령의 눈가로 손을 가져가자 그녀는 흠칫 놀라며 몸을 뒤로 뺐다. 마치 눈이 보이는 사람 같았다.

"내가 손대려는 것을 어떻게 알았죠?"

"그냥 느껴져요. 형태까지 어렴풋이 알 수 있어요. 단, 살아 있는 생물에 한해서요."

"육감이 발달했군요."

그녀가 다시 웃었다.

"맹인이니까요."

"좋아요. 내가 알아보려는 것은 혹시 호 소저의 눈을 고칠 수 있는가 하는 것이오."

그녀의 얼굴에 놀람이 떠올랐다.

"눈을 고친다구요? 하지만 어렸을 때 의원에게 몇 차례 갔었지만 모두 포기를 했는데……."

"날 보통 의원과 같이 취급하지 마시오. 난……."

사도철광이 소소자의 다음 말을 받았다.

"천하제일명의지."

"강시꼬랑지 같은 영감이 간만에 옳은 소리를 하는군. 물론 비꼬는 것이겠지만."

"글쎄 점쟁이로 나서라니까."

호미령이 기대 섞인 음성으로 말했다.

"정말 제 눈을 고칠 수 있나요?"

소소자는 어깨를 으쓱했다.

"진단을 해보기 전에는 알 수 없소이다."

사도철광이 또 끼어들었다.

"너무 기대는 하지 마시오. 그저 '밑져야 본전이다' 라고 생각하는 것이 마음 편할 것이오."

"하여간 저놈의 영감탱이는 초치는 데 뭐 있다니까."

"기대가 크면 실망도 큰 법이야. 그러다 못 고치면 호 소저 마음만 더 상하지."

호미령이 특유의 부드러운 미소를 지었다.

"괜찮아요. 이렇게 관심을 가져주신 것만으로도 고마운걸요. 설사 못 고치신다고 해도 실망하지 않을게요."

소소자는 호미령의 관자놀이와 눈 사이를 누르며 물었다.

"이곳에 느낌이 있소?"

"네."

소소자의 손가락에 힘이 들어갔다.

"지금은 느낌이 다르오?"

"아뇨."

소소자는 손톱이 살갗을 파고들 정도로 세게 눌렀다.

"아프오?"

"전혀요."

고개를 끄덕인 소소자는 등짐에서 침통을 꺼내며 말했다.

"신발을 벗어보시오."

"신발을요?"

“그렇소.”

호미령은 더 묻지 않고 신발을 벗었다. 작고 앙증맞은 발을 내놓은 그녀의 얼굴이 붉게 물들었다. 호미령의 왼쪽 발바닥을 더듬던 소소자는 뒤꿈치와 발바닥의 움푹 들어간 곳 사이에 침을 밀어넣었다. 그 모습을 보고 있던 사도철광이 중얼거렸다.

“시신경과 발바닥이 연관된 것을 아는 걸 보니 전혀 돌팔이는 아니군.”

평소 같으면 발끈했을 소소자인데 이때만큼은 눈길도 돌리지 않았다. 숨 두 번 들이킬 동안 벌써 여섯 개의 침이 발바닥에 꽂혀졌다. 오른쪽에도 같은 위치에 침을 놓은 소소자는 호미령의 눈가를 손톱으로 지그시 눌렀다. 호미령의 이마에 깊은 주름이 생겼다.

“아프오?”

“네.”

소소자는 ‘역시’ 하는 표정을 지으며 발바닥에서 침을 뺐다.

“오늘은 이만 합시다.”

사도철광이 등짐을 지고 일어서는 소소자에게 은근히 물었다.

“고칠 수 있겠나?”

“사도 영감이 초만 안 치면요.”

사도철광이 고개를 끄덕이며 중얼거렸다.

“그러면 그렇지.”

“뭐가 그러면 그렇지라는 거요?”

“만약 못 고치면 나 때문이라는 핑곗거리를 만들려고 하는 것 아닌가?”

“하여간 사도 영감은…….”

“언제나 정곡을 찌르지. 그럼 출발하자구.”

호미령은 피부에 느껴지는 찬 기운으로 밤이 가까워옴을 알 수 있었다.
“슬슬 야영할 준비를 하는 것이 좋겠는데.”
커다란 노송(老松)처럼 넉넉하고 아늑한 느낌을 갖게 만드는 사도철광의 목소리였다.
“어디 마땅한 곳을 찾아보죠.”
주적자의 목소리는 그녀에게 철(鐵)을 느끼게 했다. 강하고 차가우면서 날카로운 느낌. 곁에 있는 것만으로도 안전하다고 생각되는 사람을 만난 것은 주적자가 처음이었다.
“한 반 시진만 더 가면 묵을 곳이 있어.”
언제나 느낌으로 사람을 판단하는 그녀를 가장 곤란하게 만든 장본인이 바로 소소자였다. 그에게서는 딱히 어떤 느낌을 받을 수가 없었다. 어떨 때는 뜨거운 불 같고 또 어떤 때는 햇살을 잔뜩 받은 흙 같은 느낌을 주는 사람. 여러 가지 느낌 중에 그녀는 결국 바람을 선택했다.

봄의 초입에서 부는 따뜻한 바람일 때도 있고 성난 파도를 몰고 오는 폭풍일 수도 있는 그런 느낌을 갖게 만드는 사람이 바로 소소자였다. 왜 그녀가 시끄럽지만 친절한 소소자에게서 폭풍을 연상했는지는 자신도 알 수 없었다. 다만 느낌이 그럴 뿐…….

소소자가 안내한 곳은 일 장 넓이의 계곡이었다. 양쪽이 높다란 절벽으로 이루어진 그곳은 바닥이 부드러운 흙으로 덮여 있어 바람이 불 때마다 먼지가 날려 눈을 따갑게 했다.

"정말 이상한 곳으로 우릴 안내하는군. 정말 이런 곳에 집이 있기나 한 거야?"

옷깃으로 입을 가린 사도철광이 불분명한 발음으로 물었다. 사도철광보다 더 알아듣기 어려운 말로 소소자가 소리쳤다.

"정 의심스러우면 사도 영감은 산속에 가서 자면 되잖아요!"

"이왕 온 길이니 가는 데까지 가봐야 되지 않겠나? 난 쉽게 포기하는 사람이 아니라구."

소소자와 사도철광이 티격태격하며 지나온 계곡의 끝에는 사십여 장 넓이의 분지가 자리해 있었다. 그곳에 도착하자 바람은 거짓말처럼 뚝 끊겨 미풍조차 불지 않았다. 그리고 그곳, 청기와로 만든 작은 장원이 자리해 있었다. 어른 키 높이만한 낮은 담 너머로 보이는 대나무 숲이 파란 지붕과 조화를 이뤄 한 폭의 그림을 보는 듯했다.

그들은 '유금유락(有琴有樂)'이라고 쓰여진 현판이 붙은 대문 앞에 섰다. 소소자가 커다란 문고리를 잡고 두드리자 여러 개의 메아리가 되돌아왔다. 하지만 한참을 기다려도 마중 나오는 인기척은 들리지 않았다.

"혹시 자네가 오는 줄 알고 안에 있는 사람들이 미리 피한 것은 아닐까?"

"사도 영감은 날 어떻게 보고 그런 소릴 하는 거요?"

"나 같으면 그럴 것 같아서."

소소자는 대꾸할 가치도 없다는 듯 입을 다물고 다시 손잡이를 잡았다. 그때 안에서 발걸음 소리가 들렸다. 소소자는 사도철광을 흘겨본 후 옷매무새를 가다듬었다.

"오늘은 오랜만에 귀가 호강을 하겠군."

소소자의 중얼거림 끝으로 문이 열렸다. 문을 연 사람은 십오륙 세 정도의 소녀였는데 표정이 잔뜩 굳어 있었다. 마치 저승사자를 맞는 것 같던 소녀의 얼굴은 소소자를 보자 금세 활짝 피어났다.

"아저씨!"

소소자의 얼굴에도 보기 드문 웃음이 번졌다.

"잘 있었느냐, 관혜진(關惠鎭). 이 년 전에 봤을 때만 해도 꼬맹이였는데 이제는 아리따운 처녀가 됐구나."

아직 아름답다고 말할 수는 없었지만 몇 년만 더 지나면 미모의 여인이 될 것이 분명한 관혜진의 눈에 그렁그렁 눈물이 고였다.

"아저씨……."

관혜진은 굵은 눈물을 떨구더니 소소자의 품으로 파고들었다. 엉겁결에 관혜진을 안은 소소자가 당황하며 물었다.

"왜 그러느냐? 노사(老師)께 무슨 일이 있느냐?"

그때 집 안 깊숙한 곳에서 관혜진을 부르는 늙은 목소리가 들렸다. 소소자가 그녀를 밀어내며 말했다.

"일단 안으로 들어가자."

달빛 아래 놓인 장원 안은 밖에서 보는 것보다 더 풍치가 있었다. 담을 따라 빙 둘러 심어진 대나무 숲 안쪽에는 갖가지 모양의 바위와 나무들이 어울려 늦가을의 정취를 한껏 자아냈다. 장원의 큰 건물까지 놓여진 하얀색 돌들과 그 주변에 깔린 황금색으로 변한 잔디도 나름대로의 멋을 느끼게 했다.

"할아버지는 뒤쪽 연못에 계세요."

관혜진의 뒤를 따라가던 소소자가 물었다.

“집 안에 불도 안 켜고 대체 무슨 일이냐?”

“후, 모두 저 때문이에요.”

“왜? 곰보에 골빈 녀석과 혼인하겠다고 떼를 쓰기라도 했느냐?”

소소자의 우스갯소리에도 그녀는 이마에 주름을 펴지 않았다. 커다란 대청이 있는 건물을 돌아가자 갑자기 주위가 환해졌다. 돌로 빙 둘러진 연못 곁에 모닥불이 피워져 있었는데, 그 앞에는 왜소한 체구의 노인이 무릎에 거문고를 얹고 시름 어린 얼굴로 앉아 있었다.

“할아버지!”

관혜진의 부름에 노인이 고개를 들었다. 소소자를 보는 노인의 눈에 반가움이 떠올랐다.

“소 의원이셨구려. 미처 마중을 못 나가 미안하외다.”

소소자가 걱정스런 얼굴로 물었다.

“근심이라도 있으십니까, 관 노사?”

“모두 이 늙은이의 고집 때문이지요. 허허허…….”

허탈한 웃음 때문에 관 노사의 백염(白髥)이 잘게 흔들렸다.

“무슨 일인지 소생에게 말씀해 보시지요. 혹 도움이 되어드릴 수도 있으니 말입니다.”

관 노사는 고개를 저었다.

“괜한 폐를 끼칠 수는 없는 일이지요.”

물끄러미 거문고를 바라보는 노안(老眼)이 촉촉하게 젖었다.

“거문고를 벗삼아 산 지 어언 육십 년. 하, 이제 손에서 놓을 때도 됐지.”

“관 노사…….”

소소자의 부름에 관 노사는 황급히 눈물을 훔쳤다.

"이런이런, 손님을 앞에 두고 내 무슨 추태인지… 늙으면 주책만 는다니까. 일단 안으로 들어가 계시지요. 곧 따라 들어가리다. 혜진아, 어서 가서 차 준비하거라."

어쩔 수 없이 몸을 돌리는 주적자 일행의 등으로 관혜진의 날카로운 목소리가 부딪혔다.

"할아버지, 안 돼요!"

그들은 깜짝 놀라 뒤를 보았다. 관혜진이 관 노사의 거문고를 붙들고 엎드려 있었다.

"할아버지, 제발 거문고는 태우지 마세요. 그런다고 달라질 게 없잖아요."

"하! 내 무슨 염치로 거문고를 곁에 둔단 말이냐? 거문고에 대한 내 미련한 고집 때문에 네가 그놈들에게… 그놈들에게……."

관 노사는 말을 끝맺지 못하고 수염만 부르르 떨다 이내 고개를 떨궜다.

"먼저 저 세상으로 간 네 부모를 무슨 낯으로 본단 말이냐."

"하지만 할아버지, 이 거문고는 할아버지가 저 다음으로 아끼신다고 입버릇처럼 말씀하셨잖아요. 저도 없는데 거문고마저 없으면 할아버지의 적적함을 무엇으로 달래려고 하세요."

"이 죄 많고 미련한 늙은이에게 도락이 무슨 소용이냐."

그들의 비탄 사이로 소소자가 들어갔다.

"고정하시고 자초지종을 말씀해 주시지요."

관 노사는 고개를 힘없이 저었다.

"소 의원께서는 그냥 모른 척해주시오. 소 의원까지 살신지화(殺身之禍)를 당하면 이 늙은이는 정말 씻을 수 없는 죄를 짓는 것이니. 차나 한잔 드시고 길을 떠나시오."

"아저씨, 실은……."

관혜진의 말을 관 노사가 막았다.

"혜진아! 어찌 소 의원을 끌어들이려 하느냐?"

"하지만 할아버지, 아저씨께서 도움을 주실 수도 있잖아요."

"어허! 사람을 살리는 일이라면 모를까 그 마풍단(馬風團)을 상대로 소 의원이 무얼 할 수 있단 말이냐?"

이제껏 잠자코 있던 사도철광이 나섰다.

"마풍단이라면 이곳 장산성(長山城)에서 악명을 떨치고 있는 마적단 아닙니까?"

주적자가 그 말을 받았다.

"저도 들은 적이 있습니다. 이백 기의 말을 타고 다니며 재물을 약탈함은 물론 살인까지 서슴지 않는 무리라고 하던데."

"거기에 개개인의 무공도 상당하여 관부는 물론 정파 고수 몇 명이 잡으려 했지만 결국 몸만 상했다고 하더군. 나타나고 사라지는 것이 워낙 신출귀몰(神出鬼沒)해서 이제는 아예 잡는 것을 포기 했다는군."

소소자가 관 노사에게 물었다.

"그런데 어쩌다 그런 시러배 잡… 아니, 마풍단이 관 노사를 괴롭히는 것입니까?"

한숨만 내쉬는 관 노사 대신 관혜진이 대답했다.

"마풍단의 단주인 간기륵(簡起玏)이란 자가 할아버지의 거문고 솜씨가 뛰어나다는 소리를 듣고, 자신의 생일날 와서 연주해 달라는 것을 할아버지가 거절하셨어요. 그런 자에게 당신의 음(音)을 들려줄 수 없으시다고 말이에요. 그러자 화가 난 간기륵이 찾아왔는데…….”

관혜진은 그때가 생각난 듯 잠시 숨을 고르고 말을 이었다.

“저를 보자 할아버지의 음을 듣는 대신… 절 아내로 데려가겠다
고…….”

눈물 젖은 그녀의 말은 끝까지 이어지지 못했다.

“돼먹지도 않은 말꼬랑지가 감히 관 노사를 협박하다니! 죽고 싶어
환장한 놈들이군!”

“자넨 마풍단이 어떤 놈들인 줄 아나?”

사도철광의 물음에 소소자는 코웃음을 쳤다.

“흥! 그깟 마적단 나부랭이들 내 알 바 아니오!”

사도철광은 고개를 끄덕였다.

“하긴 무식한 게 용감한 법이지.”

“사도 영감! 지금 나보고 무식하다고 했소?”

소소자와 사도철광의 분위기에 익숙하지 않은 관 노사가 둘을 말렸
다.

“저희 때문에 두 분이 다투실 필요는 없습니다. 그나저나…….”

관 노사는 달을 보며 말을 이었다.

“놈들이 온다는 시간이 다 되었으니 여러분들은 지체 마시고 여길
떠나시는 것이 좋겠군요.”

“어찌 이곳까지 와서 관 노사의 거문고 소리도 안 듣고 그냥 갈 수
있겠습니까?”

소소자의 말에 관 노사는 난처한 표정을 지었다.

“하지만 시간이…….”

“만약 음을 안 들려주신다면 이곳에서 한 발짝도 움직이지 않겠습

니다!"

관 노사는 소소자를 물끄러미 쳐다보다 긴 한숨을 내쉬었다.

"하! 소 의원의 고집을 누가 꺾겠습니까? 그나마 이 늙은이의 마지막 연주를 듣는 분이 소 의원이라 다행이군요."

관 노사는 왼쪽 다리를 안으로 구부리고 오른쪽 발이 왼쪽 다리 밑으로 들어가게 책상다리를 하고 앉았다. 그런 다음에 대모 반월형 부분을 오른쪽 무릎 위에 놓고 왼쪽 무릎으로는 거문고의 뒷면을 곧추 비스듬히 괴었다. 오른손에 술대를 쥐자 관 노사의 얼굴은 득도한 고승을 보는 듯했다.

"한 달 전 위징(魏徵)의 술회(述懷)란 시(詩)에 곡을 붙였소이다. 듣기에 과히 나쁘지는 않을 것이오."

대현(大絃)과 유현(遊絃), 문현(文絃) 등의 줄을 거치며 '덩, 둥, 등, 당, 동, 징' 하며 줄을 고르던 관 노사는 숨을 멈춘 후, 장지(長指)를 대현에 식지(食指)를 유현에 대고 술대를 대현 위에 얹었다.

더엉—

무거우면서도 맑은 음이 길게 퍼지더니 뒤이어 거문고 특유의 청아하고 깊은 소리가 달빛을 갈랐다. 빠르게 이어지다 낮게 잦아드는 음은 이상하게 피를 끓게 만들었다. 몸을 움직이지 않기 위해 노력을 해야 할 정도로 관 노사의 음에는 묘한 힘이 깃들어 있었다.

눈을 감은 주적자의 뇌리에 이상하게 분광뇌풍검법이 떠올랐다. 마치 자신의 움직임을 밖에서 지켜보는 듯한 영상은 이상한 느낌을 갖게 만들었다. 그런데 어느 순간.

탕! 하는 튀음과 함께 더 이상 거문고 소리가 울리지 않았다. 깜짝 놀라 눈을 뜬 주적자에게 낭패한 표정의 관 노사가 보였다.

"거문고 줄이 끊어졌군요."

소소자의 말에 관 노사는 씁쓸한 웃음을 지었다.

"여분의 줄조차 감아놓지 않았는데… 마지막 연주조차 제대로 끝낼 수 없는 모양이오."

"무슨 소릴 하시는 겁니까? 한번 시작한 연주는 끝을 내야지요. 저희는 기다리고 있을 테니 관 노사께서는 어서 줄을 갈아오시지요."

"하지만 시간이……."

"그러니 빨리 움직여야 하실 겁니다."

관 노사는 망설이다가 이내 몸을 일으켰다.

"제발 소 의원께서는 딴생각을 하지 마시기 바라오."

관 노사가 거문고 줄을 가져오기 위해 안으로 들어가자 소소자가 관혜진에게 말했다.

"집에 술이 있느냐?"

"네, 할아버지께서 즐겨 드시는 백건아(白乾兒)가 있습니다."

"오! 저번에 내가 왔을 때 할아버지께서 권하셨던 그 술 말이냐?"

"네. 그때보다 맛이 깊어졌을 거예요."

소소자는 흡족한 듯 고개를 끄덕였다.

"좋아, 좋아. 오늘은 귀와 함께 주둥이까지 호강을 하겠군. 가서 간단한 안주와 함께 집 앞으로 상을 내오거라."

관혜진이 의아한 얼굴로 물었다.

"집 앞으로 말이에요?"

"그래. 우리 먼저 나가 있을 테니 천천히 준비해 가지고 오너라. 할아버지께도 그렇게 말씀드리고."

소소자는 말을 끝내고 밖으로 향했다. 천상 객일 수밖에 없는 주적자와 사도철광, 호미령은 하는 수 없이 소소자의 뒤를 따랐다.

"정말 대단하군."

사도철광의 혼자말에 소소자가 물었다.

"뭐가 말이오?"

"저 노인의 거문고 솜씨 말이야. 언젠가 우연히 궁중악사(宮中樂師)를 지낸 사람의 거문고 소리를 들은 적이 있었지."

"어땠소?"

"좋았지. 거문고에 문외한이었던 나조차도 감탄이 나올 정도로 절묘하고 듣기 좋더군. 하지만 오늘 관 노인의 거문고 소리는 뭐랄까… 듣고 있는 것만으로 온몸에 전율이 흐른다고 할까? 거 있잖나, 등골을 타고 짜르르 흐르는 그 느낌 말일세. 궁중악사의 거문고 소리에서는 느낄 수 없는 살아 움직이는 듯한 그런 느낌을 받았네. 무공으로 치자면 절정의 한 수를 본 기분일세."

"하지만 슬펐어요."

이제껏 없는 듯이 침묵을 지키던 호미령이 말했다. 그녀의 볼에는 아직도 눈물 자국이 남아 있었다. 소소자가 의아한 얼굴로 물었다.

"호 소저는 저 질풍 같은 곡을 듣고 슬펐단 말이오?"

"분명 사나이의 웅지(雄志)를 담은 듯한 곡이었지만 전 그 밑바닥에서 어떤 슬픔을 느꼈어요. 처절할 정도로요."

"어쩌면 지금 관 노사의 심경이 거문고에 그대로 나타난 것일 수도 있겠지."

사도철광은 장원을 힐끔 돌아보고 말을 이었다.

"그런데 왜 저런 사람이 이런 한적한 곳에 살고 있는 건가? 성내로 가면 음악에 미친 사람들이 많아 호강을 하고 살 텐데 말이야."

"진정한 예인(藝人)은 사람들의 귀에 연연하지 않는 법이오. 오직 자연의 소리에 음을 배우고 끊임없이 연마하여 득음(得音)의 경지에 올라야 한다 이 말이오."

사도철광은 새삼스럽게 소소자를 쳐다보다 은근히 물었다.

"그거 관 노사에게 들은 말이지?"

찔끔한 표정을 지은 소소자가 버럭 소리를 질렀다.

"사도 영감은 내 입에서 바른 소리가 나온 것이 그렇게 이상하오?"

"응."

"쳇! 대부분의 늙은이들은 먹은 나이만큼이나 사람에 대한 불신을 품고 산다니까."

그들은 장원을 나와 계곡의 이 장 앞에서 걸음을 멈췄다. 계곡의 입구에는 바람이 만든 작은 회오리들이 일어났다 사라지기를 반복했다.

밤이 되자 바람이 더 세게 부는 건지 휘파람 같은 소리도 간간이 들렸다. 머리에 달을 얹고 보는 풍경치고는 그런대로 멋있었다.

소소자가 자리에 털썩 주저앉으며 말했다.

"여기서 술상이 오기를 기다리자구."

"무슨 생각을 하는 거냐?"

"술 마실 생각."

주적자가 다시 물었다.

"너, 설마 마풍단과 싸울 생각은 아니겠지?"

소소자가 아무렇지 않게 대답했다.

"당연히 싸워야지. 사내대장부가 위기에 처한 약자를 두고 꼬랑지를 뺀다면 당장 불알을 떼버려야지. 안 그래?"

"네가 마풍단과 싸운다?"

"정확히 말하면 너지."

"전에도 분명히 말했을 텐데? 내게 있어 협은……."

주적자의 말을 소소자가 끊었다.

"알아. 나도 네게 협을 강요할 생각은 없어. 하지만 넌 내 보표잖아. 내가 위험한데 보호하려면 당연히 싸워야지. 안 그래?"

"소 의원, 자넨 마풍단을 너무 모르는군. 그들은 평범한 마적 나부랭이가 아니야. 아무리 주 아우가 높은 무공을 가졌다고는 하지만 그들 이백을 모두 상대할 수는 없어."

사도철광의 얘기에 소소자는 고개를 끄덕였다.

"사방이 트인 평지에서 싸운다면 그렇겠죠. 하지만 이곳은 달라요."

소소자가 계곡을 가리켰다.

"내가 싸움은 못해도 어떻게 싸워야 한다는 것 정도는 알죠. 저 계곡이라면 말 두 마리 이상은 나란히 통과하지 못할 테니 싸워볼 만하지 않겠소?"

사도철광은 어이없는 표정을 지었다.

"이론상으로는 그렇지. 하지만 싸움은 머리로 하는 것이 아니야. 만약 한 명이라도 지나친다면 그게 둘이 되고 셋이 되지. 그렇게 되면 좁은 계곡은 결국 함정으로 변하게 돼. 그게 아니라도 일 대 이백이라면……."

사도철광은 말끝으로 고개를 저었다. 누가 생각해 봐도 맞는 말이었다. 곡괭이를 든 농사꾼을 상대하는 것도 아니고 무림인 이백 명과 싸운다는 것은 현 천하제일고수로 불리는 소림 방장으로서도 힘든 일이었다. 하지만 소소자는 상식이 통하지 않는 인간이었다.

"싸움귀신 주적자라면 가능해요. 한 번에 한 놈만 베면 되잖아요. 칼질 이백 번이면 끝날 거요. 안 그러냐?"

"그보다 더 간단한 방법이 있지."

주적자는 소소자의 혈도를 짚기 위해 팔을 뻗었다. 쓸데없는 싸움에 목숨을 걸고 싶지는 않았다. 그저 소소자만 데리고 이곳을 떠나면 그만이었다. 그러나 소소자는 이미 대비를 한 것처럼 잽싸게 뒤로 물러서서 손을 목에 가져다 댔다.

"가까이 오지 않는 게 좋을 거야."

위협적인 말을 하는 소소자의 손에는 기다란 침이 들려 있었다.

"또 의뢰인을 죽이고 싶지는 않겠지?"

"자살이라도 하겠다는 거냐?"

"못할 것 같나?"

소소자는 되물으며 손에 힘을 주었다. 뾰족한 침 끝이 살을 파고들었다. 한 번도 보지 못한 결연한 표정이, 주적자가 한 발자국이라도 다가서면 침을 목에 꽂을 것 같았다.

"의뢰인이 자살로 죽은 것은 내 책임이 아니야."

"하지만 원인이 너로 인한 것이라면 문제가 다르지."

"정말 어처구니없는 상황이군."

사도철광이 심상치 않은 분위기 속으로 뛰어들었다.

"굳이 이러지 않아도 되잖아. 간단한 방법이 있는데 왜 이렇게 난리들을 치나 그래."

주적자가 눈으로 그 방법을 물었다.

"관 노사와 혜진이 이곳을 떠나면 되잖아. 주 아우가 마풍단과 싸우는 것보다 훨씬 현명한 방법이지."

"그건 안 되오!"

"왜?"

"이곳에는 혜진이가 지켜야 할 부모님의 묘가 있소. 더욱이 말꼬랑지 같은 녀석들 때문에 평생 지켜온 보금자리를 버린다는 것은 말도 안 되오."

"내가 마풍단과 싸운다는 것이 더 어불성설(語不成說)이지."

"네가 이 기회에 마풍단을 없애 버리면 관 노사 조손뿐 아니라 다른 사람에게도 커다란 이득이 되는 것이다. 한 무리의 악인을 없애 선한 만인을 구할 수 있다면 이보다 더 좋은 일이 어디 있겠나?"

"내가 죽더라도 말인가?"

"넌 죽지 않고 그들을 이길 수 있어. 어떻게 나보다 더 자신을 믿지 못하는군. 그리고 네가 죽는다면 어차피 우리 모두 죽게 되어 있는데 뭘 그리 겁내나?"

"피할 수 있는 위험을 피하지 않는 것은 멍청한 짓이니까."

"살다 보면 가끔 그럴 때도 있는 법이지. 넌 마풍단의 위협 때문에 아파하는 관 노사와 혜진을 보고도 아무 감정이 없냐?"

물론 주적자도 측은지심이란 것은 가지고 있었다. 하지만 그보다 더 중요한 것이 의뢰인과 자신의 안전이었다. 세상의 악을 척결하겠다는 얼토당토않은 생각은 가져 본 적이 없었다. 그리고 그 자신이 협이라는 것을 믿지도 않았다. 그런 것은 절박하지 않은 사람이 힘이 남아돌아서 가지는 객기에 불과했다. 그는 지금 지고 있는 짐만으로도 삶이 버거운 사람이었다. 소소자가 말하는 협이니 뭐니 하는 것은 그에게 사치였다.

"그래서 내가 마풍단과 싸우지 않으면 죽겠다는 것이냐?"

"네가 싸움을 피하면 내가 자살하지 않아도 어차피 마풍단에게 죽겠지."

주적자는 말로 소소자를 설득시킬 수 없다는 것을 깨달았다. 결국 마풍단과 싸우든지 아니면 소소자가 위협을 하더라도 완력으로 제압을 해서 데리고 가든지, 그도 아니면 계약과는 상관없이 개봉으로 향하는 세 가지 길이 남아 있었다. 세 번째 방법은 그의 성미에 맞지 않았다. 목숨만큼이나 중요한 보표로서의 약속을 어길 수는 없었다. 그렇다고 마풍단과 싸우기에는 너무 위험했다. 말을 탄 이백 명의 적은 아무리 생각해도 버거웠다. 의뢰인을 보호하기 위해서라면 어쩔 수 없이 싸워야겠지만 피할 수 있는 싸움을 할 필요는 없었다. 결국 두 번째 방법밖에 최선이었다.

인간의 본성이라는 것이 원래 자신의 목숨을 소중히 여기는 법인데, 이제까지 보아온 소소자는 절대 자살 따위를 할 위인이 아니었다. 그의 빠름과 그것을 믿는 수밖에 없었다. 보통 사람이라면 저런 방법은 생각해 내지도 않을 텐데…….

주적자는 소소자와의 간격을 쟀다. 대략 여덟 자. 눈 깜짝할 사이에 도달할 수 있는 거리였다. 그의 발이 부드러운 흙 속으로 파고들었다. 침은 아직 소소자의 목 살갗을 파고든 채로 있었다. 저 위치에서 조금만 들어가면 경동맥을 상하게 될 것이다. 손끝이 떨릴 시간도 없이 팔을 잡아야 했다.

끼이익―

장원의 문이 열리는 소리가 들렸다. 그 때문에 소소자의 시선이 흐트러졌다. 주적자는 망설임없이 땅을 박찼다. 소소자가 흠칫 몸을 떨었을 때는 이미 팔이 주적자에게 잡힌 상태였다. 힘을 써보았지만 주적자를 당해낼 수는 없었다.

"정말 이런 식으로 나올래?"

"이게 가장 현명한 선택이니까."

주적자는 소소자에게서 침을 뺐고 곡지혈(曲池穴)로 손을 가져갔다.

"뭐 하세요?"

관혜진이 술상을 바닥에 놓으며 물었다. 소소자가 어색한 웃음을 지으며 대답했다.

"달밤에 쌓는 남자들의 우정 같은 거지. 안 그러냐? 하하하……."

주적자는 자그마한 관혜진을 보며 소소자의 혈도를 찍어야 할지 말아야 할지 갈등했다. 이대로 그냥 제압해서 들쳐 업고 가기에는 뭔가 개운치 않았다. 양심이나 협이란 단어가 떠오르자 주적자는 고개를 저었다. 그에게 양심과 협은 배부른 뒤에 먹는 차 한 잔과 같은 것이었고 그는 삼 일이나 굶은 사람이었다. 하지만 주적자는 끝내 소소자를 제압하지 못하고 곁에 앉았다. 잠시 후 관 노사가 거문고를 들고 나와 자리를 잡았다.

"오랜만에 오신 귀한 손님을 이런 식으로 대접해 죄송하오."

"무슨 당치 않은 말씀을. 달과 술 한 잔, 그리고 명인의 거문고까지 있는데 더 이상 바랄 것이 무엇이겠습니까?"

관 노사는 깊은 한숨과 함께 달을 본 후 거문고를 무릎에 얹었다. 관 노사의 손가락이 현 위에 닿을 때였다. 땅울림이 먼저 느껴진 후 들려오는 말발굽 소리에 관 노사 조손의 얼굴이 핼쑥하게 변했다.

"아무래도 연주를 해드릴 수 없을 것 같습니다. 집 뒤쪽으로 가면 작은 길이 있으니 그곳으로 가시지요. 혜진아, 손님들을 모셔라."

"그러실 필요 없습니다. 곡을 연주하시지요."

"하지만……."

소소자는 주적자의 무릎을 두드리며 말했다.

"이 친구가 해결할 겁니다. 안 그러냐?"

주적자의 대답을 듣기도 전에 소소자가 다시 말을 이었다.

"이 친구가 이렇게 비리비리해 보여도 무림에서 보표지존, 호인불사 하면 모두들 고개를 끄덕일 정도로 대단한 고수입니다. 그리고 저기 있는 저 영, 아니, 저분도 무림에서 이름을 떨치고 있는 협객이시고요. 그깟 마풍단쯤 충분히 요리할 수 있습니다."

사도철광이 중얼거렸다.

"내 평생 협객이란 소리도 처음 듣거니와 소 의원한테 '분'이란 호칭을 들으니 더 간지럽군 그래."

소소자가 눈을 부라리자 사도철광은 헛기침을 하며 짐짓 딴청을 피웠다. 사도철광도 마풍단과의 싸움을 피하고 싶은 눈치는 아니었다. 썩 내키지 않는 싸움 때문에 망설이는 주적자에게 호미령이 말했다.

"협을 행하는 게 대단한 것이라고는 생각하지 않아요. 그저 자신이 좋아하는 사람을 위해 무언가를 해주는 것도 협이 아닐까요? 정 협이란 말에 신경이 쓰이신다면 그냥 소 의원님을 위해 싸운다고 생각하시면 어떨까요?"

주적자로서는 난감할 수밖에 없었다. 이것이 쉬운 싸움이라면 그도 망설이지 않을 것이다. 하지만 그게 아닌데도 주위 사람들은 마치 싸우기 싫어 몸을 빼는 것처럼 말을 하고 있었다. 말발굽 소리가 가까워지자 사도철광을 일어서며 말했다.

"준비를 해야겠는데? 뭐가 염려스러운 거라면 걱정 말게. 내가 막아줄 테니까. 나란히 서서 싸우면 좋겠지만 그러기에는 길이 너무 좁군. 내가 앞장서기에는… 인정하기 싫지만 내가 자네보다는 약하니까 안 되고 말이야."

주적자의 뜻과는 상관없이 분위기는 점점 싸우는 쪽으로 흘러가고 있었다. 물론 그가 남의 뜻에 따라 움직이는 사람은 아니었지만, 그냥 떨쳐 일어서기에는 가슴 한구석에서 끌어당기는 뭔가가 있었다. 망설이는 그에게 소소자가 말했다.

"인생에 한 번쯤 하고 싶지 않은 일을 한다고 생각하면 마음이 편할 거야. 어떤 빌어먹을 인생은 평생 하고 싶지 않은 일만 하기도 하니까. 혹시 아나? 할멈 고쟁이 벗기는 것보다 하기 싫은 일을 했는데 나중에 기분이 좋아질지."

"그 할멈이 알고 보니 변장한 천하절색이라든가 뭐 그럴 수도 있지."

사도철광의 말에 소소자가 핀잔을 줬다.

"예를 들자면 그렇다는 거지. 천하절색이 미쳤다고 할멈 변장을 하겠소? 하여간 영감이 젊은 여자는 좋아해 가지고."

"늙은 것보다는 좋지."

사도철광은 대꾸를 하고 협곡 쪽으로 걸음을 옮겼다. 잠시 망설이던 주적자가 자리를 박차고 일어섰다.

"아무래도 안 되겠다."

그의 말에 좌중의 표정이 굳었다.

"이대로 널 데리고 가면 개봉까지 길이 피곤해서 안 될 것 같아. 차라리 여기서 모험을 하는 게 낫겠다."

주적자는 몸을 돌리며 관 노사에게 말했다.

"아까 연주하던 곡이나 마저 들려주시오."

그는 사도철광을 지나쳐 작은 회오리 무리 속으로 발을 들여놓았다. 바람이 금세 옷자락을 찢을 듯 불어왔다. 주적자는 눈을 감고 마음을 가다듬었다.

잠시 후 펼쳐질 서전(緒戰)이 눈앞에 펼쳐졌다. 말은 놓쳐도 사람을 놓치면 안 된다. 뒤에 사도철광이 있다는 생각은 버려야 했다. 수비를 한다는 생각 또한 가져서는 안 된다. 일검일살(一劍一殺). 검을 두 번 휘두를 시간은 없었다.

주적자는 피부를 따갑게 만드는 흙의 몸부림 속에서 눈을 떴다. 마치 눈 뜨기를 기다렸다는 듯 거문고 소리가 울렸다. 귓바퀴를 찢을 만큼 세차게 부는 바람 속에서도 관 노사의 거문고 소리는 또렷하게 들렸다. 머리가 차가워지는 대신 피가 뜨거워졌다. 발을 통해 느껴지는 진동의 증거가 드디어 눈앞에 나타났다.

두 개의 붉은 깃발을 앞세운 마풍단이 차가운 달빛과 어지럽게 흩날리는 모래 사이로 보였다. 어둠만큼이나 까만 말에 씌워진 붉은 천과 깃발을 든 사내들의 붉은 복장은 신부를 맞으러 오는 차림 그대로였다.

스르릉—

검이 시린 울음을 토해내며 모습을 드러냈다. 검날에 부딪친 달빛은 거문고 소리가 되어 사방으로 흩어졌다. 말발굽 소리가 점차 잦아지더니 그의 이 장 앞에서 멈췄다. 주적자는 검을 땅에 끌듯이 내려뜨렸다.

"누구냐?"

맨 앞에 선 독목의 사내가 물었다.

"싸우든 그대로 돌아가든 둘 중 하나를 선택해라."

주적자의 저음이 떨어지자 맨 앞에 선 두 명이 양쪽으로 비켜나며 화려한 붉은색 옷을 입은 사내가 앞으로 나왔다. 푸르다 싶을 정도로 창백한 안색의 사내는 좁은 말 사이를 스치지도 않고 빠져나왔다. 우두커니 주적자를 보던 사내의 종잇장처럼 얇은 입술이 열렸다.

"혼자서 우릴 막겠다는 것이냐?"

사내는 주적자의 뒤를 힐끔 넘어다본 후 '둘이군'이라고 말한 후 흠칫 놀라 다시 사도철광을 보았다.

"사지마군?"

놀란 음성임에도 불구하고 사내의 얼굴은 가면을 쓴 듯 어떤 표정도 떠오르지 않았다.

"넌 누구냐?"

사내의 물음에 주적자는 물음으로 답했다.

"네가 간기륵이겠군."

"넌 날 아는데 난 널 모르니 불공평하군."

"일 대 이백이면 서로 불공평하니 됐군."

간기륵의 얼굴에 처음으로 불쾌한 표정이 떠올랐다.

"그렇게 피떡이 되고 싶다면 원하는 대로 해주지."

간기륵은 사도철광이 신경 쓰이는지 힐끔 보고 뒤로 물러섰다. 맨 앞에 있던 두 명이 깃발을 앞으로 뉘었다. 끝이 뾰족한 깃봉은 그대로 창이 되었다.

관 노사의 거문고 소리는 최고조에 달해 있었다. 어찌 보면 단조로운 음의 어우러짐은 얼마 전처럼 주적자의 피를 끓게 만들었다.

“쳐라!”

간기륵의 명령이 떨어지자 창을 든 맨 앞의 두 명이 짓쳐들었다. 그와 동시에 관 노사의 노랫소리가 울려 퍼졌다.

거문고의 운율 속으로…

제7장 거문고의 운율 속으로…

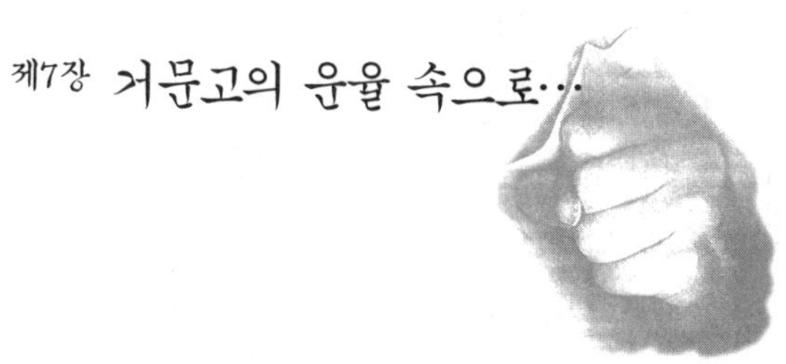

중원의 천하 쟁탈전이 다시 시작되었으니[中原還逐鹿].

창이 지척에 다다를 때까지 미동도 하지 않던 주적자가 땅을 박찼다. 무릎을 가슴팍에 대서 창을 발 밑으로 흘린 주적자는 몸을 회전시켜 검으로 오른쪽 사내의 목을 벤 후 발뒤꿈치로 왼쪽 사내의 턱을 날렸다. 짧은 두 개의 비명이 거문고 소리에 묻혀 흩어졌다. 그의 발이 땅에 닿기도 전에 다시 두 명의 사내가 도를 휘두르며 덮쳤다. 몸을 뒤로 젖혀 도를 피하는 그의 귀로 관 노사의 노래 두 번째 구절이 들려왔다.

나 또한 글공부를 버리고 무인의 길을 가련다[投筆事戎軒].

도를 잡은 팔목을 붙든 주적자는 빙글 돌아 관절에서 '우둑!' 소리가 나도록 꺾은 후, 도의 주인을 다른 사내 쪽으로 팽개쳤다. 두 사내는 한 덩어리가 되어 절벽에 파묻혀 피를 자욱하게 뿌렸다. 주적자는 주인 잃은 말 엉덩이를 때려 마풍단 쪽으로 몰았다. 갑자기 들이닥치는 말 때문에 당황한 두 명의 사내 앞으로 주적자가 불쑥 솟아올랐다.

"죽엇!"

발악 같은 외침은 거문고 소리와 함께 비명으로 끝났다. 두 개의 머리통이 피화살을 뿌리며 허공으로 튀어올랐다.

종횡의 계략은 별로 뛰어나지 못하지만[縱橫計不就]

피의 축제를 아는 것처럼 말들이 몸부림을 쳤다. 앞발을 들며 히힝거리는 말을 다스리는 네 명 사이로 주적자가 떨어졌다. 화들짝 놀란 사내들이 그의 머리 위로 도를 떨쳤다. 일검에 네 개의 도를 쳐낸 주적자는 몸을 한 바퀴 돌리며 검을 그었다. 네 명의 옆구리가 쩌억 갈라지며 동시에 창자를 토해냈다. 끈적한 피가 흘러나와 어깨를 따뜻하게 했다.

시사(時事)를 한탄하는 뜻은 아직 지니고 있네[慷慨志猶存].

주적자는 자신이 펼치는 분광뇌풍검법과 관 노사의 거문고 소리가 일치하는 것을 느꼈다. 아니, 폭풍처럼 휘몰아치는 거문고 소리가 분광뇌풍검법을 이끄는 것 같기도 했다.

지팡이 짚고서 폐하께 알현하고[杖策謁天子]

　관 노사의 노랫소리에 묻혀 버린 비명이 달빛 속으로 으스러졌다. 주인 잃은 말 머리를 차고 허공으로 비상한 주적자는 먹이를 쫓는 매처럼 아래로 떨어져 내렸다. 우두머리인 간기륵을 찾았지만 시야에는 보이지 않았다. 대신 네 명의 사내가 그를 향해 도를 내뻗었다. 주적자의 검이 반원의 잔영을 남기자 네 개의 도는 모두 튕겨져 나갔다. 사내들이 미처 무기를 수습하기도 전에 주적자의 검이 허공을 갈랐다.

　말을 채찍질하여 관문을 나섰다[驅馬出關門].

　하얀 목뼈를 드러내며 말에서 굴러 떨어지는 사내들을 뒤로하고 주적자는 앞을 향해 몸을 띄웠다.
　"말을 전속력으로 몰아 녀석을 짓밟아 버려!"

　종군(終軍)이 갓끈으로 남월왕(南粤王)을 결박함같이[請纓繫南粤]

　간기륵의 외침이 터지자 마풍단 사내들은 일제히 말채찍을 휘둘렀다. 속도를 붙이는 맨 앞의 두 사내의 가슴을 가르자 두 개의 도가 목으로 휘둘러졌다. 철판교의 수법으로 도를 피한 주적자는 검을 놓고 땅에 떨어진 도 두 개를 집어 들어 곁을 스치는 말의 배 깊숙이 쑤셔 박았다. 도는 말과 주인을 하나로 엮어놓았다. 항문에서 흐르는 피와 말의 선혈이 섞여 긴 궤적을 만들었다.

식기(食基)가 수레에 탄 채 제(齊)를 항복하게 함과 같이 하리라[憑軾 下東藩].

　검을 집어 들고 손바닥으로 땅을 치자 주적자의 몸은 여섯 자 높이로 튀어올랐다. 관 노사의 노랫소리와 거문고 소리가 그의 몸을 휘감아 묘한 운율 같은 것을 만들어냈다. 검을 휘두르고 몸을 움직이는 모든 동작이 그처럼 매끄럽게 느껴질 수가 없었다. 예전에 펼치던 분광뇌풍검법이 아니었다. 아니, 분명 분광뇌풍검법인데 거문고 소리가 이끄는 검법은 무언가 달랐다.

　꼬불꼬불한 산길을 걸어 높은 봉우리에 올라가[鬱紆陟高岫]

　초식과 초식이 이어지는 그 찰나의 짧은 순간이 없어져서 마치 분광뇌풍검법 자체가 하나의 초식처럼 느껴졌다. 비록 그 시간이라는 것이 눈을 깜빡이는 것을 백 분의 일로 쪼개놓은 것만큼 작다 할지라도 실전에서 나타나는 결과는 엄청나게 달랐다. 쾌와 변, 강이 갈수록 더해간다는 특징을 가진 분광뇌풍검법이니 더욱 그랬다.

　언덕길을 오르내리며 출몰하는 평원을 바라본다[出沒望平原].

　허공에서 베어진 두 개의 머리통이 발치로 떨어졌다. 주적자는 머리통이 땅에 닿기도 전에 그것을 걷어찼다. 한쪽 눈알이 빠지며 공간을 격한 머리통은 다음에 오는 사내의 얼굴을 정면으로 때렸다. 두 개의 머리가 부딪치며 허연 뇌수를 흩뿌렸다. 그 모습에 경악을 토하는 바로 곁의 사내는 정수리에서 사타구니까지 두 동강이가 났다.

고목에서는 처량하게 새가 울고[古木鳴寒鳥]

바닥에 흘러내린 창자는 주적자의 발에 밟혀 터져 나갔다. 하지만 그 딴 광경에 신경 쓰는 사람은 아무도 없었다. 바람과 모래, 피가 섞인 관 노사의 거문고 소리는 광란(狂亂)을 위한 무곡(舞曲)이었다.

인기척없는 산에서는 밤에 원숭이가 울고 있다[空山啼夜猿].

핏발이 선 것인지 선혈이 눈을 가린 것인지 시야는 온통 붉게 물들어 있었다. 싸움을 시작한 지 얼마나 지났는지조차 알 수 없었다. 주적자는 그저 검을 휘두르고, 몸을 움직이고, 다시 검을 휘두르기를 반복했다. 손에 느껴지는 묵직한 감촉과 가끔 스쳐 가는 도명(刀鳴)이 그를 움직이게 만들 뿐이었다.

높은 산에서 천 리 먼 고향을 바라보며 슬퍼하고[既傷千里目]

"으아아악—!"
새삼스럽게 긴 비명이 울렸다. 그것은 죽은 자의 것도, 죽어가는 자의 것도 아니었다. 주적자의 모습을 보고 내지른 죽음을 준비하는 자의 것이었다. 그리고 그는 심장이 갈라져 일 장이나 되는 피화살을 뿜으며 죽었다. 어느새 말의 엉덩이에 채찍을 휘두르는 사람들은 없었다. 서로 뒤엉켜 주적자에게서 멀어지려 하고 있을 뿐이었다.

꼬불꼬불한 산길에서는 혼이 싸늘해짐을 느꼈다[還驚九折魂].

주적자는 전의를 상실한 그들 속으로 뛰어들었다. 자신이 피에 굶
주린 살인마 같았지만 제어할 수가 없었다. 자꾸 들려오는 거문고 소
리는 그를 멈출 수 없는 쏜살로 만들어 버렸다.

간난과 위험을 두려워하지 않는 바 아니로되[豈不憚艱嶮]

검이 원을 그리자 네 개의 목이 동시에 허공으로 떠올랐다. 지칠 때
도 됐건만 주적자의 육체는 끊임없는 움직임을 강요했다. 여기서 검
을 멈추면 분광뇌풍검법이 송두리째 사라져 버릴 것 같았다.

국사(國士)로서 대우받는 은혜를 생각하는 것이다[深懷國士恩].

동강난 허리를 부여안고 떨어지지 않으려 허우적대다 결국 내동댕
이쳐진 사내를 보며 문득 '얼마나 베었을까?' 하는 생각이 들었다. 마
흔여섯 명까지는 세었는데 그 후로는 기억나지 않았다. 백? 백오십?
어쨌든 상관없었다. 어차피 서 있는 자가 없다면 그것으로 끝일 테니
까.

계포(季布)는 일구이언(一口二言) 하지 않았고[季布無二諾]

용기가 무엇인가를 보여주듯 두 명의 사내가 도를 휘둘렀다. 방심한 때문일까? 왼쪽 어깨에 시큰한 통증이 느껴졌다. 하긴 온몸에 묻은 피가 마풍단만의 것은 아닐 것이다. 어쩌면 심장에 구멍이 난지도 모른 채 움직이고 있는 것인지도 모른다. 그의 몸에 상처를 냈다는 것에 놀란 듯 움찔 떠는 사내의 목에 검을 쑤셔 박은 주적자는 말 등에 내려섰다.

후영(侯瀛)은 약속을 존중하였다[侯瀛重一言].

그의 시선 아래 놓인 말은 고작 다섯 기뿐이었다. 말조차도 그가 두려운 듯 주춤주춤 물러서고 있었다. 눈을 따갑게 만드는 핏물을 훔쳐 낸 주적자는 저들을 살려줄까 하다가 피식 웃음을 터뜨렸다. 자비를 베풀려면 진작 그렇게 했어야 했고, 그렇지 않으려면 뿌리째 뽑아야 하는 것이 잡초였다. 그가 몸을 띄우자 네 명이 허겁지겁 말 머리를 돌렸다. 하지만 그의 검을 벗어날 수는 없었다. 검이 한 번 허공을 가르자 두 명의 정수리에서 뒤통수까지가 쩌억 갈라졌다. 피에 젖은 뇌수가 허공에 반원을 그리며 뿌려지자 다시 두 개의 머리가 말발굽에 으깨졌다.

사내란 의기를 투합하기만 한다면[人生感意氣]

"넌 뭐야? 넌 누구냐? 누구냐니까!"
간기륵의 벌어진 입 속으로 검이 틀어박혔다. 주적자가 땅에 발을 디디자 그 힘에 못 이겨 간기륵이 땅으로 뒹굴었다. 아직 숨이 끊어지지 않은 간기륵이 끄륵거리는 소리를 토해냈다.

“주적자.”

이름을 뱉고 돌아서는 그의 어깨로 ‘술회’의 마지막 소절이 흘러내렸다.

　　구구한 공명 따위는 문제가 아니라네[功名誰復論].

사도철광은 멍한 눈으로 주적자를 볼 뿐이었다. 온몸에 선혈을 뒤집어쓰고 바람 속을 걸어나오는 주적자에게 고생했다고 아무렇지 않은 듯 말해 주고 싶었다. 하지만 말은 고사하고 탄성조차 나오지 않았다. 이제까지 과묵하고 차가운 주적자가 좀 어렵게 느껴지기는 했다. 그러나 두렵다거나 하는 감정을 가져 본 적은 없었다.

하지만 지금 이 순간만큼은 두려움을 넘어 공포스런 느낌까지 갖게 만들었다. 옷자락에서 피를 뚝뚝 흘리며 다가오는 저 모습은 지옥의 나찰이나 다를 바 없었다.

“자네… 강하군.”

애써 말을 뱉은 사도철광은 생각난 듯 물었다.

“다친 곳은 없나?”

자신의 몸을 훑어본 주적자가 던지듯 말했다.

“있겠죠.”

주적자가 지나간 자리에는 그대로 피의 궤적이 그려졌다. 그 자국은 소소자의 앞까지 이어졌다. 평생 놀랄 것 같지 않던 소소자였지만 지금 이 순간만큼은 경악에 찬 표정을 감추지 못했다.

“만족하냐?”

주적자의 물음에 움찔 놀란 소소자는 황급히 고개를 끄덕였다. 겨우 표정을 수습한 소소자가 예의 그 장난스런 표정을 지으며 말했다.

"너, 원래 그렇게 강했었냐?"

"글쎄……."

피가 엉겨 붙은 주적자의 얼굴은 무슨 생각을 하는지 잔뜩 굳어 있었다. 이백 대 일의 싸움에서 승리한 무인(武人)의 당당함은 어디에서도 찾을 수 없었다.

'사람을 많이 죽인 것에 대한 죄책감을 느끼는 것일까?'

사도철광은 그럴 수도 있다고 생각했다. 그도 삼십 명을 한꺼번에 죽인 후 한동안 심한 자책감에 빠졌던 기억이 있으니까. 천생에 타고난 살인마가 아닌 다음에야 사람을 죽인다는 것이 유쾌할 수만은 없는 일이었다. 아무리 적이라 하더라도.

"목욕물 데워드릴게요."

관혜진의 말에 주적자가 퍼뜩 상념에서 깨어나며 고개를 저었다.

"아니, 괜찮아. 찬물로 하면 되니까."

"아니에요. 이런 날씨에 찬물을 쓰면 감기 들기 십상이에요."

뛰어가는 관혜진의 뒷모습은 어딘가 들떠 있는 것처럼 보였다. 주적자는 술상 앞에 앉으며 관 노사에게 말했다.

"아까 그 '술회'라는 곡을 다시 한 번 들을 수 있을까요?"

관 노사는 그저 고개를 끄덕이는 것으로 대답을 대신하고 거문고 현을 골랐다.

"음악이 있으면 당연히 술이 따라야지. 피곤할 텐데 한 잔 쭈욱 들이켜라."

소소자가 술을 따라 내밀었지만 주적자는 받을 생각도 않고 눈을 감았다. 머쓱해진 소소자가 투덜거렸다.

"자식, 사람 무안하게 만드네. 마시기 싫으면 관둬라."

소소자가 내민 술잔을 자신의 입으로 털어 넣을 때 연주가 시작되었다. 음악이 흘러나오는 내내 주적자의 표정은 찡그리고 펴지기를 반복했다. 무슨 생각을 하는지 가끔 팔을 움찔거리는 모습도 보였다. 무척 길게 느껴지는 연주가 끝나자 주적자는 긴 한숨을 내쉬었다.

"그거였나? 아니면… 모르겠군."

주적자의 뜻 모를 중얼거림 후 침묵이 찾아왔다. 말 많은 소소자조차 주적자를 방해하지 않으려는 듯 입을 꾸욱 다물고 있었다. 그 어색한 침묵을 깬 것은 관혜진이었다.

"목욕물 다 데워졌어요!"

주적자는 쉽게 잠들지 못했다. 눈으로는 연못의 비단잉어를 쫓으면서도 머리 속은 마풍단과 벌인 싸움으로 가득 차 있었다. 이백 대 일의 싸움에 대한 결과를 생각하는 것이 아니었다. 문제는 그 과정이었다. 이길 수 없을 거라고 생각하지는 않았지만 너무 쉬웠다. 기껏 입은 상처라고 해봐야 도에 스친 다섯 개뿐이었다.

그때 펼친 분광뇌풍검법은 이전에 그가 사용했던 그것이 아니었다. 분명 같은 것임에도 불구하고 전혀 달랐다. 그 원인이 관 노사의 거문고 소리에 있다는 것은 의심할 여지가 없었다. 하지만 '어떻게' 라는 의문은 내내 풀리지 않았다. 하나의 초식처럼 매끄럽게 이어지던 순간순간을 어떻게 해석해야 할까?

초식이 시작하고 끝날 때는 반드시 호흡을 해야 하고 찰나의 순간이라고는 하지만 움직임의 끊김은 피할 수 없었다. 그런데 관 노사의 거문고 소리는 그 끊어짐을 너무도 자연스럽게 이어주었다. 지금까지 찾아낸 실마리라고는 관 노사가 만든 운율밖에 없었다. 그 외적인 요인이 그의 분광뇌풍검법과 섞이면서 자연스런 움직임을 만들어냈을 가능성이 높았다. 하지만 그걸 안다고 해서 문제가 해결된 것은 아니었다.

주적자는 긴 한숨과 함께 일어서서 검을 뽑았다. 이미 두 번이나 분광뇌풍검법을 시전해 보았지만 마풍단과 싸웠을 때와 같은 움직임은 나오지 않았다. 그렇다고 그때의 분광뇌풍검법을 우연이라 치부하고 잊을 수는 없었다. 어떻게든 그것을 자신의 것으로 만들어야 했다. 마풍단에게 펼쳤던 분광뇌풍검법은 이제껏 익혔던 그것보다 비교할 수 없을 정도로 강했다. 전혀 다른 무공이라고 말해도 과언이 아니었다.

호흡을 가다듬고 눈을 감자 관 노사가 연주하는 '술회'의 전주가 귓가에 맴돌았다. 차츰 피가 끓어오르기 시작했다. 내려뜨렸던 검이 위로 치솟으며 달빛을 찢어놓았다. 오르고 내리는 발걸음이 마치 평생을 무희로 보낸 예인의 몸놀림 같았다. 찌르고, 베고, 당기는 동작들이 매끄럽고 현란한 잔영을 뿌렸다. 근 이각 동안 분광뇌풍검법을 시전한 주적자는 긴 한숨과 함께 검을 가슴에 모았다.

"이건 아니야."

중얼거리는 그의 음성에서는 숨길 수 없는 아쉬움이 배어 나왔다. 손에 잡힐 듯 가까이 있는 것 같으면서도, 다가서면 멀어지는 신기루처럼 감을 잡을 수 없었다. 가능하다면 이곳에서 관 노사의 연주에 맞춰 연마를 하고 싶었지만 그럴 수도 없는 상황이었다.

"안 주무세요?"

뒤쪽에서 들리는 소리에 돌아서자 관혜진이 모포를 들고 있는 것이 보였다.

"잠이 안 와서."

그녀는 연못가에 심어진 잔디에 털썩 주저앉았다. 주적자도 그냥
서 있기가 뭐해 곁에 자리를 잡았다.

"고마워요."

"뭐가?"

"오늘 도와주신 거요."

"내가 한 게 아니야. 소소자의 뜻이지."

"어쨌든 싸운 것은 무사님이잖아요."

보표로서가 아니라 단지 도와준 것으로 감사의 말을 듣는 것은 처
음이었다. 왠지 어색했지만 나쁜 기분은 아니었다.

"무사님이 도와주시지 않으셨다면 아마 전……."

관혜진은 말끝을 흐리고 작은 미소를 지었다. 주적자는 그 맑은 웃
음을 보며 저 얼굴을 지켜줄 수 있었다는 것에 안도감을 느꼈다. 소소
자 때문에 어쩔 수 없이 한 싸움이었는데 처음으로 잘했다는 생각이
들었다.

'이런 기분 때문에 협이란 것을 행하나 보군.'

그의 생각 속으로 관혜진의 목소리가 파고들었다.

"그래서 작은 보답이라도 해드리고 싶어요."

관혜진은 두 개의 모포 중 하나를 바닥에 깔았다.

"뭐 하려고?"

"누우세요."

주적자가 묻자 관혜진이 싱긋 웃으며 말했다.

"귀지를 파드리려고요. 어렸을 때부터 부모님과 할아버지 귀지를

많이 파드렸는데 무척 좋아하셨어요."

주적자는 잠깐 한 바보 같은 상상 때문에 쓴웃음이 나왔다.

"괜찮아."

관혜진은 주적자의 팔을 잡아당기며 채근했다.

"어서 누우세요. 보답할 길을 주셔야 제 마음이 편해요."

어색한 기분에 두어 번 사양하던 주적자는 결국 그녀의 권유에 못 이겨 모포에 모로 누웠다. 관혜진이 남은 모포 한 장을 그에게 덮어준 후 머리를 들고 무릎을 집어넣었다. 두께가 얇은데도 제법 따뜻했다. 준비해 온 솜막대를 귀에 집어넣자 간지러우면서도 시원한 느낌이 전해졌다.

"혼인은 하셨어요?"

고개를 숙인 탓에 그녀의 입김이 볼에 닿았다.

"아니."

"왜요?"

주적자는 선뜻 대답하지 못했다. 왜일까? 서른두 해를 살아오며 이상하게 혼인이란 단어는 한 번도 자기 것이 아니었다. 그런 것은 생각해 본 적도, 생각할 여유도 없었다.

"그럼 사랑하는 여인은요?"

거듭되는 질문에 주적자는 '아니' 라는 대답만 되풀이했다. 그에게 사랑이란 말은 묘족(猫族)에게 입히는 두꺼운 털옷처럼 어울리지 않았다.

"사랑했던 여인은 있었겠죠?"

"없었어."

관혜진의 손놀림이 멎었다.

"거짓말이죠? 어떻게 지금까지 사랑을 한 번도 못 해볼 수가 있어요?"

"글쎄… 그냥 그렇게 됐군."

말은 그렇게 했지만 주적자에게는 사랑하는 사람들이 더 신기하게 보였다. 어떻게 생판 모르는 타인을 자신의 몸처럼 아낀다는 사랑을 할 수 있을까? 그에게 그런 존재는 아버지 외에 아무도 없었다. 아니, 아버지조차 그에게 사랑의 대상이었는지 확신하지 못했다.

그에게 여자란 존재는 가끔 돈을 주고 사서 본능을 해소하는 역할, 그 이상도 이하도 아니었다. 드물게 찾아오는 외로움이란 감정조차 운명처럼 받아들이는 그였다. 그것을 굳이 여자를 통해 해소하려 한다면 그것은 한 편의 희극이나 다름없었다.

"왜 제게는 안 물어보세요?"

"뭘?"

"사랑해 봤냐구요."

"넌 아직 어리잖아."

"무슨 소리! 열여섯이면 다 컸어요."

물론 시집갈 나이였지만 열여섯이란 숫자는 주적자에게 굉장히 부족한, 그래서 한참을 더 채워야 할 미완의 조합처럼 느껴졌다.

"그래, 넌 사랑해 봤니?"

주적자의 장난스런 물음에 관혜진은 신중하게 생각한 후 대답했다.

"아직 안 해봤지만 어떤 사람을 사랑할지는 알고 있어요."

"어떤 사람인데?"

"일단은 강해야 해요. 저와 할아버지를 지켜줄 정도로 말이에요."

관혜진은 귀 후비는 것도 잊은 채 얘기에 열중해 있었다.

"그리고 키는 조금 커야 해요. 뚱뚱해서도 안 되고요. 눈과 입술은 얇은 게 좋아요. 난 눈도 크고 입술도 두툼한데 둘 다 그러면 우습잖 아요. 또 갸름한 얼굴에… 흉터도 하나쯤 있으면 좋겠죠? 남자답게 말 이에요."

'참 구체적이기도 하다'라고 생각하던 주적자는 그것이 자신의 외 모와 흡사하다는 것을 느꼈다. 힐끔 눈을 돌리자 그를 물끄러미 내려 다보는 관혜진의 시선과 부딪쳤다. 주적자는 자신도 모르게 재빨리 눈을 내리깔았다. 갑자기 어색해진 분위기에 몸을 일으키려는 그의 귀로 다시 솜막대가 들어왔다. 주적자는 그대로 자리를 지킬 수밖에 없었다.

"아까 무사님이 싸우는 모습을 보는데 기분이 이상했어요. 일 년 전에 죽은 노루를 봤을 때는 몸이 떨릴 정도로 끔찍했었는데… 아간 사람이 그렇게 많이 죽었는데도 눈을 돌릴 수가 없었어요. 무사님의 모습이 너무 멋있고… 뭐라고 말로 표현할 수가 없네요. 할아버지의 연주를 듣는 것 외에 그런 기분을 느낀 것은 처음이에요. 사실은 할아 버지의 거문고 연주보다 훨씬 강렬했죠. 아마 강한 것에 끌리는 것이 여자들의 마음인가 봐요."

"…그래, 그런 것뿐이야."

겨우 대꾸한 말은 속삭이듯 낮았다. 말없음 속에서 들리는 소리는 귓속을 간질이는 사각거림뿐이었다. 어색하면서도 편안한 기분이 몸 을 휘감았다. 한참 동안 귀를 후비던 관혜진이 솜막대를 뺀 후 그의 얼굴을 정면으로 돌렸다. 관혜진의 까만 눈동자가 그를 지그시 내려 다보고 있었다. 그 속에서 금방이라도 먹물 한 방울이 떨어질 것 같 았다. 그녀는 분홍색 혀로 입술을 한 번 훑은 후 작은 소리로 그를 불렀다.

"무사님."

"응?"

"다른 쪽 귀요."

"그, 그래."

주적자는 어떤 안도감을 느끼고 재빨리 몸을 돌렸다. 다시 솜막대가 귓속으로 파고들었다. 처음엔 잘 몰랐는데 귀를 후비는 것만으로 피곤이 풀리는 것 같았다. 이런 편안함을 느껴본 지가 얼마 만인지, 아니, 그의 기억 속에는 편안함이란 자체가 존재하지 않았다. 일생에 처음 맞아보는 낯선 기분은 피곤에 지친 육체를 안으로 끌어당겼다. 자꾸 눈꺼풀이 감기고 몸은 물먹은 솜처럼 무거워졌다. '이런 곳에서 잠이 들면 안 되는데' 하면서도 밀려오는 수마(睡魔)를 떨쳐 낼 수가 없었다.

"무사님."

"으응……."

"저 무사님의 신부가 될 거예요."

"으응……."

생각없는 대답 뒤로 주적자는 잠들었다.

*　　　*　　　*

"…어나! 일어나라니까!"

주적자는 화들짝 놀라며 어깨를 흔드는 무엇을 움켜잡았다.

"아아! 아파, 임마! 이것 놔!"

소소자의 찢어지는 목소리에 그는 황급히 손을 놓았다.

"이런, 떠그랄! 무서워서 잠도 못 깨우겠구만."

소소자가 손목을 문지르며 투덜거렸다. 눈을 비비며 일어난 주적자는 주위를 둘러보았다. 새벽에 깜빡 잠이 들었던 연못가였다. 주적자는 따가운 햇살에 눈을 찌푸리며 자리에서 일어났다. 그는 혹시나 하고 관혜진을 찾았지만 보이지 않았다.

"왜? 누구하고 같이 잤냐?"

"아, 아니야."

"정말?"

다시 묻는 소소자의 표정은 웃음을 참는 것처럼 보였다.

"시간이 얼마나 됐지? 빨리 떠나야 하잖아."

"밥은 먹고 가야지. 들어가자."

주적자는 연못에 얼굴을 대충 씻고 장원 안으로 들어갔다. 대청을 지나 왼쪽 거북살 모양의 창호 문을 열고 들어가자 손님을 맞는 접객실이 나왔다. 우측 장식장에는 크고 작은 골동품이 네 개 놓여 있었고 그 뒤에 태산이 그려진 수묵화가 걸려 있었다. 좌측 창을 통해 들어온 따사로운 햇살이 접객실 가운데 놓여진 탁자를 비추었다. 탁자 위에는 고기와 나물이 적당히 섞인 음식이 가지런히 놓여 있었다. 사도철광과 관 노사는 이미 자리를 잡고 앉은 상태였다.

"어서 오게."

사도철광이 나무로 된 의자를 권했다.

"호 소저는?"

주적자의 물음에 소소자가 대답했다.

"새벽까지 치료를 해서 자고 있어. 밥은 가면서 먹어도 되니까 지금은 자도록 두는 게 좋을 것 같아."

주적자가 앉자 문이 열리며 관혜진이 국을 들고 들어왔다.

"너도 같이 식사하자."

"네."

관혜진은 국을 모두 앞에 하나씩 놓고 자리에 앉았다. 소소자가 국을 들이킨 후 엄지손가락을 치켜세웠다.

"소채(蔬菜)국이구나. 맛이 기가 막힌데."

"고마워요."

그녀는 인사를 한 후 주적자에게 말했다.

"주(周) 가가(哥哥)께서도 많이 드세요."

마침 국을 들이키고 있던 주적자는 가가라는 호칭에 깜짝 놀라 기침을 터뜨렸다. 턱으로 줄줄 흘러 내리는 국을 닦은 주적자는 어리둥절한 얼굴로 물었다.

"가가라니? 넌 그 호칭을 어떤 상대에게 쓰는지 알고나 부르는 거냐?"

관혜진이 예의 그 귀여운 미소를 지으며 대답했다.

"우린 곧 부부가 될 텐데 제가 가가라고 부르는 것은 당연하죠."

주적자는 어이없는 얼굴로 관혜진을 보았다. 살짝 붉힌 얼굴에서 장난기라고는 찾아볼 수 없었다. 곁에 앉은 소소자와 사도철광이 웃음을 참으려 애쓰고 있을 뿐이었다. 아마도 관혜진에게서 어떤 얘기를 들은 모양이었다.

"난 아직 주 보표와의 혼인을 허락하지 않았다."

관 노사가 무거운 어조로 말했다. 관혜진은 금방 울음이라도 터뜨릴 것 같은 얼굴로 애원했다.

"할아버지, 제발 허락해 주세요. 전 주 가가를 사랑하고 평생 섬기고 싶단 말이에요."

관 노사는 떨떠름한 표정으로 주적자를 힐끔 본 후 긴 한숨을 쉬었다.

"하, 무림인들은 언제 어디서 죽을지도 모르는 사람이거늘……."

소소자가 관 노사의 말 사이에 끼어들었다.

"어제 보셨다시피 저 친구는 쉽게 죽지 않을 겁니다. 그러니 너무 걱정하지 마십시오."

"하지만 살기가 너무 강해서 걱정이오."

"원래 무림이라는 세계가 그렇지요. 하지만 악인을 죽이는 데 힘쓰기를 아낀다면 누가 그를 보고 협사라고 하겠습니까? 그러니 혼인을 허락하시지요."

주적자는 자신의 의지와 상관없이 돌아가는 황당한 얘기에 급히 제동을 걸었다.

"잠깐! 지금 무슨 얘기들을 하는 것이오? 난 혜진과 혼인한다고 말한 적도, 그런 생각을 해본 적도 없소."

"주 가가, 어떻게 그런 말씀을……."

그녀의 눈이 금세 촉촉해지더니 눈물 한 방울을 떨어뜨렸다.

"혜진아……."

"전 곧 주 가가의 아이를 낳을 텐데 혼인을 하지 않으시겠다는 말씀이에요?"

그 말은 주적자뿐 아니라 장내에 있는 사람 모두의 입을 벌어지게 만들었다.

"아, 아이라니? 그럼 둘이 벌써……?"

소소자는 질문을 끝내지 못하고 주적자를 보았다. '어떻게 된 거냐?' 고 묻는 것이겠지만 주적자가 알 리 만무했다. 관혜진의 울음 섞인 목소리가 다시 들렸다.

"오늘 새벽에 주 가가와 전 같이 잠을 잤단 말이에요. 그런데 이제 와서 혼인을 하지 않겠다면 전 어쩌라구요? 앞으로 태어날 아이는요?"

소소자가 무언가를 느낀 듯 물었다.

"같이 잠을 잤단 말이냐?"

"그래요. 주 가가의 등을 꼬옥 껴안고 잤어요. 제가 어리지만 남자와 여자가 같이 잠을 자면 아이가 생긴다는 것쯤은 알아요."

주적자의 어이없는 얼굴을 향해 소소자가 고개를 끄덕였다.

"그러면 그렇지. 저 인간이 그럴 리가 없지."

관혜진의 눈물 어린 호소는 관 노사에게로 이어졌다.

"그러니 할아버지, 저희의 혼인을 허락해 주세요."

관 노사는 난감한 표정만 지을 뿐 선뜻 입을 열지 못했다. 관혜진을 어떻게 납득시켜야 할지 대책이 서지 않는 모양이었다. 사도철광에게 시선을 던져 보지만 딱히 설명할 방법이 있을 리 없었다.

"혜진아."

소소자가 낮은 목소리로 관혜진을 불렀다.

"네, 아저씨."

"넌 아이를 가지지 않았단다."

"무슨 소리예요? 분명 주 가가와 같이 잤는데요?"

"그건 말이지. 에… 같이 잠을 잔 것만으로는 아이가 생기지 않는단다. 만약 그렇다면 날마다 같이 자는 부부들은 아이가 몇 명이나 생기겠느냐? 열 달에 한 번씩 낳는다고 치면……."

소소자는 손가락으로 셈을 하며 놀란 표정을 지었다.

"수십 명은 되겠구나. 그러나 실제 그렇게 아이를 가진 집이 없지 않느냐?"

관혜진이 또박또박 대꾸했다.

"그러니까 사랑하는 부부 사이에만 아이가 생기는 거죠. 아이가 셋만 있는 부부는 딱 삼 년 동안만 사랑한 거고, 다섯이면 오 년 동안 서로를 사랑한 거예요. 그래서 아이가 없는 집은 불행한 거죠."

나름대로 생각을 많이 한 듯 관혜진의 대답은 거침이 없었다. 소소자도 고개를 저을 수밖에 없었다. 그렇다고 남녀 간의 얘기를 적나라하게 할 수도 없는 노릇이었다.

"네가 알아서 해라. 난 밥이나 먹을란다."

소소자는 주적자에게 떠넘기고 식사를 시작했다. 그렇다고 주적자에게 별 뾰족한 수가 있을 리 없었다. 차라리 마풍단과 한 번 더 싸우는 것이 이 문제를 해결하는 것보다 쉬울 것 같았다. 그가 한숨만 폭폭 내쉬고 있자 사도철광이 입을 열었다.

"혜진아, 네가 주 아우와 혼인하고 싶은 마음은 알겠다. 하지만 지금 주 아우는 할 일이 많아 당장 너와 혼인을 할 수가 없단다."

"사도 선배……."

주적자의 말을 사도철광이 손을 들어 막고 관혜진에게 말을 이었다.

"남자에게는 꼭 해야 할 일이 몇 가지는 있는 법이란다. 이런 것쯤은 알고 있겠지?"

관혜진은 잠시 생각하는 표정을 짓더니 대답했.

"알아요. 혼인을 하면 지아비를 어떻게 섬길까에 대한 생각은 저도 많이 했어요."

"그래, 장하구나. 그러니까 지금은 주 아우가 여기 머물 수가 없단다. 너도 똑똑한 아이… 아니, 여인이니 그런 것쯤은 이미 생각하고 있겠지?"

실망한 표정의 관혜진이 억지로 고개를 끄덕였다.

"이 문제는 주 아우가 할 일을 모두 마친 후에 다시 얘기하기로 하자."

"안 돼요!"

"그럼 어떻게 하겠다는 말이냐?"

관혜진은 주적자를 보고 말했다.

"돌아오신다고, 제게 꼭 돌아오신다고 약속해 주세요. 그러기 전에는 절대 보내드릴 수가 없어요."

"……."

주적자가 대답이 없자 관혜진의 눈에서 다시 눈물이 흘렀다.

"제발… 주 가가, 주 가가께서 오실 때까지 삼 년이고 오 년이고 아이를 잘 키우며 기다리고 있을 테니 제발 돌아오세요. 네?"

주적자는 쉽게 입을 열지 않았다. 한 번 뱉은 약속은 목에 칼이 들어와도 지키는 그가 이런 얼토당토않은 언약을 할 수는 없었다.

"주 가가, 제가 싫으신 건가요? 그래서 그런 거예요? 만약 그렇다면 저는 살 이유가 없어요!"

관혜진은 눈물을 뿌리며 밖으로 뛰쳐나갔다. 관 노사가 손녀를 부르며 따라 나가자 접객실에는 셋만이 남았다.

"크크크……."

소소자가 기어코 참았던 웃음을 터뜨렸다.

"웃지 마."

주적자의 경고에도 소소자의 웃음은 그치지 않았다. 오히려 조금 지나자 탁자를 두드리며 박장대소를 터뜨렸다. 사도철광마저 웃음에 가담해서 장내는 금세 웃음바다가 되어버렸다.

"떠나자."

주적자가 자리를 박차고 일어서자 소소자가 황급히 팔을 잡았다.

"기다려. 이대로 가면 혜진이는 어쩌구?"

"나보고 혜진이와 혼인이라도 하라는 거냐?"

"하든 안 하든 그건 나중 일이고 일단 약속만 하고 가면 되잖아. 말 몇 마디가 그렇게 어렵냐?"

"난 거짓 약속은 못해!"

"그럼 진심으로 하면 되잖아. 솔직히 혜진이만한 신부감이 어디 있냐? 예쁘지, 착하지, 음식 솜씨 좋지. 게다가 순진하기까지 하잖아."

물론 소소자의 말이 틀린 것은 아니었다. 세상 누구도 그에게 혜진이만큼의 편안함을 안겨주지는 못했다. 만약 그의 삶에 조금이라도 여유가 있다면 못 이기는 척하고 승낙할 수도 있었다. 하지만 지금 그가 가는 길은 삶조차 장담할 수 없는 험로였다. 그런 마당에 한없이 기다리겠다는 혜진에게 헛된 약속을 한다는 것은 잔인한 짓이었다.

"약속할 수 없어."

주적자의 단호한 말에 소소자는 웃음기를 감추고 말했다.

"네 말이 천금의 무게를 지닌다는 것은 알고 있다. 하지만 그 빌어 먹을 신용이 사람 목숨보다 소중하냐? 네가 이대로 떠나면 혜진이는 식음을 전폐하고 자리에 눕든지, 아니면 천 길 낭떠러지에서 몸을 날

릴지도 몰라. 그렇게 되면 널 사랑하는 여자를 네 손으로 죽인 것이나 마찬가지가 돼.”

“하지만…….”

“내가 혜진이를 아는데, 그 애는 충분히 그러고도 남을 애야. 그리고 앞날을 어떻게 아냐? 너도 언젠가는 혼인도 하고 가정을 이뤄야 하잖아. 칼끝에 목을 들이밀고 사는 무림인이라 할지라도 다른 사람처럼 사는 데까지는 살아야지. 운이 좋아 네가 하려고 하는 일을 끝낸다면 자리를 잡아야 하고. 혜진이 외에 다른 여자가 있는 거냐?”

“…….”

“그렇지 않다면 좋은 기회라고 생각해. 기다려 주는 여인은 폭풍 속의 부두와 같은 거야. 그리고 네가 오 년이고 십 년이고 안 온다고 혜진이가 기다리란 보장도 없잖아. 그동안에 어떤 날건달한테 빠져 시집갈 수도 있고 말이야. 너같이 멋이라고는 약에 쓸려고 해도 찾아볼 수도 없는 놈한테 반했는데 다른 남자한테는 오죽하겠냐?”

소소자가 이렇게 반 시진을 설득해서 결국 주적자는 관혜진에게 돌아오겠다는 약속을 했다. 마풍단의 시신을 깨끗이 치운 자리에는 관혜진의 눈물로 채워졌다. 근 오 리 길을 따라온 그녀는 아쉬움을 삼키며 돌아갔다. ‘주 가가, 빨리 돌아오셔야 해요!’ 라는 메아리가 오랫동안 산자락을 맴돌았다.

*　　　*　　　*

와락!

여신우는 곤륜파에서 온 서신을 구겨서 방바닥에 내팽개쳤다. 사도철광을 잡기 위해 인원을 보내 달라는 그의 요청에 날아온 답신은 불가(不可)였다. 범인이라는 확증도 없는 사도철광을 잡기 위해 주적자와 사도철광 모두를 상대하는 것은 너무 큰 모험이라는 것이었다. 자칫 전력은 전력대로 낭비하고 망신을 당할 수도 있다는 것이 서신의 내용이었다.

"겁쟁이들!"

장문인과 장로들은 주적자를 두려워하고 있는 것이 틀림없었다. 그렇지 않았다면 이따위 답신을 보내지는 않았을 것이다. 하긴 그들이 현명한 판단을 내린 것일 수도 있었다. 주적자와 사도철광을 잡기 위해서는 곤륜의 전력 이 할은 소비해야 했다. 이미 곤륜파에 애정이 식은 여신우는 사문을 이용해 주적자를 처치할 생각이었는데 그 계획은 이로써 물 건너가 버렸다.

그렇다고 방법이 전혀 없는 것은 아니었다. 그에게는 귀신도 부릴 수 있다는 재물이 주체할 수 없을 정도로 많았다. 마음만 먹으면 중원에서 다섯 손가락 안에 드는 살수를 모두 불러 모을 수도 있었다.

주적자 일행을 쫓고 있는 조병천에게서 연락이 오면 마땅한 살수들을 구해 없애 버리면 그만이었다. 주적자와 사도철광의 무공이 강하다고는 하지만 끊임없이 밀려드는 살수들의 공격을 모두 막아내지는 못할 것이다.

여기까지 생각한 그는 침상에서 자고 있는 강찬충을 보았다. 강찬충이 활동하는 시간은 하루 세 시진이었다. 그 이상 움직이면 지나친 체력 저하로 드러누워 버리거나 급격히 피가 필요해 위험에 빠지기도 했다. 그래서 그들은 계속 마차를 이용했다. 강찬충이 자고 있는 시간이나 낮에도 움직일 수 있으니 그 편이 좋았다. 마차의 특성상 큰길밖

에 이용할 수 없어 많이 돌아가기는 했지만 쉬지 않고 움직일 수 있으
니 시간 차는 별로 나지 않을 것이다. 지금은 전서구를 받기 위해 객
잔에 잠깐 머물렀을 뿐, 곧 떠나야 했다. 주적자 일행이 어떤 길을 가
는지 또 흡혈야황을 어떻게 찾을지는 알 수 없지만 최소한 그들보다
는 빨리 찾아야 한다.

'과연 흡혈야황은 어떤 존재일까?'

*　　　*　　　*

"글쎄, 그냥 괴물이겠지."

사도철광이 제기한 흡혈야황에 대한 의문에 소소자가 한 대답이었
다.

"그렇게 간단한 문제가 아니야. 흡혈야황은 그냥 흡혈귀보다 최소
한 두 배, 세 배는 강할 거야. 그러면 주 아우나 내가 감당하기에는 무
리지. 그리고 그것보다 더 중요한 문제는 흡혈야황 개인의 강함이 아
니야."

소소자가 사도철광의 말을 가로챘다.

"사도 영감이 무슨 얘기를 하려는 건지 짐작이 가지만 지금으로써
우리가 할 수 있는 일은 아무것도 없잖아요. 지금 이 시간에 흡혈야황
이 다른 흡혈귀를 끊임없이 만들어낸다고 해도 우리가 무엇을 할 수
있겠소?"

소소자와 사도철광의 얘기는 이제껏 말하기 꺼려했던 핵심을 정확
히 짚은 것이었다. 정말 흡혈야황이 흡혈귀들을 쉬지 않고 만들어낸
다면 그 수는 기하급수적으로 불어날 것이다. 그냥 한 번 물었다 놓으

면 그만이니까. 곰곰이 생각에 잠겨 있던 주적자가 등에 업힌 호미령에게 물었다.

"이 문제에 대해 전해지는 것은 없소?"

"육백 년 전 흡혈야황은 두 명의 흡혈귀밖에 만들지 않았다는 것밖에 없어요. 그 이유는 알려지지 않았구요."

소소자가 호미령의 말을 받았다.

"혹시 두 명의 흡혈귀밖에 만들 수 없는 것 아닐까?"

"그렇게 생각하기는 어렵지. 달랑 두 명만 만들 수밖에 없다는 어떤 타당한 이유를 알기 전에 그런 생각을 갖는다는 것은 아전인수(我田引水) 격인 해석이지."

소소자는 사도철광을 흘겨보며 구시렁댔다.

"하여간 저 영감은 내가 무슨 말만 하면 딴지를 건다니까. 어차피 흡혈귀 자체가 말이 안 되는데 말이야."

"이미 드러난 사실과 앞으로 일어날 일에 대한 예상을 혼동하면 안 되지. 그건 바보나 하는 짓이라고."

"그래! 난 바보고 영감은 천재요!"

사도철광이 혀를 차며 고개를 저었다.

"쯧쯧쯧, 그렇게 자학만 하지 말고 노력을 하게, 노력을. 머리도 자꾸 쓰면 똑똑해지는 수가 있으니 말이야. 무릇 사람이란 평생을 걸려서 배우고 연마해야 하는 법일세."

"영감 설사병 고치는 법이나 배우지 그러슈. 무림에서 이름깨나 있는 양반이 열 발자국만 가면 바지춤 잡고 숲 속으로 사라지기 바쁘니원."

"자넨 과장이 너무 심하군. 내가 배앓이를 하고 있지만 그렇게 자

주 용변을 보지는 않는다네. 자네와 내가 이야기를 하며 온 길도 벌써……."

사도철광은 하던 말을 끊고 걸음을 멈췄다. 상체를 뒤로 젖히고 양 무릎을 딱 붙인 자세가 무슨 일인지 대강 짐작이 갔다. 관 노사의 집에서 떠나온 직후부터 설사를 시작하더니 이틀 동안 설사 때문에 숲 속을 들락거리고 있었다.

"먼저 가게나."

소소자가 고소하다는 듯 웃었다.

"또 소식이 온 것이오? 그렇게 비쩍 마른 몸속에서 어찌 그리 많은 응이 나오는지 참으로 신기하오이다. 혹시 창자까지 모두 응으로 변해 버린 것 아니오?"

사도철광은 대답할 사이도 없이 숲 속으로 후닥닥 달려갔다.

"네가 좀 고쳐 주지."

주적자의 말에 소소자는 콧방귀를 뀌었다.

"흥! 저 영감은 고생 좀 해봐야 해. 그래야 고마움이 뭔지 안다구."

소소자는 사도철광이 사라진 숲으로 시선을 힐끔 주더니 말을 이었다.

"그리고 저렇게 자주 들락거려도 잘 쫓아오잖아. 저런 종류의 설사병은 시간이 지나면 자연히 낫게 마련이야. 고생이야 좀 되겠지만."

소소자는 아무렇지도 않게 말을 하고 걸음을 옮겼다. 주적자는 고개를 설레설레 저을 수밖에 없었다. 하긴 소소자의 말대로 사도철광은 언제 뒤처졌나 싶게 그들을 쫓아오곤 했으니 길이 더뎌질 염려는 없었다. 그렇게 그들은 봉황산의 깊숙한 곳까지 들어섰다.

"잠깐!"

맨 앞에 가던 주적자가 낮게 소리쳤다.

"왜 그러나?"

사도철광의 물음에도 주적자는 말없이 숲 속을 보았다. 한 자 남짓한 좁은 산길 양쪽에는 소나무들이 빽빽이 들어차 있었다. 주적자의 시선은 커다란 바위 사이에 위태롭게 자라난 유난히 늙은 소나무에 고정되었다. 아니, 정확히 말하면 그 뒤편이었다.

"죽은 노루잖아."

소소자는 노루 따위에 무얼 그리 호들갑을 떠느냐는 듯 시큰둥하게 말했다. 하지만 주적자가 호미령을 내려놓고 나무와 바위 사이에서 노루를 꺼냈을 때 분위기는 달라졌다. 부패가 시작된 듯 피골이 상접한 노루의 목 어름에 난 두 개의 구멍. 너무도 익숙한 자국이었다.

"흡혈귀……."

소소자는 신음하듯 중얼거렸다.

"죽은 지 얼마나 된 것 같나?"

사도철광의 물음에 주적자는 노루가 죽어 있던 자리를 살폈다. 흡혈귀에게 죽었기 때문에 사체를 보고 시간을 추측하기는 힘들었다. 노루가 죽어 있던 자리에 난 잡초는 완전히 바닥에 누웠고 그 자리는 축축하게 젖어 있었다. 노루의 사체 때문에 햇볕에 증발하지 않은 물기였다. 주적자는 다시 풀잎을 살폈다. 색깔은 여전히 진한 초록색을 띠고 있었다. 풀잎의 단면도 거친 윤곽을 지니고 있는 것으로 보아 하루는 넘지 않아 보였다.

"어젯밤, 아니면 오늘 새벽에 죽은 것 같군요."

"그러면 거리가 상당히 떨어져 있겠는데?"

소소자의 말에 주적자는 부정의 몸짓을 보였다.

"아냐. 녀석은 밤에만 움직이기 때문에 생각보다 멀리 있지는 않을 거야. 어쩌면 이 근처 어디의 토굴에 숨어 있는지도 모르지."

주적자는 다시 주위를 세세하게 살폈다. 굳이 숨기려 하지 않은 자국을 찾기는 그리 어렵지 않았다. 노루가 반항한 듯 풀이 손바닥만큼 둥그렇게 짓이겨진 흔적이 있었다. 아마 발자국일 것이다. 방향을 가늠하기 위해 주위를 살피는 그의 눈은 바위에 고정되었다. 하얗게 말라 버린 흙 부스러기. 신발을 신지 않은 듯 흐트러진 다섯 개의 발가락 형태가 또렷이 나 있었다. 주적자는 발가락이 향한 곳이 흡혈귀가 간 방향이 맞는지 다시 한 번 주위를 둘러보고 고개를 끄덕였다.

"확실히 우리가 가는 방향과 일치하는군요. 봉황산에 왔다고 이렇게 빨리 흔적을 발견할 줄은 몰랐는데 운이 좋았습니다."

"그 운이 녀석을 잡을 때까지 이어졌으면 좋겠군."

좀처럼 말을 하지 않는 호미령이 소소자의 말을 이었다.

"그런데 왜 그 흡혈귀는 사람 대신 짐승의 피를 빨아 먹고 사는 걸까요?"

"잡아보면 알겠죠."

주적자는 말을 하고 호미령을 업었다. 그가 걸음을 빨리 하자 소소자와 사도철광도 얼굴을 굳히며 뒤를 따랐다. 구불구불하게 나 있던 조그만 산길은 얼마 가지 않아 끊어졌다. 그들의 앞은 거친 잡목으로 뒤덮여 있었다. 주적자는 검을 꺼내 나뭇가지를 쳐내며 길을 열었다. 옷이 찢기고 잔상처가 나기는 했지만 거기에 신경 쓰는 사람은 아무도 없었다. 군데군데 부러진 나뭇가지들이 있는 것으로 보아 흡혈귀가 이 길을 통과한 것이 틀림없었다. 부러진 가지의 단면은 아직 약간의 물기를 머금고 있었다.

“촉각을 곤두세우시오. 언제 어느 때 나타날지 모를 정도로 가까이 왔으니.”

“네.”

대답을 하는 호미령의 음성은 긴장으로 잔뜩 굳어 있었다.

“자넨 호 소저까지 업고 있으니 내가 앞장서도록 하지.”

“아닙니다. 흔적을 쫓아야 하니 쫓는 데 익숙한 제가 앞에 서야죠.”

주적자는 말을 하면서도 연신 주위를 살폈다. 자칫 방향을 잘못 잡으면 이 넓은 산중에서 오래 헤맬 수도 있었다. 다행인 것은 흔적이 또렷하게 나 있어서 놓칠 염려는 별로 없는 것이었고, 안 좋은 건 날이 어두워져 가고 있다는 점이었다. 이 시간쯤이면 적당한 야영 장소를 물색해야 했다.

“이대로 쫓을 건가?”

사도철광도 그 생각을 한 듯 물었다. 주적자는 붉게 타오르며 떨어지는 해를 보았다. 산중의 밤은 금세 찾아온다는 것을 모두들 알고 있었다. 주적자와 사도철광이 있으니 맹수에게 당할 염려는 없었지만 밤의 산중은 자체만으로도 충분히 위험한 곳이었다.

“여기서 멈추면 그만큼 더 멀어질 것입니다. 애써 발견한 흔적을 놓칠 수도 있구요.”

주적자는 말을 하고 곁에 있는 굵은 나뭇가지를 부러뜨렸다. 그리고 품에서 수건을 꺼내 끝에 둘렀다. 어두워질 것에 대비한 준비였다.

“서두르죠. 어쩌면 오늘 밤 녀석을 잡을 수 있을지도 모릅니다.”

길게 늘어졌던 그림자가 어느덧 사라지고 달이 구름에 가려 반쯤 얼굴을 내밀었다. 서서히 밀려온 어둠 때문에 느끼지 못하고 있었지만 밤은 이미 그들 앞에 다가와 있었다.

주적자는 화섭자를 꺼내 불을 붙였다. 노란 불빛이 어둠을 힘겹게 밀어냈다. 주적자의 걸음은 밤이 깊어가는 속도에 맞춰 느려졌다. 흔적을 찾아내기가 그만큼 어려워진 것이다. 뒤에서 소소자의 거친 숨소리가 들렸다. 목덜미로 떨어지는 호미령의 호흡도 불규칙했다. 아무리 그에게 업혀간다고 해도 힘든 길임에는 분명했다.

"아직 기미가 느껴지지 않소?"

주적자의 물음에 호미령이 미안한 듯 대답했다.

"아니요. 이 근처에는 없는 것 같아요."

그녀의 얘기가 끝나기 무섭게 밤공기를 찢는 맹수의 포효가 들렸다. 사방으로 퍼지는 메아리 때문에 정확한 방향을 가늠할 수 없었다. 거리가 그리 가깝지 않다는 것을 추측할 수 있을 뿐이었다. 일행은 걸음을 멈추고 다시 소리가 나기를 기다렸다. 맹수가 내지른 소리 때문인지 그토록 시끄럽게 울어대던 풀벌레와 밤새의 소리도 끊어졌다. 사위는 일순 적막으로 가라앉았다. 그들의 숨소리조차 잦아든 산중은 마치 심연으로 던져진 느낌을 갖게 만들었다.

무척이나 길게 느껴지는 고요는 맹수의 울부짖음으로 갑작스럽게 깨어졌다. 소리의 방향을 포착한 주적자는 망설이지 않고 움직였다. 지금까지 가던 방향에서 약간 왼쪽으로 치우쳐 있었다. 힘겹게 따라오는 소소자가 소리쳤다.

"이봐! 이 소리를 만든 원인이 흡혈귀라고 장담할 수 없는데 이렇게 무작정 가도 되는 거야?"

"아니, 흡혈귀가 분명해."

"제길! 마치 본 것처럼 말을 하는군. 호랑이끼리 싸운 것일 수도 있잖아!"

주적자는 걸음을 늦추지 않고 대답했다.

"포효 소리는 분명 한 마리뿐이었어. 이 밤중에 사냥꾼일 리도 없고. 설사 호랑이가 아니라 곰 같은 것과 싸운다고 해도 소리는 같이 들렸어야지."

앞을 막는 나뭇가지가 무성해질수록 주적자의 마음은 급해졌다. 호랑이의 비명이 잦아든 지 벌써 일 각이 지났다. 흡혈귀는 배를 채우고 길을 떠났거나 다른 사냥감을 찾고 있을 것이다. 주적자는 후자이기를 바랐다. 그만큼 거리가 멀어질 가능성이 적으니까.

바위를 넘어 나뭇가지를 쳐내는 주적자의 어깨를 호미령이 움켜쥐었다.

"있어요!"

그녀의 손은 작게 떨리고 있었다. 주적자는 걸음을 멈추고 물었다.

"어디요?"

호미령은 미간에 내 천 자를 그리더니 이내 고개를 저었다.

"정확히는 알 수 없어요. 하지만 삼십 장 이내에 있는 것은 확실해요. 조금 더 가까워지면 알 수 있을 텐데……."

주적자는 소소자에게 말했다.

"흡혈귀가 습격해 올지 모르니까 넌 나와 사도 선배의 사이에 서라."

"내가 무슨 어린앤 줄……."

"내 말대로 해!"

주적자의 고압적인 목소리에 소소자는 투덜거리며 어쩔 수 없이 시키는 대로 했다. 주적자는 손에 든 횃불을 껐다. 주위가 금세 칠흑처럼 변해 시야가 짧아졌지만 자신들을 노출시키는 것보다는 나았다.

그가 십여 장쯤 전진하자 호미령이 귓가에 대고 속삭였다.

"가까워지고 있어요."

주적자는 짧게 고개를 끄덕이고 호미령을 내려놓았다.

"왜요?"

"여기서부터는 나 혼자 가겠소. 소저가 업혀 있으면 아무래도 움직이기 불편하니까."

"하지만 제가 있어야 흡혈귀의 정확한 위치를 알 수 있을 텐데……."

"이 정도로 가까이 있다면 혼자서도 충분히 찾을 수 있소. 놓치지 않을 테니 염려 마시오."

그는 사도철광에게 소소자와 호미령을 부탁하고 혼자 숲을 헤쳐 나갔다. 잡목이 우거진 숲의 끝에는 초록 물감을 뿌려놓은 듯한 대나무 숲이 놓여 있었다. 주적자는 누가 일부러 만든 것처럼 정확한 경계를 이룬 대나무 숲 안으로 발을 들여놓았다. 바람 한 자락이 스쳐 가며 훅 하고 노린내를 풍겼다. 주적자는 바람이 불어온 방향으로 걸음을 옮겼다. 얼마 가지 않아 산중 제왕의 주검이 눈에 들어왔다.

일 장 가까이 되는 호랑이는 앞발이 부러졌고 한쪽 눈알도 빠져 처참한 모습이었다. 목덜미를 살펴자 역시 두 개의 구멍이 나 있었다. 허리가 꺾인 대나무가 채 열 개도 되지 않은 것으로 보아 싸움은 단시간에 끝난 것으로 보였다.

주적자는 땅에 코를 박듯 허리를 숙이고 부드러운 흙을 살폈다. 어지럽게 나 있는 발자국은 호랑이와 다른 한 사람의 것이 분명했다. 같은 자리를 두어 번 왕복한 주적자는 오른쪽으로 방향을 잡았다. 대나무의 특성상 가지가 부러지거나 하는 흔적이 나지 않기 때문에 주적자는 땅만 보며 걸었다. 십여 장 정도를 쫓던 그의 걸음이 멎었다.

두 자 간격으로 일정하게 이어지던 발자국이 끊긴 것이다. 주위를 살펴봐도 더 이상 이어진 자취는 보이지 않았다. 왜 갑자기 끊긴 것인지 알 수 없었다. 분명 잘못 쫓아온 것이 아니었다. 주적자는 마지막 발자국을 다시 살폈다. 잔뜩 찡그린 주적자의 얼굴에 이채가 떠올랐다. 발가락 근처의 흙이 많이 흐트러져 있었다. 그것은 이곳에서 이전보다 더 힘을 줬다는 것을 뜻했다.

주적자는 위쪽을 보더니 훌쩍 몸을 날려 대나무에 매달렸다. 두세 개의 대나무를 살피던 그는 드디어 흔적을 발견했다. 어지간히 꽉 쥐었는지 대나무 중간이 갈라져 있었다.

'왜 이곳에서 매달린 것일까?'

의문은 가지고 있는 것만으로 풀리지 않는다는 것을 주적자는 잘 알고 있었다. 대나무 위로 올라왔기 때문에 흔적을 쫓기란 더 어려워졌지만 불가능하지는 않았다. 주적자는 대나무가 쪼개진 방향으로 몸을 날렸다. 악력은 대부분 엄지손가락보다 나머지 네 손가락에 더 많이 작용하기 마련이었다. 예상대로 그쪽에 자국이 남아 있었다. 대나무를 발로 차고 이동했는지 아직 마르지 않은 흙이 묻어 있었다. 두 번의 대나무를 끝으로 흙은 더 이상 보이지 않았다. 일 장 근처의 대나무를 모두 살펴도 흔적을 찾을 수 없었다.

어려운 추적이 아니라고 생각했는데 놓친 것이다. 주적자는 짧게 혀를 차고 대나무에서 내려왔다. 막 기다리고 있는 일행 쪽으로 가려던 주적자의 얼굴이 딱딱하게 굳었다.

"설마……."

그는 불안한 음성을 흘리고 흡혈귀의 마지막 자취가 남았던 대나무
로 갔다. 위를 올려다보던 주적자의 시선은 왼쪽으로 옮겨졌다. 그리
고 잠시 후, 다시 고개를 돌린 방향은 일행이 있는 곳이었다.

그들은 이상한 흡혈귀와 동행했다

제8장 그들은 이상한 흡혈귀와 동행했다

호미령은 갑자기 정수리가 따끔해지는 느낌을 받았다. 그 감각은 마치 바늘로 뼈를 긁는 듯한 통증을 동반하며 등뼈를 타고 아래로 이어졌다. 머리가 하얗게 탈색되는 것 같았다. 이런 느낌이 어느 때 나타나는지 그녀는 너무도 잘 알고 있었다.

"흡혈귀예요."

그녀의 목소리는 바로 곁에서도 들리지 않을 정도로 작았다.

"뭐라구요?"

소소자의 물음에 그녀는 굵은 침을 삼키고 다시 말했다.

"근처에 흡혈귀가 있어요."

"그럴 리가… 흡혈귀는 주적자가 쫓고 있는데……!"

소소자는 믿을 수 없다는 듯 말했다. 그녀도 믿고 싶지 않았지만 피부로 느껴지는 현실이었다.

"주 대협께서 쫓아가신 흡혈귀가 맞는지 모르지만 어쨌든 근처에 흡혈귀가 있어요."

"어느 방향에 있소?"

"십오 장, 아니, 십 장 근처예요. 방향은……."

그녀는 흡혈귀가 느껴지는 쪽으로 얼굴을 돌렸다.

"저쪽이에요."

"이런, 젠장! 하필 사도 영감이 똥 싸러 간 사이에 흡혈귀가 나타나다니."

소소자는 투덜거리더니 이내 소리쳤다.

"사도 영감! 사도 영감! 어딨소? 여기 흡혈귀가 나타났소이다! 사도 영감!"

뿌디딕—!

소소자의 외침은 괄약근을 통해 울리는 소리와 기의 동시에 들려왔다. 다시 한 번의 배설을 위해 아랫배에 힘을 주던 사도철광은 흠칫 놀라 고개를 들었다. 분명 흡혈귀가 나타났다는 뜻의 절박한 음성이었다.

흡혈귀는 주적자가 쫓고 있으니 소소자가 있는 곳에 나타날 리가 없었다. 어쩌면 소소자가 자신을 놀리기 위해 장난을 치는 것이 아닐까 하는 생각도 들었다. 하지만 계속 들려오는 목소리는 절박함 그 자체였다. 사도철광은 황급히 일어서며 바지춤으로 손을 가져갔다. 그러나 일이 꼬이려고 하면 언제나 그렇듯 나쁜 방향으로 계속 가기 마련이었다.

꾸르륵—

뱃속에서 거북한 소리가 들리고 다시 소식이 왔다.

"이런!"

사도철광은 가지도 앉지도 못하고 엉거주춤한 자세로 소소자가 있는 방향을 보고 있을 뿐이었다. 옷에 똥 묻는 것보다 사람 목숨이 귀하다는 것은 익히 알고 있지만 배설이라는 것이 그렇게 단순한 일인가? 설사 이대로 간다고 하더라도 제 실력을 제대로 발휘할 수 없는 노릇이었다. 사도철광은 하는 수 없이 쪼그려 앉았다. 이내 경쾌한 소리가 아래쪽에서 들렸다.

한 번의 배설로 끝낼 수 없다는 것은 아랫배의 느낌으로 알 수 있었다.

"아이고, 이를 어쩐다?"

사도철광은 일어서려다 다시 앉아 똥을 싸고, 또 일어서다가 뱃속의 요동을 느끼고 다시 앉았다. 말 그대로 진퇴양난이었다.

"젠장!"

사도철광은 급한 마음에 앉은 자세로 발을 내딛기 시작했다.

뿌디딕! 저벅. 뿌디딕! 저벅…….

사도철광은 민망하기 그지없는 모습으로 한 걸음 한 걸음 나아갔다. 그가 지나간 길엔 뚜렷한 자국(?)이 갈지자로 길게 늘어졌다.

"강시꼬랑지 같은 사도 영감! 우리가 죽기를 바라는 거야! 내가 설사병 안 고쳐 줬다고 오지도 않는 거지! 이 좀팽이 같은 영감탱이야!"

속도 모르는 소소자의 고함 소리가 산중을 쩌렁하게 울렸다. 설사병이 아니더라도 정말 가고 싶지 않게 만드는 놈이었다.

'호미령만 아니라면……!'

그는 이를 갈며 최대한 걸음을 빨리했다. 스무 걸음쯤 옮겼을까?

고래고래 소리를 지르던 소소자의 외침이 멎었다. 갑작스럽게 찾아온 적막은 그래서 더욱 불안했다.

"설마……."

사도철광의 중얼거림은 불길함을 품고 있었다. 운이 좋다고 하기에는 뭐하지만 때마침 설사가 끝난 것 같았다. 사도철광은 황급히 바지춤을 끌어 올리고 소소자가 있는 곳으로 몸을 날렸다. 그리 멀지 않은 거리였기 때문에 사도철광은 순식간에 소소자가 있는 곳에 당도했다. 소소자는 호미령을 등 뒤에 두고 잔뜩 웅크린 자세로 서 있었다. 그일 장 앞에 왜소한 체구의 사내가 있었는데 턱에 묻은 피와 튀어나온 송곳니가 흡혈귀라는 것을 말해 주었다.

"이노옴!"

사도철광은 흡혈귀가 행여 소소자와 호미령을 덮칠까 봐 커다란 소리를 지르며 장내로 뛰어들었다. 그가 막 소소자의 곁을 스치려 할 때 소소자가 팔을 들어 막았다.

"기다려요!"

사도철광은 급히 걸음을 멈추며 물었다.

"왜 그러나?"

소소자는 대답 대신 턱으로 흡혈귀를 가리켰다. 양팔을 아래로 늘어뜨리고 거친 숨을 내뿜고 있는 흡혈귀는 그들을 노려볼 뿐 움직이려 하지 않았다. 강찬충의 푸른 눈과는 달리 피를 뿜어내듯 붉은 눈을 가진 흡혈귀는 웬지 그들과 싸울 생각이 없는 것처럼 보였다.

"왜……."

흡혈귀는 굵은 침을 삼킨 후 말을 이었다.

"날 쫓는 것이오?"

사도철광은 소소자와 눈을 마주친 후 대답했다.

"자네가 흡혈귀니까."

흡혈귀는 의외의 대답을 들은 듯 흠칫 몸을 떤 후 입꼬리를 묘하게 비틀었다.

"큭! 세상에 내 존재를 아는 사람이 있다니. 날 쫓아서 어떻게 하겠다는 것이오?"

"그전에 물어볼 것이 있네."

"뭐요?"

"자네 강찬충이란 자를 아나?"

흡혈귀의 눈에 놀람이 깃들었다.

"찬충을 만났소? 그는 어디 있소? 혹시 나처럼 변한 것은 아니오?"

단숨에 던져진 질문에 사도철광은 고개를 끄덕였다. 마지막 물음의 대답이었다. 흡혈귀는 뒤틀린 웃음을 지었다.

"결국 녀석도 나처럼 변했군. 금관을 열지 말았어야 했는데… 빌어먹을!"

흡혈귀는 마지막으로 욕설을 내뱉고 몸을 돌렸다.

"잠깐! 설마 그냥 갈 생각은 아니겠지?"

흡혈귀는 고개만 돌려 사도철광을 보았다.

"내게 어쩌라는 것이오? 당신들 피라도 빨아드릴까? 지금 내 인내심은 거의 한계에 와 있소. 사람의 피를 마시고 싶어 미칠 지경이란 말이오. 짐승의 피는 내 갈증을 완전히 풀어주지 못하오. 그러니 당신들은 내가 이성을 완전히 잃기 전에 나에게서 멀어지는 것이 좋을 것이오."

"아니, 자넨 우리를 흡혈야황에게 안내해야 하네."

“흡혈야황? 그것이 무엇이오?”

“지금 자네가 북쪽으로 가고 있는 까닭이 무엇인가?”

흡혈귀는 멍한 표정으로 고개를 저었다.

“나도 모르오. 다만 북쪽 어딘가에 누군가가 있다는 것만 느낄 뿐. 난 그를 찾아가야 하오. 그만이 내 몸을 정상으로 되돌려줄 수 있을 테니까.”

흡혈귀의 마지막 말은 독백처럼 들렸다.

“자네가 찾고자 하는 ‘그’가 바로 흡혈야황이네.”

“당신들은 어떻게 그것을 알고 있소?”

흡혈귀는 고개를 젓고 다시 물었다.

“아니, 당신들이 내게 바라는 것이 무엇이오? 내게 당신들의 길잡이가 되란 말이오?”

소소자가 어깨를 으쓱하며 대답했다.

“가는 김에 같이 가자는 거지. 나쁠 것 없잖아?”

“나쁠 것이 없다? 내가 당신들 피를 빨아도 말인가?”

소소자는 흡혈귀를 물끄러미 쳐다보다가 입을 열었다.

“정말 흡혈귀답지 않은 흡혈귀군. 왜 그토록 사람의 피를 먹는 것을 두려워하지? 그런다고 달라질 것이 있나?”

흡혈귀의 얼굴이 일그러졌다.

“달라질 것이 있느냐구? 당연하지! 훗날 내가 다시 사람으로 돌아왔을 때 사람으로 남을 수 있으니까! 만약 내가 지금 짐승의 피가 아닌 사람의 피를 빨아버린다면 훗날 설사 정상으로 돌아온다 할지라도 난 여전히 흡혈귀일 뿐이야! 난 처음부터 끝까지 사람이고 싶어!”

한바탕 소리를 지른 흡혈귀는 잠시 숨을 고르더니 고개를 숙였다.

"그러니 내 앞에서 썩 꺼지라구. 그것이 당신들과 날 위한 길이야."

그때 흡혈귀의 뒤쪽에서 주적자의 낮은 음성이 들렸다.

"너와 우리를 위한 길은 흡혈야황에게 우릴 안내하는 것이야."

흡혈귀는 화들짝 놀라 돌아섰다.

"어떻게 기척도 없이 내 뒤에……."

흡혈귀의 믿을 수 없다는 듯한 중얼거림에 주적자는 비틀린 웃음을 머금었다.

"용케 날 따돌렸더군. 하마터면 속을 뻔했지. 뭐, 어쨌든 상관없겠지, 우릴 흡혈야황에게만 안내한다면."

주적자를 지그시 노려보던 흡혈귀는 이 사이로 말을 뱉었다.

"그렇게 죽고 싶나?"

"……."

"그럼 원대로 해주마!"

흡혈귀는 말이 끝나기가 무섭게 땅을 박찼다. 일 장 거리는 눈 깜짝할 사이에 좁혀졌다. 흡혈귀가 팔을 휘두르자 주적자는 그 자리에 주저앉으며 검을 빼 흡혈귀의 정강이를 후려쳤다. '깡!' 하는 타격음과 함께 흡혈귀는 힘없이 앞으로 거꾸러졌다. 후닥닥 일어서기는 했지만 고통스러운지 얼굴을 잔뜩 찡그리고 있었다. 엉거주춤한 자세로 한참 동안 주적자를 보던 흡혈귀의 얼굴에 이채가 떠올랐다.

"그렇군. 호인불사 주적자였군."

"강찬충도 날 알아보더니 너 역시 그렇군."

"당연하지. 찬충과 같이 봤으니까."

"기왕 날 알아봤다면 이쯤에서 손을 드는 것이 어떤가? 강찬충처럼 나중에 후회하는 것보다는 그게 나을 테니까."

"찬충을 어떻게 했지?"

"그건 차차 말할 문제고, 빨리 결정을 내리라구. 우리와 갈 것인가, 아니면 내 검이 얼마나 아픈지 맛을 더 보겠는가."

흡혈귀는 망설일 것도 없이 주적자와의 대결 쪽을 택했다. 그리고 결국 땅바닥에 납작 엎드린 채 흡혈야황에게 안내하겠느냐는 질문에 고개를 끄덕임으로 사건은 일단락되었다.

이름을 고두룡이라고 밝힌 흡혈귀는 자신이 인간으로 되돌아오는 문제를 가장 먼저 해결해 달라고 부탁했다. 소소자는 '가능하다면 그렇게 할 수도 있지'라는 애매한 대답으로 고두룡의 입을 막았다.

길 안내자인 고두룡의 말에 따라 그들은 곧장 북으로 방향을 잡았다. 고두룡이 '점점 가까워지는 것을 느낄 수 있어요'라고 말하는 것으로 보아 근처에 간다면 정확한 위치도 파악할 수 있을 것이다. 문제는 고두룡이 하루 세 시진 이상 활동할 수 없다는 데 있었다. 결국 그들은 승천현(承天縣)으로 가서 마차를 이용하기로 했다.

"젠장! 같이 타는 마차인데 왜 나만 돈을 내? 난 그렇게 못해!"

소소자의 강력한 주장에도 불구하고 결국 혼자 은자 다섯 냥이라는 거금을 들여 마차를 구입했다. 주적자는 보표라는 이유로 빠지고 사도철광은 '난 원래 돈 같은 것 안 가지고 다녀'라는 뻔뻔한 말로 외면했다. 그렇다고 호미령이나 고두룡에게 돈을 내라고 할 수도 없었다.

승천현을 출발한 주적자 일행은 육로와 수로를 번갈아 이용하며 열흘 만에 심양성(沁陽城)에 도착했다. 고두룡은 열흘 간 소소자와 사도철광이 번갈아 구해주는 닭이나 오리 따위의 피를 먹으며 견뎠다. 그 동안 소소자가 고두룡을 연구해 보았지만 알아낸 것이라고는 피를 목구멍으로 넘기는 것이 아니라 송곳니에 난 작은 구멍으로 빨아들인다는 것뿐이었다. 도검불침이 된 이유나 비정상적으로 강해진 육체, 심장이 멈추고도 살아 있는 까닭은 밝혀낼 수가 없었다.

소소자는 '역시 흡혈귀는 알 수 없는 존재야' 라는 말로 위안을 삼았고 사도철광은 '돌팔이 의원의 한계는 분명하다니까' 라는 중얼거림을 뱉어냈다. 언제나 그렇듯 나쁜 말은 소소자가 꼭 듣게 되고 그것 때문에 마차 안은 조용할 날이 없었다. 소소자는 그런 와중에도 틈틈이 호미령의 눈을 치료했다. 처음 며칠은 전혀 가망없는 것처럼 보이더니 소소자는 삼 일 전 고칠 가능성을 발견한 모양이다.

주적자는 십 일 내내 마풍단과 싸움에서 펼쳤던 분광뇌풍검법에 빠져 있었다. 마차를 몰면서는 머리 속으로 초식을 생각하고 쉬는 시간이면 어김없이 검무를 취댔다. 하지만 그때의 감각은 잡힐 듯 잡힐 듯 하면서 여전히 언저리를 맴돌았다. 가끔은 정말 그때 그런 것이 있었나 싶은 생각이 들기도 했다. 그렇다고 포기할 생각은 없었다. 그의 강함에 대한 열망은 대부분의 무인들처럼 권력이나 돈을 향한 것이 아니었다. 그에게 강함은 인생이었고 생명이었다. 그래서 신기루 같은 끈을 놓을 수 없는 것이다.

그렇게 도착한 심양성에서 주적자 일행의 걸음은 주춤하게 되었다. 선녀가 거울로 사용했다는 선경호(仙鏡湖)나 산세가 승천하는 용처럼 웅장하다 하여 이름 붙여진 승룡산(昇龍山) 같은 절경을 구경하기 위해서가 아니었다. 바로 동쪽으로 사백 리 위치에 문제의 개봉성이 있었던 것이다.

그들은 화물이 오르내리는 선착장에서 한 시진째 설전을 벌이고 있었다.

"정말 가야겠냐?"

소소자의 물음에 주적자는 초점없는 눈을 강물에 맞추고 대답했다.

"이미 스물두 번이나 말했지만 이건 정해진 약속이다."

"나도 스물네 번째 같은 말을 하지만, 흡혈야황 문제는 전 중원의 안위와 직결되는 중대한 일이다. 탈명침이 네게 얼마나 커다란 의미를 지니는지 알고 있지만 빌어먹을 원한 때문에 수많은 사람들의 목숨을 등지겠다는 것이냐?"

"내가 나선다고 흡혈야황 문제를 해결할 거란 보장은 없어."

"그렇겠지. 하지만 네가 나서지 않으면 더 나빠질 거라는 건 확실하지. 야심가인 여신우까지 합세한 상황이라면 더욱더!"

여신우란 이름이 주적자의 가슴을 아프게 파고들었다. 여신우만 아니었다면 강찬충을 잡았을 때 소소자와 길을 달리했을 것이다.

"네게 세상의 모든 정의를 책임지란 소리는 아니다. 하지만……."

소소자의 말 사이로 쩌렁한 목소리가 파고들었다.

"개봉행 배가 도착했소! 가실 분들은 빨리 승선하시오!"

소소자는 말을 끊고 주적자를 보았다. 사도철광과 앞이 보이지 않는 호미령조차 눈길을 돌리지 않았다. 주적자는 그들의 얼굴을 번갈아 바라보았다. 모두의 얼굴에 그의 떠남을 말리는 빛이 서려 있었다.

'진작 떠났어야 했는데…….'

몸을 돌린 주적자는 후회 비슷한 감정을 느꼈다. 개봉행에 대한 포기가 아니라 떠나기 어려움에 대한 감정의 크기 때문이었다. 아무리 흡혈야황과 여신우가 중요하다고 하지만 탈명침을 포기할 수는 없었다.

"정말 개봉으로 가는 거냐?"

소소자의 물음에 주적자는 그저 고개를 끄덕였다. 예고된 작별에 인사 따위는 필요없었다. 사도철광도 호미령도 말없이 그의 등을 지켜볼 뿐이었다. 사람들과 어깨를 부딪치며 배에 오르는 주적자에게 소소자가 소리쳤다.

"우릴 만나려면 안양성(安陽城)으로 오면 된다! 넌 다시 오게 될 거야!"

소소자의 목소리에는 반드시 그렇게 될 것이라는 확신이 배어 있었다. 왜 그렇게 생각하는지 알 수 없지만…….

배는 신항(新享)과 정진(政鎭)을 거쳐 개봉에 도착했다. 이틀의 뱃길은 평안했다. 중간에 거친 바람을 만나기는 했지만 흡혈귀를 쫓던 길에 비하면 아무것도 아니었다.

개봉 나루에 발을 들여놓은 주적자는 한껏 숨을 들이마셔 긴장을 불어넣었다. 이제 다시 탈명침과의 숨바꼭질이 시작된 것이다. 장락수의 장담대로 공 대부가 탈명침의 정체를 안다고 확신할 수 없지만 지금으로써는 그것이 유일한 단서였다. 나루터 특유의 북적임을 빠져나온 주적자는 곧바로 북쪽으로 길을 잡았다.

이각 만에 그가 도착한 곳은 천락가(天樂街)라고 이름 붙여진 홍등가였다. 이름처럼 하늘의 즐거움을 주는지 알 수 없지만 이 장 넓이의 길을 사이에 두고 갖가지 유흥가와 도박장들이 늘어선 곳이었다. 해가 떨어지기를 기다렸다는 듯 기방과 주루의 불이 하나둘씩 켜지기 시작했다. 성급하게 나온 호객꾼들이 지나가는 주적자를 불렀다.

"무사님, 전국에서 올라온 미녀들이 즐비합니다!"

"다른 집보다 비싸거나 맛이 없으면 돈을 받지 않습니다! 여기서 쉬었다 가세요!"

주적자는 호객꾼들의 소리를 무시하고 깊숙한 곳으로 걸음을 옮겼다. 길 양쪽을 화려하게 차지하고 있던 불빛들이 뜸해질 즈음 주적자의 걸음이 멈췄다. 채 다섯 자도 되지 않는 협소한 길 양쪽에는 허름한 판잣집들이 다닥다닥 붙어 있었다. 주적자가 마치 빈민굴을 연상케 하는 이곳에 발을 들여놓은 것은 한 사람을 만나기 위해서였다.

주적자는 대문에 빛 바랜 태극 문양이 그려진 집의 문을 두드렸다. 숨을 두 번 들이키기도 전에 '달칵' 소리와 함께 문 상단에 작은 구멍이 생겼다. 유난히 황색을 띤 두 개의 눈이 나타나더니 질문이 이어졌다.

"어떻게 오셨소?"

낮고 탁한 목소리였다.

"주사위의 숫자를 합하면 이십일이지."

황색 눈은 잠시 주적자를 바라보다 안쪽으로 사라졌다. 잠시 후 빗장 열리는 소리와 함께 문이 안으로 밀려났다. 밖보다 어두운 실내에는 얼추 육십이 넘어 보이는 곱추노인이 구부정한 자세로 서 있었다. 곱추노인은 주적자의 위아래를 훑어본 후 짧게 물었다.

"돈은?"

주적자는 품에서 돈주머니를 꺼내 펼쳐 보였다. 은자 열 냥이 넘는 액수가 곱추노인의 얼굴에 놀라움을 만들어냈다. 주적자는 그중 동전 두 문을 꺼내 곱추노인에게 던졌다. 돈을 받아 든 곱추노인은 금세 입이 벌어지며 허리를 숙이더니 어둠 안쪽으로 들어갔다. 잠시 후 문 열리는 소리가 들리더니 매캐한 냄새와 함께 왁자지껄한 소음이 빛무리와 함께 밀려 나왔다.

"쌍육(雙六)이다, 쌍육!"

"젠장! 돈 없으면 꺼지라구! 빈 주머니로 어디서 엉길려구 하는 거야!"

주적자는 도박장 특유의 소음 속으로 들어섰다. 무허가로 운영되는 이곳은 선착장의 하역부들이나 건달들의 집합소 같은 곳이었다. 주적자가 찾는 사람은 이 도박장의 주인이자 개봉성 왈패들의 우두머리인 한보성(韓甫晟)이란 자였다. 칠 년 전 산적들에게 목숨을 잃을 뻔한 것을 구해준 인연으로 알게 되었는데, 도움이 필요하면 찾아오라는 당부를 주적자는 아직 잊지 않고 있었다. 개봉에 왔다고 무턱대고 공 대부를 찾을 수 없는 상황에서 한보성은 좋은 길 안내자였다.

주위를 둘러보던 주적자는 주사위 노름판 옆에서 팔짱을 끼고 있는 덩치 큰 사내에게로 다가갔다. 첫눈에 도박장을 지키는 건달이라는 것을 알 수 있었다. 주적자가 가까이 다가가자 사내는 일단 경계의 눈빛을 보냈다.

"한보성을 찾아왔는데."

주적자를 위아래로 훑어본 사내가 퉁명스럽게 물었다.

"무슨 일로 장주님을 찾아왔소?"

"주적자가 왔다고 전하게."

"주, 주적자?"

사내가 놀람 섞인 목소리를 뱉어냈다.

"왜? 날 아나?"

사내는 급히 고개를 저었다.

"아, 아니오. 자, 잠깐 기다리시오."

주적자는 급히 뒷문으로 빠져나가는 사내를 물끄러미 쳐다보았다. 사내는 분명 그의 이름을 듣고 대경실색(大驚失色)을 했다. 그것이 호인불사 주적자라는 이름 때문일 수도 있었지만 아닐 가능성이 더 높았다. 주적자가 다 호인불사는 아니기 때문이다. 단지 그것 때문에 사내를 붙잡아 물을 수도 없는 노릇이어서 주적자는 일단 도박장 안을 살폈다. 혹시 일어날 불상사에 대비해 구조를 숙지하기 위해서였다.

사십 평 정도의 단층으로 이루어진 실내는 중앙 기둥을 중심으로 여러 개의 도박대가 부챗살처럼 퍼져 있었다. 주사위는 상단에, 마작은 우측에, 골패는 좌측이었다. 그리고 몇 개의 탁자와 의자가 놓여 있는 하단은 휴식을 위한 자리 같았다. 문은 그가 들어온 곳과 사내가 나간 두 개뿐이었다. 지붕은 여느 곳과 마찬가지로 나무로 되어 있으니 여의치 않으면 뚫고 나갈 수도 있었다.

주적자가 대충 구조를 파악했을 때 낮은 마찰음이 들렸다. 사내가 사라졌던 문으로 시선을 돌린 주적자의 눈에 두 명의 가면인이 들어왔다. 각각 개와 돼지의 탈을 쓴 그들은 곧장 주적자에게로 다가왔다.

"호, 호부십이지(護父十二支)!"

누군가의 입에서 억눌린 비명 같은 소리가 튀어나오자 도박장은 순식간에 조용해졌다. 그러더니 갑자기 사방에서 옷자락 스치는 소리가 들렸다. 도박장 안에 있는 모든 사람들이 동시에 가면인들을 향해 허리를 숙인 것이다. 주적자는 황당하기도 하고 우습기도 한 감정을 품고 가면인들을 보았다. 그들은 주적자의 코앞에 서더니 잔뜩 힘이 들어간 목소리로 말했다.

"공 대부님께서 당신을 만나시겠다고 하십니다."

주적자는 할 말을 잃었다. 장락수 말대로 정말 공 대부가 만사무불통지라도 된단 말인가? 그럴 리가 없었다. 아는 것이 남보다 많을 수는 있지만 모두를 통달할 수는 없는 법이었다. 그가 말이 없자 개 가면 사내가 다시 입을 열었다.

"가기 싫다면 이곳을 떠나셔도 좋습니다."

"아니. 가지."

"그럼 이걸 쓰시지요."

개 가면 사내가 내민 것은 구멍도 뚫리지 않은 검은 두건이었다. 아무리 오감이 발달했다고는 하지만 눈을 가린 상태에서 기습이라도 받는다면 위험할 수 있었다. 하지만 주적자는 잠깐의 망설임 뒤에 두건을 받아 썼다. 그들은 그가 아래쪽의 작은 틈새로 볼까 봐 끈으로 목 주위를 묶었다. 숨이 막힐 정도는 아니었지만 그들의 의도대로 주위는 깜깜한 어둠으로 변했다.

"날 업고 가기라도 할 텐가?"

그의 말이 끝나자 누군가 손을 잡았다. 가면인들 중 하나일 것이다. 주적자는 가면인이 이끄는 대로 걸음을 옮겼다. 양쪽 어깨가 닿을 정도로 좁은 통로를 지나자 계단이 나왔다. 아무 말도 해주지 않은 탓에 넘어질 뻔한 것을 모면한 주적자가 물었다.

"어떻게 내가 공 대부를 찾는다는 것을 알았지?"

"……."

"내가 공 대부를 찾는 용건도 알고 있나?"

역시 대답이 없었다. 그저 벽을 때리고 여러 개로 흩어지는 발자국 소리만이 전부였다. 주적자는 가면인들에게 대답 듣는 것을 포기하고 묵묵히 걸음을 옮겼다. 잠깐의 멈춤 뒤로 문 열리는 소리가 들리며 차가운 기운이 전해졌다. 밖으로 나온 모양이다. 지금까지 지나온 길은 아마도 도박장의 비밀 통로였을 것이다.

밖으로 나와 근 이각 동안 구불구불한 길을 걸은 후 큰 문을 통과했다. 문 열리는 소리의 무게로 알 수 있었다. 돌로 만들어진 듯 딱딱한 바닥을 밟자 실내가 나왔다. 발자국이 울리는 소리로 봐서 꽤 넓은 통로였다. 어쩌면 회랑(回廊)일 수도 있었다. 그리고 다시 아래로 내려가는 계단이 나왔다. 눈을 가리고 가더라도 웬만한 길은 다시 더듬을 자신이 있었지만 이런 길은 다시 짚어가기가 거의 불가능했다.

마치 무저갱으로 통하는 듯 원형의 계단은 한참 동안 이어졌다. 가끔 전해지는 따뜻한 기운으로 군데군데 횃불이 밝혀져 있는 것을 알 수 있었다.

'내가 이들을 너무 쉽게 믿어버린 것이 아닐까?

그의 의심은 곧 여신우를 떠올리게 만들었다. 그가 공 대부를 찾는다는 사실을 여신우가 알 리 없었지만 세상에는 의외라는 것도 존재했다. 만약 이것이 여신우의, 아니, 꼭 여신우가 아니라도 누군가 그를 죽이기 위해 판 함정이라면 빠져나가기가 쉽지 않을 것이다. 계단이 끝나고 손에 땀이 배어 나온다는 것을 느낄 때쯤 가면인의 걸음이 멈췄다. 어딘가를 들어가기 위해 선 것이 아니라 목적지에 도착한 것 같았다.

"벗어도 좋소."

주적자는 목을 맨 끈을 풀고 복면을 벗었다. 가장 먼저 눈에 띈 것은 정면의 검은 장막이었다. 한쪽 면을 모두 가린 장막 너머에 무엇이 있는지는 알 수 없었다. 양쪽 벽에 네 개의 횃불이 걸려 있었고 뒤쪽은 문이 없는 계단 입구였다.

주적자가 주위를 살피는 사이 그를 안내한 가면인들은 장막의 한쪽 끝을 살짝 젖히고 안으로 사라졌다. 그리고 잠시 후 늙은 목소리가 장막 너머에서 들렸다.

"좋은 눈을 가졌군."

"하지만 장막 너머는 볼 수 없죠."

잠시의 침묵 뒤로 다시 노인의 목소리가 이어졌다.

"배짱도 있고… 사내군. 요즘은 사내 보기가 점점 힘들어."

"내 성(性)을 확인해 준 것은 고맙습니다만, 전 시간이 많지 않습니다."

"맞아. 인생은 짧고 하고 싶은 일은 너무 많지."

주적자는 숨을 들이켜 묻고 싶은 말을 참았다. 여기까지 데려왔으니 그가 궁금해하는 것을 말해 줄 것이다. 장막 너머에 있는 사람이 공 대부 본인이라면.

노인의 목소리를 다시 듣는 데 오래 기다릴 필요는 없었다.

"궁금해하는 것이 탈명침의 정체겠지?"

"어디에 있는지도 알려주면 더욱 고맙겠습니다. 그리고 어떻게 제가 여기에 올 줄 알았는지까지 가르쳐 주신다면 고마움이 배가 되겠죠."

"물론 탈명침의 정체는 알려주겠다, 약속을 했으니까."

"약속? 누구와 말입니까?"

"그건 나중에 알게 될 걸세. 그리고 다른 궁금증도 자네의 능력 여하에 따라 풀릴 수도 있겠지."

공 대부의 말은 주적자에게 의문투성이였다. 그렇다고 지금 말하지 않겠다는데 억지로 입을 열게 할 수도 없었다. 그가 궁금증을 삼키고 있을 때 장막 끝이 열리며 개 가면 사내가 두 개의 목합(木盒)을 들고 나왔다. 사내는 검은색과 붉은색의 목합을 주적자에게 건넸다.

"검은색 목합을 열어보게."

주적자는 노인의 말대로 둥근 뚜껑을 열었다. 그곳에는 손바닥만한 은빛 침이 검은 비단 천 위에 스무 개 정도 놓여 있었다.

"그것을 앞의 장막에 던져 꽂아보게. 내공을 전혀 사용하지 말고."

"노인장을 가리고 있는 장막 말이오?"

"그래. 자네도 알겠지만 딱딱한 나무보다 부드러운 천에 침을 던져 꽂는 것이 더 어렵지."

물론 그도 알고 있었다. 처음 무공을 배울 때 손목 힘을 기르기 위해 나무에 못을 무수히 던진 그였다. 천에 던져 보지는 않았지만 할 수 없을 것이란 생각은 들지 않았다. 다만 노인이 이런 일을 시키는 의도를 이해할 수 없었다.

주적자는 이번에도 역시 물음을 뒤로하고 침 하나를 엄지와 검지, 중지 사이에 끼웠다. 손을 귀와 수직이 되게 곧추세운 후 손목을 튕겨 침을 던졌다. 침은 흐릿한 은빛 꼬리를 뿌리더니 '폭!' 소리와 함께 천에 파고들었다.

"역시… 붉은색 목합을 열어보게."

주적자는 노인의 말대로 목합을 열었다. 하얀색의 비단에 솔잎이 스무 개 가량 들어 있었다.

"그 자리에서 솔잎을 장막에 꽂아보게. 물론 내공을 써서는 안 되네."

"솔잎을 말이오?"

"왜? 못하겠나?"

인정하기는 싫었지만 그랬다. 설사 내공을 쓰더라도 웬만한 수련으로 할 수 있는 일이 아니었다.

"그것이 첫 번째 관문이네."

“첫 번째 관문?”

“탈명침의 정체를 알아내는 것이 그렇게 쉬울 줄 알았나?”

주적자는 의외의 전개에 내심 당황했다. 이런 식으로 일이 진행될 줄은 상상조차 하지 못했다.

“당신이 탈명침의 정체를 안다고 어떻게 증명할 수 있소이까?”

“후후후, 어차피 자넨 날 믿는 것 외에는 선택의 여지가 없잖나. 내 제안이 싫다면 지금이라도 돌아가게. 잡을 생각은 추호도 없으니까.”

주적자는 노인을 보는 듯 장막에 한참 동안 시선을 두다가 입을 열었다.

“관문은 몇 개나 있소?”

“세 개네.”

“내가 할 수 있는 일이오?”

“그건 자네 능력에 달렸지.”

“다시 물어야겠군요. 인간이 할 수 있는 일이오?”

“물론. 지금까지 누군가 해온 일이고 앞으로도 할 일이니까.”

주적자는 고개를 끄덕였다.

“좋소.”

그는 말을 하고 솔잎 하나를 집어 들었다. 그리고 아까와 같은 방식으로 장막을 향해 던졌다. 하지만 솔잎은 장막에 부딪쳐 힘없이 바닥에 떨어졌다. 다시 하나를 던졌지만 결과는 마찬가지였다.

“아무래도 당장은 힘들 것 같군. 자네가 성공하면 다시 오겠네. 그때 보기로 하지. 아참, 만약 그냥 돌아가고 싶다면 말을 하게. 언제든지 길은 열려 있으니까.”

"잠깐!"

"뭔가?"

"만약 당신의 말이 거짓이라면 그 대가가 결코 적지 않을 것이오."

"후후후… 하하하하……! 난생처음으로 듣는 협박이군. 하하하하……!"

웃음소리는 점점 멀어지더니 이내 들리지 않았다. 가면인들의 기척도 사라지고 지하실에는 주적자 혼자 덩그라니 남았다.

"후……!"

주적자는 텁텁한 공기를 뿜어낸 후 솔잎을 내려다보았다. 수련을 한다면 가능하겠지만 일조일석(一朝一夕)에 이루어질 일이 아니었다. 그렇다고 애써 잡은 탈명침의 꼬리를 놓을 수도 없었다.

손에 든 솔잎을 물끄러미 보던 주적자는 피식 웃음을 터뜨렸다. 아버지에게 무공을 배울 때에 비하면 이런 것은 어린애 장난에 불과했다. 그에게 유일한 적은 시간이었고, 인내는 이미 그의 일부이니 문제될 것은 없었다.

차분하게 마음을 가라앉힌 주적자는 솔잎을 던졌다. 솔잎이 장막에 닿기도 전에 꽂히지 않을 것이란 걸 알 수 있었다. 두 번째, 세 번째도 마찬가지였다. 스무 개의 솔잎이 모두 그의 손을 떠났지만 꽂힌 것은 하나도 없었다. 다시 솔잎을 목합에 담아 제자리로 돌아온 주적자는 장막을 뚫어지게 쳐다보았다.

그냥 생각없이 던진다면 몇 년을 해도 마찬가지일 것이다. 중요한 건 손목의 탄력이었다. 어깨와 팔은 극히 부수적인 문제였다. 얼마나 강하게 끊어서 던지느냐가 관건이었다.

주적자는 공 대부가 왜 자신에게 이런 일을 시키느냐에 대한 의문을 억누르며 솔잎 던지기에 열중했다. 차츰 예전의 감각이 되살아났다. 장막에 꽃히기에는 턱없이 부족했지만 빨라지고 있는 것만은 분명했다.

그렇게 목합에 있는 스무 개의 솔잎을 스무 번 던졌다. 하지만 어느 선에 다다르자 더 이상 진전이 없었다. 아무리 세차게 끊어 던져도 속도나 강함은 변하지 않았다. 아니, 오히려 힘이 떨어져 느려지고 있었다.

'이건 아닌데' 라는 생각이 들었지만 특별한 대안도 떠오르지 않았다. 팔 전체를 사용해 보아도 역시 마찬가지였다. 그가 긴 한숨을 내쉬며 바닥에 떨어진 솔잎을 주워 모으고 있을 때 개 가면 사내가 밥상을 들고 들어왔다. 이것이 저녁이라면 아주 늦은 야식이 될 것이다.

개 가면 사내는 그에게 별 관심이 없는지 밥상만 놔두고 사라졌다. 식사를 할 기분은 아니었지만 뭐든 먹어둬야 한다는 생각에 주적자는 돌 바닥에 주저앉아 젓가락을 들었다. 오리 튀김과 여러 가지 채소가 놓인 제법 훌륭한 식단이었다.

주적자는 깨작거린다는 표현이 맞을 만큼 성의없이 젓가락을 놀렸다. 무엇을 먹어도 별 맛이 느껴지지 않았다. 그저 습관적으로 젓가락질을 하고 있을 뿐이었다. 그런데 어느 순간, 정확히 소금물에 절여 고춧가루로 버무린 시금치를 먹고 젓가락을 귀 뒤로 넘기는 그때였다. 평소의 젓가락질과는 판이하게 다른 그 한 동작이 그의 뇌를 깨웠다. 그저 솔잎을 던지던 습관이 남아 있어 자신도 모르게 움직인 것이었는데 거기에서 해법을 찾았다.

주적자는 젓가락을 상 위에 던지고 일어섰다. 목합을 가슴께로 올린 그는 차분히 호흡을 가라앉혔다. 솔잎을 잡지도 않고 노려보기만 하던 그의 손이 빠르게 움직였다. 주적자는 솔잎을 잡음과 동시에 팔을 치켜들어 귀 뒤로 넘겼다. 그 후 조금의 주춤함도 없이 팔목을 튕겼다.

피익―

이제까지와는 전혀 다른 파공음이 허공을 가르고 솔잎은 장막에 반 넘게 꽂혔다. 생각대로 요령은 이어짐에 있었다. 솔잎을 집어서 팔을 사용해 넘기고 다시 앞으로 채는 이 동작이 끊어짐없이 하나로 통일되어야 비로소 완전한 힘이 되는 것이다. 하나의 집결된 힘은 끊임없는 율동, 바로 그것이었다.

주적자는 들고 있는 스무 개의 솔잎을 모두 던졌다. 하나도 빠짐없이 꽂힌 솔잎은 그에게 작은 희열을 안겨주었다. 비로소 식욕이 돌았다. 그는 다시 밥상 앞에 주저앉아 식사를 하기 시작했다. 기척은 느낄 수 없어도 누군가 보고 있을 것이 분명하니 조만간 공 대부가 나타날 것이다.

그의 예상대로 공 대부는 개 가면 사내가 밥상을 들고 나가자마자 목소리로 나타남을 알렸다.

"놀랍군. 아무리 빨라도 삼 일은 걸릴 줄 알았는데."

주적자는 어깨를 으쓱하고 물었다.

"두 번째 관문은 어떤 것이오?"

그의 질문이 끝나고 잠시 후 개 가면 사내가 하나의 목합과 한 자 두께의 정육각형 나무 판을 가지고 나왔다. 개 가면 사내는 목합을 주적자에게 건넨 후 나무 판을 오른쪽 벽에 고정시켰다.

"열어보게."

주적자는 공 대부가 시키는 대로 목합의 뚜껑을 열었다. 목합 안에는 그가 이제껏 던졌던 솔잎과 똑같은 솔잎이 같은 개수로 들어 있었다. 주적자는 의문 섞인 눈으로 장막을 일별한 후 오른쪽에 걸린 나무 판자를 보았다.

"이번엔 나무에 꽂는 것이오?"

"맞네. 하지만 빨리, 깊이 꽂아야 하네."

"얼마나 말이오?"

그의 물음에 개 가면 사내가 품에서 동전 한 개를 꺼내 공중으로 던졌다. 동전은 구 척 높이의 천장에 거의 접근한 후 바닥에 떨어졌다. 맑은 마찰음이 사라지기도 전에 공 대부의 목소리가 들렸다.

"동전이 땅에 떨어지기 전에 스무 개 모두를 끝이 안 보이게 꽂아야 하네."

"그 짧은 시간에 모두를 말이오?"

"그래. 그것이 두 번째 관문이네."

다른 말이 필요없다는 듯 공 대부는 말을 마치고 지하실에서 자취를 감췄다. 주적자로서는 난감한 숙제였다. 동전이 던져졌다 바닥에 떨어질 때까지는 눈 한 번 깜빡할 시간밖에 되지 않았다. 그동안에 솔잎 스무 개를 나무 판에 모두 박는다는 것은 암기술의 달인이라도 힘든 일이었다.

'대체 공 대부가 내게 원하는 게 뭘까?

아무리 생각해 봐도 실마리조차 끄집어낼 수 없었다. 암기술을 가르치려는 것은 아닐 것이다. 그렇다고 그의 무공 정도를 파악하려는 것 같지도 않았다. 만약 후자라면 그의 검을 시험해 봐야 옳았다.

주적자는 솔잎을 물끄러미 쳐다보다 이내 나무 판으로 다가갔다. 선택의 여지가 없다는 말은 이런 경우에 해당되는 것이리라. 그로서는 공 대부의 관문을 통과하는 것 외에 다른 방법이 없었다. 판의 재질은 단단하기로 손꼽히는 박달나무였다. 설사 검으로 꽂는다 할지라도 두 치를 파고들기 힘들었다.

"이건 완전히 귀신놀음이군."

주적자는 어이없는 목소리로 중얼거린 후 나무 판과 거리를 뒀다. 이전처럼 솔잎을 쥐고 뿌리는 동작을 하나의 율동으로 이어서 던졌다. 솔잎은 장막에 박힐 때보다는 딱딱한 소리를 내며 나무 판에 꽂혔다. 그러나 채 반도 파고들지 못했다. 이처럼 심혈을 기울여 던졌음에도 완전히 박히지 않았는데, 하물며 눈 깜빡할 순간에 스무 개를 모두 던진다면…….

"후……!"

주적자는 깊은 한숨과 함께 고개를 떨궜다. 차라리 공 대부를 잡아 강제로 입을 열게 할까 하는 생각이 들었다. 하지만 그런 방식으로 해결할 수는 없었다. 공 대부를 잡기도 어려울 뿐더러 설사 잡는다 할지라도 억지로 입을 열게 하지는 못할 것이다. 그런 것쯤은 지금까지 사람을 겪어온 경험으로 알 수 있었다.

주적자는 첫 번째 관문을 통과할 때의 마음가짐으로 돌아가기로 했다. 누군가 했고 앞으로 할 일이라는 공 대부의 말이 사실이라면 그도 할 수 있었다. 지금까지 그가 살아온 인생 자체가 어찌 보면 불가능의 연속이었는데 다른 사람이 한 일을 그가 못할 리 없었다. 아니, 다른 사람은 못해도 그는 할 수 있었다. 그래야만 했다.

주적자는 일단 솔잎을 나무 판에 완전히 박는 것을 목표로 삼았다.

얼마나 빨리 던지느냐는 그 다음 문제였다. 주적자는 심호흡으로 근육의 긴장을 풀고 솔잎을 던졌다. 스무 개의 솔잎을 던지고 다시 주워 던지는 일이 반복됐다. 그렇게 여섯 번을 하자 목합 두 개에 담겼던 솔잎 끝이 모두 무뎌지고 어떤 것은 부러지기까지 했다.

"솔잎을 바꿔야겠군."

솔잎의 날카로움이 미약하기는 하지만 이런 상황에서는 그 또한 무시 못할 작용을 하기 마련이다. 그가 어떻게 사람을 불러야 하나 고민하고 있을 때 예의 그 개 가면 사내가 여섯 개의 목합을 들고 나타났다.

시간을 정확히 맞춰서 나타난 것을 보면 과거에 이런 경험을 했거나 어디에선가 지켜보고 있었던 것이 분명했다. 뭐, 둘 중 어떤 것이든 필요한 것을 가져다 주니 그에게는 편했다. 개 가면 사내는 주적자에게 목합을 건네고 여느 때처럼 침묵으로 사라졌다. 그는 다시 솔잎 던지기를 시작했다. 팔목이 시큰거리고 피로가 찾아왔지만 쉴 마음도 여유도 없었다.

솔잎 던지기를 얼마만큼 했을까? 시간의 흐름을 알 수 없었다. 그저 식사가 여덟 번 나온 것으로 보아 삼 일 정도 흘렀다는 것을 짐작할 뿐이었다. 그 시간 동안 주적자는 최소한의 수면만 취하며 목합 열 아홉 개를 비웠다. 차츰 솔잎이 깊숙이 박히기 시작하더니 이제는 끝까지 꽂아넣을 수 있게 되었다. 팔의 각도와 끊어짐, 그리고 율동이 그것을 가능케 했다.

그런데 주적자는 솔잎 던지기를 하며 묘한 느낌을 받았다. 바로 율동이 주는 연속성이었다. 한순간도 끊이지 않고 이어 던져야만 하는 그 동작은 마풍단과 싸울 때 펼쳤던 분광뇌풍검법을 연상케 했

다. 잡고, 올리고, 채고, 던지는 네 번의 단계가 하나가 되고 그것이
한 목합에 들어 있는 솔잎의 개수가 되어 다시 하나의 움직임이 되
는 것이다.

딱!

곰곰이 생각에 잠겨 있는 그의 귀에 막대로 벽을 치는 듯한 소리가
들렸다. 주적자는 퍼뜩 정신을 차리고 주위를 둘러보았다. 하지만 어
디서 나는 소리인지 감을 잡을 수 없었다. 전후좌우 네 방향에서 동시
에 소리가 나고 반사음을 만들어내는 것 같았다. 다시 같은 소리가 지
하실 안을 메웠다.

딱, 딱, 딱, 딱…….

지속적으로 들려오는 그 소리는 놀랍도록 일정한 간격을 유지하고
있었다. 한 번의 맥박에 두 번의 타격음. 더 이상 빨라지지도 늦어지
지도 않았다.

'이 소리의 의미는 뭐지?

소리의 진원지를 찾아 장막 너머로 가려던 주적자는 채 두 발자국
도 떼지 못하고 그 자리에 얼어붙었다. 딱딱거리며 들려오는 소리가
정수리에서 발끝을 관통하는 어떤 감각을 일깨웠기 때문이다.

율동감!

바로 그것이었다. 처음 관 노사의 거문고 소리를 들을 때 그것이
무엇인지 정확히 표현할 수 없었는데 지금에야 비로소 알 수 있었
다.

"도도히 흘러가는 강물을 생각해라. 억지로 부수지도, 밀어내지도 않는
강물. 그것이야말로 무(武)의 궁극에 이르는 길이니라."

이 순간 그가 처음으로 무공을 배울 때 아버지가 했던 말이 떠오른 것은 우연이 아니었다. 관 노사의 거문고 소리뿐 아니라 지금 들리는 타격음 또한 끊어짐이 아니었다. 소리와 소리의 공백은 다시 그 공백으로 끊임없이 이어지고 있는 것이다.

주적자는 솔잎을 놓고 등에서 검을 빼 들었다. 검을 늘어뜨리고 눈을 감자 타격음은 그의 맥박과 함께 요동 쳤다. 천천히 올라간 검은 분광뇌풍검법이 펼쳐짐과 동시에 지하실을 검광(劍光)과 검풍(劍風)의 회오리로 덮어버렸다. 처음 그의 분광뇌풍검법을 이끌던 타격음은 어느새 사라지고 없었다. 지금까지 수만 번 시전해 뼈와 피 속에 스며 있는 무공만이 있을 뿐이었다.

쩌엉!

쇠가 찢어지는 듯한 소리와 함께 주적자의 움직임이 멎었다. 왼쪽 무릎을 땅에 대고 오른쪽 팔을 수평으로 뻗은 주적자는 한동안 미동도 하지 않았다. 한 번 시전하면 언제나 거친 숨을 몰아쉬던 모습은 찾아볼 수 없었다. 석상 같은 자세를 유지하던 주적자의 가슴이 한껏 부풀어 오르더니 긴 숨이 새어 나왔다.

"몸은 이미 알고 있었는데 생각이 그것을 방해했던 것인가?"

주적자는 고소를 지으며 주위를 둘러보았다. 한바탕 검무를 춘 탓에 횃불이 모두 꺼져 칠흑 같은 어둠만이 주위에 널려 있었다. 화섭자를 꺼내기 위해 품으로 손을 가져갈 때 빛이 찾아들었다. 이 지하실에서만큼은 도깨비방망이 같은 존재인 개 가면 사내가 횃불을 들고 나타났다. 어둠 끝에 밝아진 지하실 전경은 그야말로 폭풍이 휩쓸고 지나간 자리 같았다.

걸려 있던 횃불들은 가루가 되어 부서졌고 벽은 천 년의 바람에 찢긴 절벽처럼 갈라져 있었다. 개 가면 사내는 지하실 전경을 보며 어깨에 내려앉은 먼지를 털어낼 생각조차 못했다.

"공 대부를 불러주겠나?"

주적자의 말에 개 가면 사내는 흠칫 놀라며 정신을 차렸다.

"고, 공 대부께서는……."

개 가면 사내의 말이 끝나기 전에 공 대부의 목소리가 들렸다.

"뭐라고 말을 해야 좋을지 모르겠군. 호인불사가 허명(虛名)은 아니라고 생각했지만 이 정도일 줄이야. 무림의 십대고수들이 이 광경을 봤으면 자진해서 자리를 반납할 것 같군 그래."

"얼굴에 금칠을 하고 싶지는 않습니다. 아까 그 딱딱거리던 그 소리는 왜 만든 것입니까?"

"나도 모르지."

"모르다니요?"

"난 그냥 시키는 대로만 했을 뿐이니까."

"시키다니? 누가 말입니까?"

"그 대답은 나중에 들어야겠군."

공 대부가 말 끝으로 손뼉을 치자 개 가면 사내는 횃불을 갈라진 벽 틈에 꽂아놓고 장막 너머로 사라졌다. 잠시 후 나타난 그의 손에는 박달나무 판이 들려 있었다.

"다행히 여빌로 준비해 놓은 것이네. 자네 무공은 잘 봤지만 더 이상 부수지는 말게. 그럼 계속 연습하게. 다음에 또 올 테니."

"그럴 필요 없습니다."

"무슨 뜻인가?"

주적자는 대답 대신 돌 부스러기 속에서 솔잎을 찾아들었다. 정확히 스무 개를 손에 쥔 그는 개 가면 사내에게 눈짓을 했다. 개 가면 사내는 장막 쪽을 힐끔 본 후 벽에 박달나무 판을 걸었다.

"지금 할 생각인가? 아직 성공하지 못한 것으로 알고 있는데?"

"불이 꺼지기 전까지는 그랬죠."

주적자는 나무 판을 향해 섰다. 공 대부의 말대로 솔잎을 꽂는 데 성공한 적은 없었다. 하지만 해낼 자신이 있었다. 몸이 터득한 이상 더 이상의 연습은 필요치 않았다. 지금 못하면 앞으로도 마찬가지일 것이다.

"동전."

주적자의 짧은 말에 어깨를 움찔 떤 개 가면 사내가 동전을 꺼내 들었다. 엄지와 검지 위에 동전이 올려졌다. 주적자는 그것을 힐끔 보고 나무 판에 시선을 고정시켰다. 호흡을 가다듬으며 근육에 힘을 풀어 최대한 부드러움을 유지했다. 오른팔을 아래로 내려뜨린 후 왼 손바닥을 펴 가슴 앞에 놓았다. 손바닥 위에 올려진 솔잎 하나하나가 또렷하게 느껴졌다.

팅!

맑은 소리와 함께 동전이 허공으로 치솟았다. 그와 동시에 주적자의 오른손이 움직였다.

*   *   *

"이곳까지 오는 동안 몇 군데나 거절당했소?"

여신우는 복면 위로 코를 긁적이며 되물었다.

"왜 거절당했다고 생각하시오?"

자칭 중원 최고의 자객(刺客)이라고 공언하며 다른 이들도 세 손가락 안에는 든다고 인정하는 백영존(百影尊) 설무기(雪懋祺)가 비릿한 웃음을 흘렸다. 두꺼운 입술이 살짝 벌어진 것만으로 송곳니가 튀어나왔다. 마차에서 기다리고 있는 강찬충과 설무기를 나란히 세워놓고 누가 흡혈귀냐고 묻는다면 백이면 백, 앞의 설무기를 지목할 것이다. 송충이같이 시커먼 눈썹과 매부리코도 정상인의 그것과는 달라 보는 이로 하여금 절로 눈을 내리깔게 만들었다.

설무기는 곰처럼 커다란 덩치를 앞으로 숙이며 은근히 속삭였다.

"값을 내리기 위해 잔머리는 굴리지 마시오. 사지마군이면 몰라도 보표지존 주적자의 머리 값은 당신 생각보다 훨씬 비싸니까."

자그마한 탁자 너머에서 밀려드는 설무기의 입 냄새는 절로 숨을 멈추게 만들었다. 의자가 벽에 붙어 있지 않았다면 바닥에 나뒹구는 한이 있더라도 멀리 떨어졌을 것이다.

여신우는 숨을 멈추고 머리를 굴렸다. 그가 아무리 돈이 많아도 마구 퍼줄 수는 없었다. 설무기의 말대로 이미 여섯 명의 살수에게 들렀지만 그때마다 고개를 저을 뿐 누구도 일을 맡으려 하지 않았다. 무림에서 제법 이름있는 살수들이었는데도 불구하고 주적자란 이름에 고개를 저은 것이다. 이유를 묻는 그에게 그들은 한결같은 말을 했다. '살수만이 보표의 진정한 가치를 알 수 있는 법이지' 라고……

"세 명이오."

설무기는 여신우를 지그시 노려보더니 가볍게 고개를 끄덕였다.

"좋소이다. 뭐 어쨌든 상관없으니까."

"맡아주겠소?"

"난 지금까지 들어온 청부를 거절한 적이 없소."

그 말에 여신우는 내심 안도의 한숨을 쉬었다. 따지고 보면 설무기만큼 주적자 일당을 상대하는 데 적합한 자도 없었다. 설무기 개인의 실력뿐 아니라 그에게는 백 명의 뛰어난 부하들이 있었다. 설사 주적자를 죽이지 못한다 할지라도 사도철광이나 소소자 정도는 처치할 수 있을 것이다.

"단!"

설무기의 한 마디에 여신우는 생각을 접고 다음 말을 기다렸다.

"값은 비싸오."

"말해 보시오."

"은자 백 냥."

그 두 배쯤 생각했는데 생각보다 저렴했다. 여신우가 흥정을 받아들이려 할 때 설무기의 다음 말이 이어졌다.

"두(頭)당."

"한 사람에 백 냥이란 말이오?"

"그렇소."

"문제가 있는 가격이군. 주적자는 그렇다고 쳐도 사도철광을 포함해 나머지 넷은 주적자보다 훨씬 떨어지는데. 거기에 무공을 못하는……."

설무기는 팔을 들어 여신우의 말을 막았다.

"값을 정하는 것은 내 마음이오. 다음 결정이 당신 마음이듯이."

여신우는 그리 오래 고민하지 않았다. 자신의 야망에 투자하는 액수라면 오백 냥은 푼돈이었다.

"좋소."

"반은 지금, 반은 일을 끝낸 후에 계산하면 되오."

"언제까지 마무리 지을 수 있소?"

"그들이 심양성에 있다고 했소이까?"

"삼 일 전에 받은 연락에 의하면 그렇소. 지금은 어디 있는지 정확히 모르지만. 그건 당신이 알아내야 할 일이오."

"그 정도는 해드려야지."

설무기는 이마에 주름을 만들며 잠시 생각을 하더니 말을 뱉었다.

"보름. 그 안에 처리하겠소."

*　　　*　　　*

'땅그랑' 하고 울린 맑은 소리 뒤로 이어진 지하실의 침묵은 의외로 길게 이어졌다. 동전을 던진 개 가면 사내도, 장막 뒤의 공 대부도, 솔잎을 던진 주적자도 모두 말이 없었다. 부유하던 먼지가 차츰 내려 앉고, 개 가면 사내의 시선이 장막으로 향하고, 주적자가 긴 숨을 내 뿜을 때 공 대부의 목소리가 들렸다.

"내가 사람에게 이처럼 자주 놀랄 수 있다는 것이 믿어지지 않는군. 잔에 담궈놨던 내 틀니가 한밤중에 내 코를 물고 있어도 이만큼 놀라 지는 않을 거야. 보표지존, 호인불사 주적자… 호인불사 주적자… 주 적자……."

공 대부는 마치 음미하듯 반복해서 되뇌었다.

"마지막 관문은 무엇이오?"

주적자의 나지막한 말에 공 대부는 긴 한숨을 쉬며 손뼉을 쳤다. 개 가면 사내가 충견(忠犬)처럼 재빨리 장막 안으로 사라졌다.

'이번엔 뭘 가지고 나올까?'

그의 궁금증을 빨리 해결해 주고 싶지 않은 듯 개 가면 사내는 쉽게 모습을 드러내지 않았다.

"탈명침을 죽일 생각인가?"

공 대부의 물음에 주적자는 장락수에게 했던 대답을 그대로 돌려줬다.

"죽일 수 있다면."

"물론 그러고 싶겠지. 하지만 과연 그럴 수 있을까?"

"내 무공이 탈명침에게 못 미친다는 뜻이오?"

"아니, 자네라면 탈명침과 능히 자웅을 겨룰 수 있지. 하지만 세상일이란 것이 다 그렇듯 변수(變數)라는 것이 있기 마련이야. 흔히 운명이라고 이름 붙여진 이놈은 사람과 사람 사이를 묘하게 얽어놓거든."

"내 운명이 탈명침과 얽혀 있다는 것처럼 들리는군요."

"글쎄……."

흐려지는 공 대부의 말 뒤로 개 가면 사내가 장막을 젖히고 나타났다. 공 대부는 핑계 김에 말을 끊었고 주적자도 더 이상 묻지 않았다. 마지막 관문을 통과하면 자연히 알게 될 테니 조급하게 굴 필요는 없었다. 개 가면 사내는 품에 안은 큼지막한 보따리를 주적자에게 턱 안겼다. 감촉으로 봐서는 옷가지 비슷한 것과 단단한 무언가가 느껴졌다.

"풀어보게."

공 대부의 말이 아니더라도 주적자의 손은 이미 매듭을 풀고 있었

다. 하나가 풀리고 다시 그 아래 매듭이 입을 여는 순간 주적자의 몸
은 경직되었다. 전신의 근육이 굳고 머리 속에서 수백 개의 종이 뎅뎅
거리는 듯했다.

<2권으로 이어집니다>